2000 年德国驻华公使代表哥廷根大学授予季先生“金质奖章”。

季羡林先生与泰国诗琳通公主合影。

本书出版得到了季羡林基金会的部分资助

季羡林學術著作選集

# 东西文化比较

张光璘　编

新世界出版社
NEW WORLD PRESS

图书在版编目（C I P）数据

东西文化比较 / 季羡林著 ; 王树英编. -- 北京 : 新世界出版社, 2017.9
（季羡林学术著作选集 ; 5）
ISBN 978-7-5104-6260-3

Ⅰ. ①东… Ⅱ. ①季… ②王… Ⅲ. ①东西文化－比较文化－文集 Ⅳ. ①G40-53

中国版本图书馆CIP数据核字(2017)第083314号

# 东西文化比较

编　　者：张光璘
责任编辑：张世林
审　　读：杨汝模
封面设计：贺玉婷
版式设计：张世林
责任印制：王宝根
出版发行：新世界出版社
社　　址：北京市西城区百万庄大街24号（100037）
总编室电话：+86 10 6899 5424　　6832 6679（传真）
发行部电话：+86 10 6899 5968　　6899 8705（传真）
本社中文网址：http://www.nwp.cn
本社英文网址：http://www.newworld-press.com
本社电子信箱：nwpcn@public.bta.net.cn
版权部电子信箱：frank@nwp.com.cn
版权部电话：+86 10 6899 6306
印　　刷：北京亚通印刷有限责任公司
经　　销：新华书店
开　　本：710×1000　1/16
字　　数：200千字　　印　　张：19.5
版　　次：2017年9月第1版　2017年9月北京第1次印刷
印　　数：1－1400册
书　　号：ISBN 978-7-5104-6260-3
定　　价：1200.00 元（全十二册精装）

# 《季羡林学术著作选集》编选说明

季羡林先生是北京大学资深教授、著名学者，长期以来，季先生的作品畅销于世，受到社会各界人士的热烈欢迎。但这些作品大多为季先生各时期创作的散文。季先生一生创作出版散文集二十余部，一百五十万字以上，其中有许多精品脍炙人口，他完全可以称得上是一位散文家。但是，季先生毕竟主要是一位学者，他终生笔耕不辍，孜孜以求的是他的学术研究，他对社会的主要贡献也是他的学术成就，散文只是他的一种“余兴”。

季羡林先生是一位百科全书式的学者，他毕生从事的学术研究的对象涉及语言、文学、美学、艺术、宗教、中外文化交流等众多领域。其学术著作大致包括以下内容：印度古代语言、印度历史与文化、中印文化关系、中国文化与东方文化、佛教、比较文学与民间文学、东西方文化比较、糖史、吐火罗文研究等。这些著作都具有很高的学术价值，得到国内外学术界的高度评价。而且，季先生的学术著作，深入浅出，联系实际，独辟蹊径，发人深省，为广大读者所喜爱。

为了便于读者阅读，我们编辑了这套选集。本选集从季羡林先生的学术著作中，精选出论著二百余篇，辑为十二卷，依次为《印度古代语言及吐火罗文研究》（葛维钧编）、《印度历史与文化》（王树英编）、《印度作家作品评论集》（刘建编）、《佛教》（李南编）、《糖史》（葛维钧编）、《中印文化交流》（王树英编）、《中国文化与东方文化》（刘建编）、《东西文化比较》（张光璘编）、《比较文学与民间文学》（薛克翘编）、《学海泛槎——学术回忆录》（薛克翘编）、《回忆中国学人及文化问题新思考》（张光璘编）、《序跋集》（王树英编）。选集所选内容基本涵盖了季先生学术研究的各个领域，所选论文皆为季先生在各学术领域中的代表作。

我们怀着敬仰和缅怀的心情编选这套选集，尽管我们殚精竭虑、费尽心力地收集、编选季羡林先生的文章，但仍难免有遗漏或不当之处，殷切希望得到读者的指教和帮助。

**季羡林学术著作选集编辑委员会**

2013 年 1 月

# 目　　录

# 附 录

# 《东方文化集成》总序

我们正处在一个新的“世纪末”中。所谓“世纪”和“世纪末”，本来是人为地创造出来的。非若大自然中的春、夏、秋、冬，秩序井然，不可更易，而且每岁皆然，决不失信。“世纪”则不同，没有耶稣，何来“世纪”？没有“世纪”，何来“世纪末”？道理极明白易懂。然而一旦创造了出来，它就产生了影响，就有了威力。上一个“世纪末”，十九世纪的“世纪末”，在西方文学艺术等意识形态领域中就出现过许多怪异现象，甚至有了“世纪末病”这样的名词，这是众所周知的事实，无待辩论与争论。

当前这一个“世纪末”怎样呢？

我看也不例外。世界上许多国家和地区都出现了政治方面天翻地覆的变化，不能不令人感到吃惊。就是在意识形态领域内，也不平静。文化或文明的辩论或争论就很突出。平常时候，人们非不关心文化问题，只是时机似乎没到，争论不算激烈。而今一到世纪之末，人们非常敏感起来，似乎是憬然醒悟，于是东西各国的文人学士讨论文化的兴趣突然浓烈起来，写的文章和开的会议突然多了起来。许多不同的意见，如悬河泄水，滔滔不绝，五光十色，纷然杂陈。这样就形成了所谓“文化热”。

在这一股难以抗御的“文化热”中，我以孤陋寡闻的“野狐”之身，虽无意随喜，却实已被卷入其中。我是一个有话不说辄如骨鲠在喉的人，在许多会议上，在许多文章中，大放厥词，多次谈到我对文化，特别是东方文化与西方文化的联系，以及东方文化在未来的新世纪中所起的作用和所占的地位等等的看法。颇引起了一些不同的反响。

为说明问题计，现无妨把我个人对文化和与文化有关的一些问题的看法简要加以阐述。我认为，在过去若干千年的人类历史上，民族和国家，不论大小久暂，几乎都在广义的文化方面做出了自己的贡献。这些贡献大小不同，性质不同，内容不同，影响不同，深浅不同，长短不同：但其为贡献则一也。人类的文化宝库是众多的民族或国家共同建造成的。使用一个文绉绉的术语，就是“文化多元主义”。主张世界上只有一个民族创造了文化，是法西斯分子的话，为我们所不能取。

文化有一个很突出的特点，就是，文化一旦产生，立即向外扩散，也就是我们常说的“文化交流”。文化决不独占山头，进行割据，从而称王称霸，自以为“老子天下第一”，世袭珍藏，把自己孤立起来。文化是“天下为公”的。不管肤色，不择远近，传播扩散。人类到了今天，之所以能随时进步，对大自然，对社会，对自己内心认识得越来越深入细致，为自己谋的福利越来越大，重要原因之一就是文化交流。

文化虽然千差万殊，各有各的特点；但却又能形成体系。特点相同、相似或相近的文化，组成了一个体系。据我个人的分法，纷纭复杂的文化，根据其共同之点，共可分为四个体系：中国文化体系，印度文化体系，阿拉伯伊斯兰文化体系，自古希腊、罗马一直到今天欧美的文化体系。再扩而大之，全人类文化又可以分为两大文化体系：前三者共同组成东方文化体系，后一者为西方文化体系。人类并没有创造出第三个大文化体系。

东西两大文化体系有其共同点，也有不同之处。既然同为文化，当然有其共同点，兹不具论。其不同之处则亦颇显著。其最基本的差异的根源，我认为就在于思维方式之不同。东方主综合，西方主分析，倘若仔细推究，这种差异在在有所表现，不论是在人文社会科学中，还是在理工学科中。我这个观点曾招致不少的争论。赞成者有之，否定者有之，想同我商榷者有之，持保留意见者亦有之。我总觉得，许多人（包括我自己在内）对东西方文化了解研究得都还不够深透，有的人连我的想法了解得也还不够全面，不够实事求是，却唯争论是尚，所以我一概置之不答。

有人也许认为，我和我们这种对文化和东西文化差异的看法，是当代或近代的产物。我自己过去就有过这种看法。实则不然。法国伊朗学者阿里·玛扎海里所著《丝绸之路》这一部巨著中有许多关于中国古代发明创造的论述，大多数为我们所不知。我在这里不详细介绍。我只引几段古代波斯人和阿拉伯人论述中国文化和希腊文化的话：

由扎希兹转载的一种萨珊王朝（226—Ca. 640 年）的说法是："希腊人除了理论之外从未创造过任何东西。他们未传授过任何艺术。中国人则相反。他们确实传授了所有的工艺，但他们确实没有任何科学理论。"（第 329 页）

羡林按：最后一句话不符合事实，中国也是有理论的。这就等于黑格尔说：中国没有哲学。完全是隔膜的外行话。书中还说：

在萨珊王朝之后，费尔多西、赛利比和比鲁尼等人都把丝绸织物、钢、砂浆、泥浆的发现一古脑儿地归于耶摩和耶摩赛德。但我们对于丝织物和钢刀的中国起源论坚信不疑。对于诸如泥浆——水泥等其余问题，它们有百分之九十九的可能性也是起源于中国。我们这样一来就可以理解安息—萨珊—阿拉伯—土库曼语中一句话的重大意义：“希腊人只有一只眼睛，唯有中国人才有两只眼睛。”约萨法·巴尔巴罗于 1471 年和 1474 年在波斯就曾听到过这样的说法。他同时还听说过这样一句学问深奥的表达形式：“希腊人仅懂得理论，唯有中国人才拥有技术。”（第 376 页）

关于一只眼睛和两只眼睛的说法，我还要补充一点：其他人同样也介绍了另外一种说法，它无疑是起源于摩尼教：

“除了以他们的两只眼睛观察一切的中国人和仅以一只眼睛观察的希腊人之外，其他的所有民族都是瞎子。”（第 329 页）

我之所以这样不厌其烦地引这许多话，决不是因为外国人夸中国人有两只眼睛而沾沾自喜，睥睨一切。令我感兴趣的是，在这样漫长的时间以前，在波斯和阿拉伯地区就有了这样的说法。我们今天不能不佩服他们观察的细致与深刻，一下子就说到点子上。除了说中国没有理论我不能同意之外，别的意见我是完全同意的。在当时的世界上，确实只是中国和希腊有显著、突出、辉煌的文化。现在中国那一小撮言必称希腊的学者们或什么“者们”，可以憬然醒悟了。

但是这也还不是令我最感兴趣的问题。我最浓烈的兴奋点在于，正如我在上面所说的那样，畅谈东西文化之分，极富于近现代的摩登色彩。波斯和阿拉伯传说都证明：东西文化之分的说法，古已有之，于今为烈而已。其次，令我感到欣慰的是，文化的东西二分法，我并非始作俑者，古代的“老外”已先我言之矣。令我更感到欣慰的是我讲的东西方思维方式是东西文化的基础。波斯和阿拉伯古代的说法，我认为完全证实了我的看法。分析出理论，综合出技术，难道不是这样子吗？

时至今日，古希腊连那一只眼睛也早已闭上，欧洲国家继承并发扬了古希腊辉煌的文化，使欧洲文化光照寰宇。工业革命以后，技术也跟了上来，普天之下，莫非欧风。欧美人昏昏然陶醉于自己的胜利之中，以“天之骄子”自命，好像有了两三只眼睛。但他们完全忘记了历史，忽视了当前的危机。而中国呢，则在长时期内，由于内因和外因的缘故，似乎把两只眼睛都已闭上。古代灿烂文化不绝如缕。初则骄横自大，如清初诸帝那样，继则震于西方的船坚炮利，同样昏昏然拜倒在西方的什么裙下，一直到了今天，微有苏醒之意，正在奋发图强中。

从上面谈到的历史事实中，我得出了一个结论：上下五千年，纵横十万里，东西文化的变迁是“三十年河东，三十年河西”。这本来是两句老生常谈，是老百姓的话，并不是我的发明创造。我提出来说明东西文化的关系，国内外都有赞成者，国内也有反对者，甚至激烈反对者。我窃以为这两句话只说明了一个事实。中国古代哲学讲变易，佛家讲无常，连辩证法也讲事物时时都在变化中。大自然、人类社会和人类内心，无不证明这两句话的正确。我不过捡来利用而已。《三国演义》开宗明义就说：“话说天下大势，分久必合，合久必分。”说的不也就是这个浅显的道理吗？

可是东西方都有人昧于这个浅显的道理。特别是在西方，颇有人在有意识或无意识中，觉得自己的辉煌文化会万岁千秋地辉煌下去的。中国追随者也大有人在。他们根本没有意识到，文化也像世间的万事万物一样，不会永驻的，也是有一个诞生、发展、成长、衰竭、消逝的过程的。

但是，中国有一句俗话：是非自在人心。人是能够辨是非，明事理的。以自己的文化自傲的西方人也不例外。在第一次世界大战以前，西方这种人简直如凤毛麟角。一战爆发，惊醒了某一些有识之士。事实上在一战爆发前，就有人有了预感。德国学者奥斯瓦尔德·斯宾格尔（Oswald Spengler）在1911年就预感到世界大战迫在眉睫。后来大战果然爆发。从1917年起，斯宾格尔就开始写《西方的没落》。书一出版，立即洛阳纸贵。他的基本想法是：文化都可以分为四个阶段：一、青春；二、生长；三、成熟；四、衰败。尽管他的推论方法，收集资料，还难免有主观唯心的色彩。但是，他毕竟有这一份勇气，有这一份睿智，敢预言当时如日中天的，他认为在世界历史上八个文化中唯一还有活力的文化也会“没落”。我们不能不对他表示敬意。美中不足的是，他还没有认识到东方文化和西方文化的存在和交流关系。（参阅齐世荣等译《西方的没落》上下册，商务印书馆1995年版。）

在西方，继斯宾格尔而起的是英国历史学家汤因比（Arnold J. Toynbee，1889—1975年）。他自称是受到了前者的影响。二人同样反对“欧洲中心主义”，是他们有先见卓识之处。汤因比继承了斯宾格尔的意见，认为文化——他称之为“文明”——都有生长一直到灭亡的过程。他把人类历史上的文明分为二十一种，有时又分为二十六种。这些意见都表述在他的巨著《历史研究》中（1934—1961 年），共十二卷。他比斯宾格尔高明之处，是引入东方文化的讨论。到了七十年代，他同日本社会活动家池田大作对话时，更进一步加以发挥，寄希望于东方文化。（参阅《展望二十一世纪》，国际文化出版公司 1985 年版）

我并不认为，斯宾格尔和汤因比——继他们之后欧美一些国家还有一批哲学家和历史学家、社会学家，赞成他们的意见，我在这里不具引——等的看法都百分之百正确。但在举世昏昏，特别是欧美人昏昏的情况下，唯独他们闪耀出一点灵光，是十分难能可贵的。他们的看法从大体上来看，我认为是正确的。如果借用上面提到的古代波斯和阿拉伯人的说法，我就想说：希腊人及其后代的那一只眼睛，后来逐渐变成了两只眼睛：可物极必反，现在快要闭上了。中国人的两只眼睛，闭上了一阵，现在又要睁开了。

闭上眼睛的欧美人士，绝大多数一点也不了解东方，而且压根儿也没有了解的愿望。我最近多次听人说到，西方至今还有人认为中国人还缠小脚，拖辫子，抽大烟，养小老婆。甚至连文人学士还有不知道鲁迅为何许人者。在这样地球越变越小，信息爆炸的时代，西方之“文明人”竟还如此昏聩，真不能不令人大为惊异。反观我们中国，情况恰恰相反。欧美的一切，我们几乎都加以崇拜。汉堡包、肯德基、比萨饼，甚至莫须有的加州牛肉面，只要加一个洋字，立即产生大魅力，群众趋之若鹜。连起名字，有的都带有点洋味。个人名字与店铺名字，莫不皆然。至于化妆品，外国进口的本来就多。中国自造的也多冠以洋名，以广招徕。

爱国之士，无不痛心疾首，谴责这种崇洋媚外的风气和行为。然而，从一分为二的观点上来看，也有其有利的一面。孙子说："知己知彼，百战不殆。"专就东西而论，现在的情况是，我们对西方几乎是了若指掌，而西方对东方则如上面所说的那样，是一团漆黑。将来一旦有事，哪一方面占有利条件和地位，昭如日月矣。

对西方的文化，鲁迅先生曾主张"拿来主义"。这个主义至今也没有过时。过去我们拿来，今天我们仍然拿来，只要拿得不过头，不把西方文化的糟粕和垃圾一并拿来，就是好事，就会对我们国家的建设有利。但是，根据我上面讲的情况，我觉得，今天，在拿来主义的同时，我们应该提倡"送去主义"，而且应该定为重点。为了全体人类的福利，为了全体人类的未来，我们有义务要送去的，但我们决不会把糟粕和垃圾送给西方。不管他们接受，还是不接受，我们总是要送的。《诗经·大雅》说："投我以桃，报之以李。"西方文化给人类带来了一些好处。我们中国人，我们东方人，是懂得感恩图报的民族。我们决不会白吃白拿。

那么，报些什么东西呢？送去些什么东西呢？送去的一定是我们东方文化中的精华。送去要有针对性，针对的就是我在上面提到的那一个西方文化产生的"危机"。光说"危机"，过于抽象。具体地说，应该说是"弊端"。近几百年以来，西方文化产生的弊端颇多，举其大者，如环境污染、大气污染、臭氧层破坏、生态平衡破坏、物种灭绝、人口爆炸、新疾病丛生、淡水资源匮乏，等等。此等弊端，如不纠正，则人类前途岌岌可危。弊端产生的根源，与西方文化的分析的思维方式有紧密联系。西方对为人类提供生存所需的大自然分析不息，穷追不息，提出了"征服自然”的口号。“天何言哉!”然而“天”——大自然却是能惩罚的，惩罚的结果就产生了上述诸种弊端。

拯救之方，我认为是有的，这就是“改弦更张”、“改恶向善”，而这一点只有东方文化能做到。东方文化的基本思维方式是综合，表现在哲学上就是“天人合一”，张载的《西铭》是一篇表现“天人合一”思想最精辟的文章：“乾称父，坤称母，予兹藐焉，乃混然中处。故天地之塞吾其体，天地之帅吾其性。民吾同胞，物吾与也。（下略）”印度哲学中的“梵我一如”，也表达了同样的思想。总之，东方文化主张人与大自然是朋友，不是敌人，不能讲什么“征服”。只有在了解大自然，热爱大自然的条件下，才能伸手向大自然索取人类衣、食、住、行所需要的一切。也只有这样，人类的前途才有保障。

我们要送给西方的就是这种我们文化中的精华。这就是我们“送去主义”的重要内容。

我们的“李”送了出去，接受不接受呢？实际上，我们还没有正式地送，大规模地送。连我们东方人自己，其中当然包括中国人，还不知道，还不承认自己有这种宝贝，我们盲目追随西方，也同样向自然界开过战，我们也同样有那一些弊端，立即要求西方接受，不也太过分了吗？不过，倘若稍稍留意，人们就会发现，现在世界各国，不管出于什么动机，也不管是根据什么哲学，注意到上述弊端而又力求改变的人越来越多了。今年《日本经济新闻》刊载了高木韧生的文章，说二十一世纪科研重点将是“人类生存战略”。这的确是见道之言。我体会，这里所说的“科研”包括文理两个方面。作者把科研提高到“人类生存”这个高度来看，不能不谓之有先见之明，应该受到我们大家的最高的赞扬。至于惊呼人口爆炸的文章，慨叹新疾病产生的议论，让人警惕环境污染、臭氧层破坏、生态平衡的破坏、淡水资源的匮乏等等的号召，几乎天天可见。人类变得聪明起来了，人类前途不是漆黑一片了。我想，世界各国每一个有心人，无不为之欢欣鼓舞。我这一个望九之年的耄耋老人，也为之手舞足蹈了。

我在上面刺刺不休说了那么多话，画龙点睛，不出一点：我曾在一次国际学术讨论会上说过一篇短话，题目叫做“只有东方文化能够拯救人类”。我在上面说的千言万语，其核心就是这一句短短的话。至于已经来到我们门前的二十一世纪究竟会是什么样子？西方文化究竟如何演变？东方文化究竟能起什么具体的不是空洞的作用？人类的前途究竟何去何从？所有这一切问题，都有待于历史发展的进程来加以证明。从前我读过一个近视眼猜匾的笑话。现在新的一个世纪还没有来临，匾还没有挂出来，上面有什么字，我们还不能知道。不管自诩眼睛多么好，看得多么远，在这一块尚未挂出来的匾前，我们都是近视眼。

在这样的情况下，我认为，我们最重要的任务就是学习，就是了解。我们责怪西方不了解东方文化，不了解东方，不了解中国，难道我们自己就了解吗？如果是一个诚实的人，他就应该坦率地承认，我们中国人自己也并不全了解中国，并不全了解东方，并不全了解东方文化。实在说，这是一出无声的悲剧。

了解的唯一途径就是学习，而学习首先必须有资料。对我们知识分子来说，学习资料首先是文字，也就是书籍。环顾当今世界，在“欧洲中心论”还有市场的情况下，在西方某一些人还昏昏然没有睁开眼睛的时候，有关东方的书籍，极少极少。有之，亦多有偏见，不能客观。西方如此，东方也不例外。即使我们有学习的愿望，也是欲学无书。当然，东方各国的情况不尽相同，各国刊出书籍的多寡也不尽相同。但总之是很少的。有的小一点的国家，简直形同空白。有个别东方国家几乎毫无人知，它们的存在在一团迷雾中，若明若暗，似有似无。这也是一出无声的悲剧。

就是为了这个缘故，我们这一批人不自量力——或者更明确地说是认真“量”过了自己的“力”，倡议编纂这一套巨大空前的《东方文化集成》。虽然，我们目前的队伍，由于历史造成的原因，还不是太大；我们的基础还不是太雄厚；但是，我们相信主观能动性。我们想“挽狂澜于既倒”，我们决非徒托空言。世界人民、东方人民、中国人民的需要，是我们的动力。东方人民和西方人民的相互了解，是我们的愿望。东方人民和西方人民越来越变得聪明，是我们的追求。我们老、中、青三结合，而对著作的要求则是高水平的。我们希望，能通过这个活动，既提高了中国对东方文化的研究水平，又能培养出一批学有专长的人才，收得一举两得之效。

我们既反对“欧洲中心主义”，我们也反对民族歧视。但我们并不张扬“东方中心主义”。如果说到或者想到，在二十一世纪东方文化将首领风骚的话，那也是出于我们对历史发展的观察与预见，并不出于什么“主义”。本着这种精神，我们对东方几十个国家一视同仁。国家不论大小，人口不论多寡，历史不论久暂，地位不论轻重，我们都平等对待，决不抬高与贬低，拜倒与歧视。

每一个东方国家都在我们丛书中占有地位。但国家毕竟不同，资料毕竟多寡悬殊。我们也无法强求统一。有的国家占的篇幅多一点，有的少一点。这是实事求是，与歧视毫无关联。我们虔诚希望，在即将来临的二十一世纪中，中国的两只眼睛都能睁开，而且睁得大大的，明亮而睿智。西方的一只眼睛能变成两只，也同样睁开，而且睁得大大的，明亮而且睿智。世界上各个民族也都有了两只眼睛，都要睁得大大的，明亮而且睿智。我们共同学习，努力互相了解。我们坚决相信，只要能做到这一步，人类会越来越能互相了解，世界和平越来越成为可能，人类的日子会越来越好过，不管还需要多么长的时间，人类有朝一日总会共同进入太平盛世，共同进入大同之域。

1996年3月20日

# 《东西文化议论集》序

当前，在国内外，特别是在国内，颇有一些学者热衷于议论东西文化的关系，以及东方文化在二十一世纪将要起的作用和将要占据的地位等等问题。关于这情况的来龙去脉，我在“总序”中已经有所涉及，这里不再重复。

朱柏庐《治家格言》中说：“宜未雨而绸缪，勿临渴而掘井。”身处二十世纪的世纪末而议论下一个即将来临的世纪的问题，特别是东方文化的问题，完全符合“未雨绸缪”之旨，不但未可厚非，而且应予提倡。

这种议论有什么意义呢？有极其深远的意义，主要是在政治和经济方面。世界各国目光远大、有抱负、有理想的政治家们，都必须有点预见性，然后再在预见的基础上制订相应的政策与措施。这才算得上一个真正的政治家。“摸着石头过河”，在短期内有时是难以避免的。但是，最好能尽快地超越这个阶段。否则就很容易陷于被动而不能自拔。至于预见性的正确与否，其命中率之高低如何，那就要看预测者之水平如何，搜集材料和数据之丰富程度如何，对这些材料和数据之分析能力如何。这都属于常识范围，用不着细谈。

有没有理论意义呢？在这里，意见恐怕会有极大的分歧。有的作者摆出一副理论家的架势，大谈理论，持之似有故，言之似成理，笔底生花，词若联珠。然而，恕我不敬，在俨然巍然的理论的威势的背后，近视眼的形态丝毫也掩盖不住。这样的理论，有似肥皂泡，一吹就破。

我先讲一个从前在什么书上读过的笑话：有两个近视眼，谁也不承认自己近视。二人约定：比赛一下。适逢隔壁某大寺庙第二天要挂匾，二人认为这是比赛的绝好机会。于是言定：第二天从挂匾的地方前面某一个距离，同时起步向前，谁先看到匾上的字，谁就是胜利者。其中一人，心眼多而歪。他事先向隔壁管事人打听好了匾上题写的字，心中有了底。到了第二天，二人如约从远处齐步向前走。走到某一个距离，心中有底的那一个人，忽然高声大叫："我看到了，是××××四个大字！"旁边有一个过路人而非近视眼者，闻声大惊。细问根由，不禁大笑说："那个匾没有挂出来哩！"

笑话归笑话，但是，我认为，在二十一世纪这一块匾还没有挂出来之前，我们每个人都只能是一个猜匾的近视眼。其区别只在，猜匾还能够事前打听匾上的字。但是，要猜二十一世纪如何如何，不管你心眼多么多，却是无处可以打听的。除非出一个前知五百年后知五百年的活神仙，但是这种神仙世界上是没有的。鉴古以知今，鉴今以知未来，当然也能够弄出点"理论"来，但这样的"理论"也只能形同猜测。因此，我认为，居今日而猜测二十一世纪东西文化的关系，以及东方文化在下一个世纪所占的地位，不是一个理论问题，而是一个将由历史的发展进程来证明的事实问题。我们都不要过于自信，那样就难免为非近视眼的旁观者所讥笑。

但是，我并非根本反对议论，我是赞成议论的。否则我决不会以一个“野狐”的身份来写什么《天人合一新解》、《关于天人合一思想的再思考》等等的文章。我虽然明知自己也在近视眼之列，但我有点不自量力，有点不安分守己。我没有向什么神灵去打听匾上的字，就贸然提出了自己的看法。既然提出来了，我当然认为它是正确的，否则就成了自欺欺人，为君子所不齿。我自己虽然认为是正确的，我却决无强迫别人认同之意。我们都是近视眼嘛，谁也不必效法阿Q先生飘飘然去获得“精神胜利”。

我那些拙文发表以后，颇引起了一些学者们的注意，赞同者有之，反对者有之，不知是赞同还是反对者有之，要同我“商榷”者有之，要同我“讨论”者有之，不是针对拙文而是天马行空，独来独往，淋漓酣畅发挥自己的意见者有之。我没能做详细的统计，反正在过去几年内，议论东西方文化关系，以及在二十一世纪东方文化所占的地位，还有其它一些内容类似的文章，颇出了不少。只要我能得到，我都敬谨拜读。文章写得好的，我击节赞赏；文章写得不怎样的，我略皱眉头，如此而已。至于“商榷”、“讨论”之类的挑战，我一概置之不答。这并非出于简慢。其中原因，我在上面已有所涉及，不必重复。细心的读者或许已经注意到，我在上面屡屡使用“议论”这个词儿，而不用“讨论”一类的词儿。“议论”，不是“讨论”，更不是“争论”，只是“议”一议，“论”一论而已，与人无争，与世无忤，发挥一下自己的想法，至于别人如何看待。“只等秋风过耳边”了。

从目前情况看起来，这“议论”还会继续下去的。“议论”

一下，也决不是坏事情，它能启迪人们的思考，增添人们的情趣，等于写一篇二十一世纪“畅想曲”。即使到了二十一世纪，匾上的字还不会立即显现出来，仍然有“议论”的余地，仍然有“畅想”的余地。只要天暇以年，我仍然会奉陪的，我是一个喜欢“畅想”的人。总之，我认为，居今而谈二十一世纪，不是一个理论问题，而是一个文学创作问题，创作的就是“畅想曲”。我们大家都不妨来畅想一番，以抒发思未来之幽情，共庆升平。

中国有一出旧剧，叫《三岔口》。剧中有一段在暗室中夜斗的场面。两个人在黑暗中对打，刀光剑影——在黑暗中也许刀不能闪光，这不过是陈词滥调而已——，煞是热闹；但是却各打各的，谁也碰不着谁。然而台下的观众却是兴趣盎然，他们想看的正是这一种谁也碰不到谁的场面。如果真地刀剑砍伤一个，则血流如注，弄不好还要去见阎王老子，岂不大煞风景也哉！

为了帮助大家把这一出《三岔口》唱好，我同张光璘先生共同编选了这一部《东西文化议论集》——请注意：“议论”二字是画龙点睛之笔——。因为我可以说是一个始作俑者，越是外行，勇气越大，这是古今中外的通例，这通例也适用于我。我对东方文化的意见比较具体，比较明确，文章写得也比较多。为了做好这一个靶子，我擅自把自己的文章排在前面，决非想抖一抖编选者的威风，不过想对议论者和读者提供点方便而已。

但是，我又想到，树有本，水有源，在我国漫长的哲学史上，谈“天人合一”的大师们颇不乏人。他们的议论深矣广矣。可我不是在写中国哲学史，所以现在不选他们的文章。我的老师一辈的诸大师，对东西文化和“天人合一”间有涉及者。我指的是梁漱溟、金岳霖、冯友兰、钱穆先生等等。他们在这方面的论述，似极有编选的必要。钱宾四先生的文章，已抄入拙文《天人合一新解》中，不再重复。其余三位则各选一篇或一段，以见近当代我们的先驱者们的风范。另外还有几位学者，也曾参预文化的争论，起过一定的影响，他们的文章我们也选了几篇，这些文章都不在我们的品头论足之列。

下面的文章是从多种报刊杂志上挑选来的。赞同我的意见者选，不赞同者也选，决无偏袒轩轾之意。国外的学者的文章涉及这个问题者也一并选入，借以阔大我们的眼界，庶免坐井观天之弊。在当前世界上，讨论问题，除非涉及一个极小的有地域性的范围，无不与辽阔的世界息息相关，何况是东西文化这样涉及面广意义巨大的问题！但是，无论是中国，还是域外和境外，与我们要议论的问题有关的文章，其量极大，我们决不能毕其功于一役，一次选尽。我们目前只能挑选其中的一小部分。至于挑选得是否准确，我们毫无把握。挂一漏万，在所难免。现在，我们只不过是起一个头。将来倘有需要，说不定我们还要继续编选。我们的目的，我们的愿望，只不过是想共同唱好我们的“三岔口”，共同谱好我们的“畅想曲”而已。

1996年4月6日

# 对于文化交流的一点想法

近一二年以来，全国学术界掀起了一个讨论文化问题的热潮，许多专家学者都参加了进来，发表了很多很好很新很有启发性的意见。我在学习、思考之余，也想发表一点意见，主要是讲文化交流的。我讲的是广义的文化交流，不限于精神方面，也包括物质方面在内。

首先我要讲文化交流无所不在。不管我们意识到与否，我们今天的生活，不管是精神的，还是物质的，无一不与文化交流有关。试想一下，我们在学校里学习的，在科研机构或者学校里所研究探讨的，哪一件是完完全全的中国土生土长的？我们吃的、喝的、穿的、戴的、乘的、坐的、住的、用的，又哪一件是完全土生土长的？汽车、火车、飞机、轮船，我们古代有吗？可可、咖啡、纸烟、可口可乐、啤酒、香槟、牛排、面包，我们过去可都有？我们的花草里面，茉莉花，连名字都不是中国固有的。我们吃的土豆、老玉米、菠菜、葡萄，以及许许多多的水果蔬菜都是外来的。用的乐器：胡琴、钢琴、小提琴、琵琶，等等，也都是外来的。至于中国东西传入国外的，那就多得说也说不清。所以，我可以归纳起来说一句：文化交流无所不在。

从历史上来看，自从人类开始学习使用工具，甚至在这之前就已经有了交流。人与人之间的交流，家庭与家庭之间的交流，氏族、民族、国家之间的交流，无时不在，无地不在。这种交流是多层次、多角度的交流。今天我们习惯于把文化交流限定于国与国之间，民族与民族之间。其实不必这样拘泥。交流活动是不受国界、地域和时间限制的。我现在又可以加上一句：文化交流无时不在。

文化交流是有其自身的规律的。两种文化或多种文化互相交流时，产生的现象异常复杂，有交流，有汇流，有融合，有分解，有斗争，有抗拒，有接受，有拒绝。千变万化，很难用一两句话来表达。世界民族，无论大小，无论新旧，都会有自己的文化创造，总会对人类文化的总体有所贡献。除了法西斯和帝国主义分子以外，都必须承认，哪一个民族也不是，而且也不可能是人类文化的唯一的创造者、施与者，而不是接受者。当然，我们也必须承认，各民族对世界文化的贡献，在质和量方面也不可能完全是相同的。

一种文化传入另一国以后，往往有一个适应的过程。有的外国文化不会一下子就被另一国接受。适应往往就意味着改变，它必须根据新的环境改变自己一些特点以适应当地的需要。举一个最显著的例子，印度佛教传到中国以后，首先要适应汉代的思想情况，好像它也是当时流行于中国的道术之一，甚至在翻译名词方面，也努力采用一些中国老百姓喜闻乐见的词儿，比如早期佛教译文中的“孝”字就是显著的例子。

在文化交流中，还必须处理好外国文化和本国文化的关系。大概这里只能用一分为二的理论来处理。每种文化都有精华与糟粕。取其精华去其糟粕，是最自然、最行得通的办法。

还有一个以哪个文化为主的问题。我认为，当然以本国文化为主，决不能反客为主或喧宾夺主。以中国为例，我们首先要继承中国传统文化的精华部分，与此同时，分析、接受外来文化的适合于中国国情的精华部分。我们现在不是常提要建设有中国特色的社会主义新文化吗？所谓中国特色，我认为，就表现在把中国传统文化的精华保留下来。就算是精华吧，也不能原封不动地保留，也必须加以分析、研究。所谓社会主义新文化，就是根据马克思主义的基本原理（决不是过去我们搞的那一套僵化的教条），吸收世界各国的先进文化，包括文学、艺术、教育、哲学和科技都在内，使之为我所用。这样做，不可避免地要带进一些消极的东西，这用不着害怕，我们人民是有鉴别能力的，即使流行一时，也决不会“万岁”的，将来终必被扬弃。我们也不必怕什么资本主义，现在大家都承认，我们中国实际上是封建主义垄断，资本主义并不多。资本主义也是有好东西的，比如管理体制等等，都值得我们学习、吸收。

中国几千年的历史告诉了我们一个非常可贵的经验：在我们国力兴旺，文化昌明，经济繁荣，科技先进的时期，比如汉唐兴盛时期，我们就大胆吸收外来文化，从而促进了我们文化的发展和生产力的提高。到了见到外国东西就害怕，这也不敢吸收，那也不敢接受，这往往是我们国势衰微，文化低落的时代。打一个比方，一个胃口健康的人什么好东西都敢吃，决不嘀嘀咕咕什么胆固醇多了呀的。到了连鸡蛋黄和动物内脏都不敢吃的地步，终日愁眉苦脸，怕这怕那：“哎呀，这个吃不得呀！”那也就说明，此人的胃病或者幻想的胃病，已经不轻了。

我们建国以来，“四人帮”时期是胃病严重时期，可以说是已经病入膏肓。党的十一届三中全会以后，实行了对外开放政策，完全反其道而行之，结果，经济发展，文化昌盛，全国人民喜气洋洋。我认为，这不但是我们建国后最好的时期，在中国历史上也是文化交流最好的时期之一。它的影响今天只能说是刚刚开始，真正巨大的影响还没有表露出来。它将对我们文化的发展，经济的繁荣，生产力的提高，人民物质生活和精神生活的改善，起极大的促进作用。我们后代的子子孙孙也会长远蒙受其利益，这一点我是深信不疑的。

原载《瞭望》周刊（海外版），1986年第40期。

# 文化交流的必然性和复杂性

## ——在“东方文化系列讲座”* 上的报告

从全国范围来看，近几年来对文化的研究特别感兴趣。从报上可以知道，去年（1986 年）上海大规模地开展文化发展问题的讨论，北京也搞了。这种现象解放以来还未曾有过。据我记忆，讨论文化问题，在二十年代（我还是中学生的时候）有过一次，是讨论东西方文化的。后来在三十年代又一次讨论文化问题。近几年来，为什么好多地方、团体、学者热心地讨论文化问题？其中必有缘故。我看讨论文化问题的热潮还没过去，还正在发展，而且方兴未艾。下面想谈谈我自己对文化问题的看法。

大家知道，我不是搞理论的，是搞语言的。对于文化问题我是外行。现在，我把自己对文化的想法和同志们谈谈。我们搞一个学术讨论会或写一篇文章，最好不要讲八股，要敞开自己的思想讲，这样彼此都有好处。我就是本着这样的一个精神来谈的。这里面肯定有正确的（我并非不谦虚），也肯定有错误。实事求是，供同志们思考。

---

* “东方文化系列讲座”是北京大学东方文化研究所于 1987 年 8 月 10 日至 25 日举办的一次学术讲座，共二十讲，本文即是季羡林教授在此次讲座上所作的报告。

## 一　文化交流的必然性

谈这个问题前要谈三个小问题：

（一）什么叫“文化”？

我们这个讲座叫“东方文化系列讲座”。写文章、说话也常谈到“文化”。但你要给“文化”下个定义，并不容易。现在世界上对“文化”下的定义有几百个。有的说二百个，有的说六百个，我没作统计。但还没有一个定义是大家都同意的。大家都会感觉到，在社会科学领域里，包括人文科学，要给某个现象下个定义十分难，而自然科学较容易。如“直线”，两点之间最短的线是“直线”。大家没有什么可争论的。可是在社会科学领域里，对什么是“美”，不知有多少定义。我看了后感到都有些合理的地方和不合理的地方。今天，我也不想给“文化”勉强下一个定义。我只想谈谈自己的理解。我认为凡人类在历史上所创造的精神、物质两个方面，并对人类有用的东西，就叫“文化”。这是我对“文化”的理解，也可以算作一个“定义”吧。同志们看后会觉得，这不像定义。定义必须叙述得很神秘，拐很多弯，用好些形容词等等。这样的事我干不了。我就是这样理解的，也可以说是最广义的文化吧。

（二）“文化”和“文明”有何区别？

同志们写文章也好，讲话也好，提到“文化”、“文明”，不知大家对此是否进行过研究。什么叫“文化”？什么叫“文明”？我在这里也不是研究，也还是讲讲自己的理解。一般的英文字典，“culture”是“文化”，“civilization”是“文明”。可是有的英文字典，“culture”又是“文化”，又是“文明”。“civilization”也又是“文化”，又是“文明”。法文字典也一样。这说明这两个词有共同的地方。平常我们讲“东方文化史”也可以说“东方文明史”。可是有的时候，这两个词就不能通用。如“文明礼貌”，你说“文化礼貌”就不行。“学文化”你不能说“学文明”。因此，这两个词还有区别。我认为“文明”是对野蛮而言的，“文明”的对立面是“野蛮”。“文化”的对立面是“愚昧”。但“野蛮”和“愚昧”又有联系，“野蛮”中“愚昧”成分居多，也有不愚昧的“野蛮”。我们学文化是因为过去没有文化，学了文化把“愚昧”去掉了。我们讲文明礼貌是过去不文明，有一些野蛮，提倡文明礼貌，把“野蛮”成分去掉了。同志们或许觉得我这样理解过分简单化了，但简单化比一点想法都没有要好。

（三）文化的产生是一元的还是多元的？

我认为文化、文明的产生是多元的。不能说世界上的文化是一个民族创造的。这种说法是有的，这就是法西斯希特勒，他认为文化都是雅利安人创造的。最近有人说人类起源于云南的元谋。我觉得其中有点问题。这不能称为“爱国主义”，这是“超爱国主义”。非洲也有人讲人类起源于非洲。关于人类起源这个问题很复杂，大家都没吵清楚，恐怕若干年后也吵不清楚。绝对不是起源于一个地方，不是元谋，也不是非洲。文化也是这样。一个部族、部落的创造、发明，比如火的发现、工具的使用，再晚一些，比如农耕、建筑等，都是人类文化的创造。但不一定在一个地方。文化的产生不是一元的，不能说一个地方产生文化。这样说也许有人会问，是否否认我们常讲的文化体系？不，我认为世界文化是有体系的。我的看法是有四大体系，即中国文化、印度文化、希腊文化、伊斯兰阿拉伯文化。有人说还有希伯来文化，我看很难成体系。它不是属于伊斯兰文化的先驱归入伊斯兰文化，就是和希腊文化合在一起。世界文化是有体系的，我们不能否认。世界四大文化体系中有三个文化体系是在东方。中国、印度、伊斯兰阿拉伯，它们的文化各有特点，有它的独立性，对其他国家有影响。专就文学而论，日本、朝鲜、越南的文学，很受中国文学的影响。中世纪印尼、柬埔寨、老挝、泰国、缅甸的文学受印度文学的影响。乌尔都、现代印尼、以及印度的一部分受穆斯林阿拉伯的影响。所谓“体系”，它必须具备“有特色、能独立、影响大”这三个基本条件。我讲的文化的产生是多元的，和文化体系并不矛盾。

现在谈文化交流的必然性。

文化一旦产生，它必须要交流。上面提到一个部落发现用火，其他部落必然来学习。其他如农耕等都一样。文化一旦发现，人们感到这对他们有好处，他就必然来学习。可以这样讲，从古代到现在，在世界上还找不出一种文化是不受外来影响的。记得以前我曾作过一次报告，我问在座的同志，你们研究一下你们从头顶到脚下，有多少是出自于中国的？头发式样不是，衬衣、裤子、鞋子也不是。吃的喝的东西中，面包、啤酒不是。坐的汽车、骑的自行车，以及沙发、电灯、电话等，都不是。可以说没有文化交流，就没有文化发展。我们现在生活在文化交流的时代，随时有新东西传进来，如喇叭裤（当然，它流行一时又很少见了）。现在流行牛仔裤。牛仔裤究竟要流行多久，谁也不知道。反正将来还得换。交流是不可避免的，无论谁都阻挡不住。交流总的来说是好的，当然也有坏的。坏的，对人们没有益处的，不能称为“文化”。我是说对人类有好处的、有用的、物质、精神两方面的东西交流才叫“文化交流”。现在报纸上常报道某地方发现原始民族。现在世界上恐怕没有真正的原始民族，而某些所谓原始民族其文化也有过交流。六十年代初，我去非洲访问，走了很多国家，看到一些国家的农村，钉子都不会制，风箱是用牛皮灌上气，用手来按。这种文化水平，我国在公元前三千年就达到了。甚至这些国家的农村种庄稼还不用铁，用木棒在土地上杵一个坑，上面放一粒种子，这就不管了。靠天吃饭——天下雨就来收获，不下雨就算了。当时感到这些地方比较原始，但往牛皮风箱里吹气，那也是学来的。所以说在原始状态下也还是有交流。

## 二　文化交流的复杂性

在谈这个问题前，同样有三个小问题要谈一谈：

（一）研究的方法

我们研究文化交流究竟采用什么方法。拿比较文学来说，其研究方法有很多派。如法国学派、美国学派、苏联学派、欧洲学派等。现在我们中国搞比较文学的同志想创造一个中国学派。在上述学派中，据我个人以及好多同志的看法，有两派最有代表性，一派是美国派，搞平行研究；另一派是法国派，搞影响研究。这是大体上讲。世界上的东西都不会纯之又纯的。“平行研究”是研究发展的规律。这一个国家有这一现象，另外一个国家也有这个现象。但它不一定是这个国家影响了另一个国家。我这个国家可以创造这个东西，另一个国家不受外来影响也可创造这个东西。“影响研究”是举具体事实。这个国家有什么东西，用什么方式传到另一个国家去？讲具体事实，讲它的影响。我看研究文化交流也是这两个方法，这两条道路。美法两学派多年来经常打笔墨官司。法国人对美国的办法不赞成；美国人对法国的学派不赞成。其他国家如苏联、德国、中国等也都各有各的特点。但从研究方法、道路讲，就是这么两条。我是赞成影响研究的，因为它看得见，抓得住。平行研究很玄乎。当然讲影响研究也不能绝对化，如孙悟空的猴子形象哪里来的？我认为是受到印度的影响。有的同志不赞成，并写文章反驳。对此我不在乎。但不能绝对说猴子形象完完全全是从印度搬来的，这不可能。文化交流有个特点，一国的文化传到另一个国家，那个国家必然要加以修正，完完全全照搬的很少。

有一个字很有意思。法国比较语言学家常用的一个字，法文是“sécuritc”，英文是“security”，意为“安全”、“安全感”、“安全的”。法国比较文学家用此字的意思是：搞平行研究不那么安全，你可以胡扯。搞影响研究安全，事实俱在。比较文学，最早是从十九世纪二十至三十年代，由一位德国学者开始的。他研究一本阿拉伯文的书叫《卡里来和笛木乃》。这是一本寓言童话集，源自印度的《五卷书》。开始《五卷书》是翻成波斯的巴列维语的，然后再翻成阿拉伯文，书名叫《卡里来和笛木乃》，以后转译成多种文字，流行于全世界。据统计其译本之多，可以同《圣经》相比。该书影响欧洲文学的创作，如《格林童话集》中的故事就有取材于该书的。德国人因此说比较文学是德国人先开始搞的（法国人不承认，说在十九世纪三十年代法国已有某大学开比较文学课）。《卡里来和笛木乃》的故事很简单，它由一国传到另一国，由一种文字译成另一种文字，看得见，摸得着，一点也不玄乎。但问题是，从一个民族传到另一个民族，从一个国家传到另一个国家，到了那地方必然有所改变。如鲁迅的《中国小说史略》中讲到一个故事，说鹅笼出生的一个书生，原来是外国人，后来变成了中国人。《卡里来和笛木乃》也是，在本国就有改变，何况从一国传到另一国，不可能完全一样。

由此看来，研究比较文学，研究文化是不是可以有两个层次。第一个层次讲事实。先把事实讲出来，如一个故事从印度经波斯、阿拉伯传到其他国家，把这个过程搞清楚。但作为研究，不能就此止步。第二个层次便是要研究一个故事或一个形象。如猴子，到了这个国家后有什么变化，变化有何规律，根据事实找出规律性的东西来。没有事实空讲平行，那不着边际。罗列事实也不行。要研究从一国到另一国有何改变，改变里有何规律，摸出规律，总结成理论。这样的理论就可靠，没有事实作根据的理论很玄乎。像变戏法一样，今天这样讲，明天那样讲，我对这种理论是不感兴趣的。

（二）传统文化与文化交流

文化可分为两部分。第一部分是一个民族自己创造文化，并不断发展，成为传统文化。这是文化的民族性。另一部分是一个民族创造了文化，同时在发展过程中它又必然接受别的民族的文化。这便是文化交流。这是文化的时代性。文化的民族性和文化的时代性，这两个“性”有矛盾但又统一。近来，英国剑桥大学出了一本书，叫《中国晚清史》。它不是一个人写的，而是好多汉学家写的。书中提出一个论点，认为从晚清到现在这一部分的历史表现了两种文化的撞击（是西方文化和中国文化相撞击）。我看这个论点提得很有道理。中国近代史从 1840 年鸦片战争到现在，经过了好多时期：有旧民主主义革命、新民主主义革命、社会主义革命，约有一百四十多年了。《中国晚清史》说的两种文化的撞击，是不是结束了？我看没有。什么时候结束？不敢说。我现在手里拿着一本刊物叫《文艺研究》，刚出版的。打开书一看目录，文章的题目有：《关于西方影响与民族风格》、《历史继承与现实创造》等等。你看，“西方影响”即“时代性”；“民族风格”即“传统文化”。“历史继承”即“传统文化”；“现实创造”即“时代性”。这类题目目前在刊物上多得很。这说明此类问题还没解决，还要讨论下去。想到四十多年前，闻一多先生写过一篇文章，发表在清华大学学报上，题目是《母体文化的自卫与超越》。“母体文化”即“传统文化”。实际上闻一多先生在这里讲的就是“传统文化”和“引进创新”这两者之间的矛盾怎样解决。他有一句话：“一切的艺术应该是时代的经线与地方的纬线所编织的一匹锦。”意思就是一切文艺的传统文化的纬线与时代性的经线相织而成一匹锦。闻一多先生当时讲到这个问题，今天我们讨论的也还是这个老问题。从 1840 年后，文化界有过几次大争论，如“体用之争”、“本末之争”、“夷夏之争”等，都还是那个老问题。再从政治上看，从鸦片战争到现在快一百五十年了。也经过好几个革命阶段，但共产主义能否在很短的时期内实现？现在，大家都认为不可能。人类历史上的一个大的转折，在短时期内是不可能实现的。共产主义是人类发展的必然趋势，我仍相信人类的将来是共产主义社会。但何时才能实现？全世界都在考虑。全世界的社会主义走的步调差不多，是否中国先走了一步，很难说。不过，我们的改革在世界上有影响，而按时间来说我们不是最早的。现在苏联等国也在改革。这样一个历史上的大转折绝不是一百年准能完成的。政治如此，文化也如此。文化的民族性和时代性这问题没解决。我们今天研究文化交流，讨论文化问题必然有这种需要，没有需要大家不会研究。它同我们的生活联系密切，不关心不行。我们应该把眼光放大一点、远一点，它的意义绝不限于文化。

（三）全盘西化

现在有些青年人的思想，说好听点叫“活跃”，说不好听叫“混乱”。“全盘西化”和文化交流有联系。西化要“化”，不“化”不行，创新、引进就是“化”。但“全盘”不行，不能只有经线，没有纬线。理论上讲不通，事实上办不到。

下面讲文化交流的复杂性。我想举一个例子来说明这个问题。这个例子也是中印文化交流史上的一个例子。

最近几年我研究糖的历史。这在世界上也是一门专门学问，有好多国家的学者研究它，我也是从文化交流的角度来研究它的。因为“糖”的背后有一部文化交流的历史。中国的“糖”字，英文叫“sugar”，法文叫“sucre”，德文叫“zucker”，俄文叫“caxap”。一看就知道这个字是一个来源。一般讲，一个国家接受外来的东西，最初把外来的名字也带来了。有的后来改变了，有的没改变。如“啤酒”的“啤”字不是汉语，“沙发”、“巧克力”都不是。“面包”是汉字，变了，英文叫“bread”。我们吃的“干乳酪”，英文叫 cheese，现在还有人称之为“计司”。糖从一个地方传到另一个地方，如果本地没有，它把外来词也带进本地。英文的“糖”字来自印度，是从梵文 sarkarā 转借来的。一比较就知道。这说明英语国家原来没有糖，糖是从印度传去的，要不为什么用印度字呢？我们中国最早也没有糖，从前有个“餳”字不念“易”，也不念“阳”，念“糖”。中国糖最早是甘蔗做的。中国甘蔗是有的，《楚辞》中就提到。当时也吃甘蔗，也喝甘蔗浆。可是把甘蔗浆变成糖在中国用了一千多年。你看这个“餹”字，这字指的是麦芽糖，北京叫“关东糖”。不是甘蔗做的，是麦子做的。这个“糖”字，从语言学来说，六朝时才有“米”字旁的。从“食”字旁换成“米”字旁，不是随便一换这样简单。中国的《新唐书》里就讲到唐太宗李世民派人去印度学习制糖技术，这在中国的正史里有记载。这个“糖”字出现在六朝，说明唐太宗时，我们已能制糖，但水平不高，要派人去印度学习。这是历史事实。但问题不出在这里，问题是印地文中有个字叫“cīnī”，意为“中国的”，英文叫“Chinese”。“中国”两字，英文叫“China”，法文叫“Chine”，德文叫“China”。都是从梵文“cina”变的。而印度把“白糖”也叫“cīnī”。印度自称在世界制糖水平最高，历史最悠久，因此，sarkarā 这个字传遍世界。为什么“白糖”反而叫“cīnī”呢？1985 年我去印度参加《罗摩衍那》国际讨论会。一次我当主席，我向在座的印度学者问“cīnī”怎么来的？糖出在印度，为什么“白糖”叫“中国的”？结果没有一位学者答得上来。我的问题也没解决。今年年初有个丹麦学者，知道我研究糖的历史，给我寄来了一篇论文。这论文也不知哪国人写的，这人叫 Smith。他的论文题目是讲 cīnī 及其来源。看了他的论文，感到他自己也解释不通，有矛盾。他说“cīnī”是“中国的”，“cīnī”又是“白糖”，而白糖却和中国没关系。因为在中古时期白糖很贵，当药来用，非皇家贵族、大商人是吃不起的。为何“cīnī”叫“白糖”呢？这是因为中国有几件东西在世界上很有名，如瓷器。英文“China”当“中国”讲，但也是“瓷器”的意思。中国的瓷器也传入印度，印度的阔人才用瓷器。中国瓷器是白的，于是把中国瓷器的“白”和白糖的“白”连在一起。印地文中的“白糖”应该是“Cīnī’ sarkarā”。后来因为字太长，简为“cini”。看来作者有个主见，无论如何“cīnī”和中国没关系，他想尽办法来解释。而且还说中国从来没有生产过白糖，也没向印度输出过白糖。这简直是胡说八道。但他的文章有可借鉴之处。大家知道，要研究这类问题先要确定“cīnī”这字什么时候出现的，上限在什么时候？第二要研究在什么地方出现“cīnī”这个字？然后再研究中国在什么时候生产白糖？什么时候，从什么地方传入印度？这样研究就比较科学。可是问题之难在于不知道“cīnī”在印度何时出现？我问过印度学者，他们也答不出来。而 Smith 做了些工作。他查了印度的文学作品，“cīnī”一字出现在十三世纪，这是他的功绩。另外他基本上把现在印度好多种语言中表示“白糖”这个意思的词儿追踪清楚。总的情况是，在印度西部语言中，都来自梵文的“sarkarā”。在东部语言中，则是 cini 或者 cīnī。孟加拉文就是这样。由此我们可以推断，中国白糖是由印度东部进入印度的。再研究中国白糖有没有？出口了没有？到印度了没有？问题就好解决了。

我国七世纪唐太宗时期确实向印度学习制糖技术，我们的制糖水平不高。但学习了以后，我们后来制的糖，其颜色、味道都超过印度。《新唐书》说："色味逾西域远甚。"一方面是我们引进了，另一方面是我们改进了。这是唐朝的情况。到宋朝我们仍制糖。到了元朝又来了一个变化。十三世纪马可·波罗的游记中有一段记载。说在福建尤溪地方有一批制糖工人，他们是蒙古大汗忽必烈从巴比伦找来教中国制糖工人制糖的，炼白糖。巴比伦这地方，有人说是现在的伊拉克，有人说是埃及。埃及开罗的可能性大。上述记载说明印度制糖传到波斯，从波斯传到埃及。埃及当时很多手工业占世界领先地位。而蒙古人的文化水平不高，蒙古大汗抓了些制糖工人，送到中国的福建尤溪，尤溪出甘蔗，在那里教中国人炼糖。到了明朝末年，很多书里讲炼糖，其中有一段记载说，原来糖炼不白。一次，一个偶然的机会，倒了一堵墙，墙灰落入糖中，发现制的糖变白了。这在化学上讲得通，灰里有碱，因此糖炼白了。中国的白糖到了明朝末年在国际市场成了抢手货。现在我们有根据，中国的白糖在郑成功时代已出口了。郑成功家里也做白糖生意，从中国运货去日本，在货物中就有白糖，这证明十三世纪后，中国的白糖出口。那么中国的白糖是否出口到印度？在别的书上记载大概是印度人派船到新加坡那里去买中国的白糖。中国直接去印度的有没有？现在没根据，但估计可能从福建泉州运白糖到孟加拉。泉州当时是世界很大的港口，那里有穆斯林的、印度教的文化遗迹。福建尤溪制的糖运到泉州，泉州有印度船运回印度。上岸的地方是东印度，讲孟加拉语，不是西印度。

以上讲的是事实，从事实中得出什么结论呢？说明文化交流绝不是直线的，而是非常复杂，曲折的。“cīnī”这个字的例子说明文化交流的复杂性。印度还有一个字叫“misri”，意为“冰糖”，但“misri”也是“埃及的”意思。从语言现象来看，印度制糖是先进的，但另一方面不能否认它也向别的国家学习了。东面学中国，“白糖”叫“cīnī”。西面学埃及，“冰糖”叫“misri”。从语言现象分析只能得出这个结论。

上面讲的几个问题，是我的想法。是否合理、正确，供同志们参考。

原载《东方文化知识讲座》，黄山书社1989年7月版。

# 中国文化发展战略问题*

同志们！今天讲的题目是“中国文化发展战略问题”。同志们回想一下，我们在解放前讨论文化，讨论文化交流，讨论中西文化的差别，有过几次高潮。我的印象最清楚的一次是二十年代。当时有人提出全盘西化，有不少人反对，曾讨论过一次“中西文化及其差别”。现在有一位老先生还在世，就是梁漱溟先生，九十三岁高龄了。他写了一本书，叫做《中西文化及其哲学》，好多同志都知道。可是解放后这情况有了很大变化，年轻同志恐怕很难回想了，年纪大点的同志可以回想起来。我们解放后的文化讨论，据我回忆基本上没有过。这是什么原因呢？据我自己看法，就是我们受了一个大国的影响。“十月革命一声炮响，给我们送来了马克思主义”这是不成问题的，我们应该感谢。但是同时也带来了一些教条。同志们知道社会学这个学科非常有用，比方人口问题就属于社会学的范围；劳动问题、劳动就业问题等等，好多问题也都在社会学范围以内。可是一解放，我们社会学这门科学本身好像就反动了，非常滑稽。所以后来大学的社会学系也没了，关了。在同样的情况下，文化讨论也成了一个禁地。现在我们知道

---

* 本文是季羡林教授1986年10月在北京举办的“我国社会经济和科技发展战略问题”讲座上所作的报告。

苏联是不大讨论这个问题的。所以一直到了十一届三中全会以后，我们中央的政策改变了。大家都感觉到，我自己也认为，十一届三中全会以后我们中央的政策是非常正确的，受到大家拥护。所以过去不敢谈的问题，今天也敢谈了，大家思想真正是解放了。大家现在讲话确实是畅所欲言，这个情况过去从没有过，同志们可以回想。因此今天我们也来谈文化发展的战略问题。

我们目前的情况同志们知道，经济改革已经取得了显著的成绩，这一点国内外没有人不承认的，因为这是事实。我们人民的生活水平有了很大的提高。现在政治体制改革也已经提到议事日程上来了。下一步，就是要进行精神文明的建设，中共中央已经发了个决议。所以现在全国对文化问题兴趣都很高，有几个城市开过比较大规模的讨论会，比方上海就讨论文化发展。文章发得很多，学会也成立不少。小规模的讨论文化问题的也很多，这种情况确确实实是空前的、非常令人欢欣鼓舞的。我们相信在这种情况下，我们大家来研究这文化发展战略问题是非常重要的。它将来会对我们的社会主义建设起很重大的作用。至于我自己，我不是一个专家，我对文化问题连半路出家都够不上，只在最近看了一些文章，也没看全。在看文章的基础上，有的同志让我谈过几次文化问题，所以现在我俨然成了一个文化专家了，实际不是这么回事，我不是这一行的专家。我不是故意在这儿客气，我是讲实话。现在我把我自己看文章的结果，考虑过的问题，给同志们汇报一下。我不说是请同志们批评，为什么原因呢？因为请同志们批评就证明你自己认为错了。我并不认为我自己错，我要是认为错的话，就不应该给大家讲，给大家讲就是愚弄大家。我认为我是对的，可是它不一定对。我说是让咱们大家来讨论。

现在我想讲三个问题。原来我写的提纲已经过时了。写提纲时中央的决议还没发表，那时看的文章还不太多。写好了以后，我又用了些功，看了些文章，所以那个提纲基本上不大能用了。今天我讲的跟那个提纲恐怕有很大差别。前一部分差不多，后一部分的差别就很大，先跟同志们讲一讲。今天准备讲的三个问题是：第一，文化和文明究竟是相同在什么地方，不同在什么地方。第二，当前中国社会情况。第三，怎么样开展文化交流，加强精神文明建设，理顺各方面的矛盾关系，促进生产力的发展。

为什么讲这个文明与文化的区别呢？因为我们现在，在我们日常生活里边，在我们报纸上，经常把文化说成文明。那么究竟什么叫文化，什么叫文明呢？同志们查字典也可以查出来，什么汉语字典都可以查。我现在把我一些想法简单给同志们讲一讲。文化与文明的关系，我在提纲里画了一个图：有两个圆圈，中间是交叉的；一个圆圈是文明，一个圆圈是文化，意思就是文明与文化有一部分是相同的，有一部分是不同的。结果在打印时，两个圆圈都没了，光剩下“文明”、“文化”四个字摆在那个地方。同志们会觉得很奇怪：这是什么意思呢？意思就是上面讲的。同志们考虑一下，这两个词大概都是我们中国固有的。我们古代有“文明”，古代也有“文化”。同志们你们要查一查《辞源》，旧的《辞源》，不是新的，它里面有解释，什么叫文明，什么叫文化。可是那个“文明”、“文化”，跟我们今天的“文明”、“文化”不完全一样。我问了一下搞日本问题的同志。我说“文明”和“文化”是不是从日本传来的？很多中国古代的词，日本借过去了，到了二十世纪初年，我们又从日本借了回来，有好多这种词。我们讲“伦理学”等等，这“伦理”本来是中国的吧，可是这个词是从日本借回来的。我问他们“文明”和“文化”是不是也是这个情况呢？那几个搞日本问题的同志说“很可能”。中国固有的“文明”和“文化”，意思不一样。日本借了过去，我们又借了回来。这两个词翻的是外文，大家知道是英文，一个是“civilization”，一般翻为“文明”；一个是“culture”，一般翻为“文化”。我说“一般”，可是同志们你们要是细心的话，你查一查英文词典，英文词典是这样注的：“civilization”，“文明”、“文化”，“culture”也是“文明”、“文化”。说明它们有共同的地方，有时很难分别。比方我们现在写一本书，叫《古代文明史》，大家觉得可以，是不是？古代文明嘛！我们换一个词《古代文化史》，行不行？照样行吧！那究竟是怎么回事呢？“文明”和“文化”涵义有一部分是相同的。不同的地方，这“文明”是指什么呢？提纲里讲了，它指的是从一个野蛮状态，随着社会的进步往前发展，人类的智慧增加了，这叫“文明”。那“文化”呢？就是人类力量的往前进一步发展，人类社会中的艺术、科学等的智力发展。我想是不是可以这样讲，文明是对野蛮而言，因为原来我们人类在原始时期是比较野蛮的，然后就文明了，文明对野蛮。那么文化对愚昧，就是最初他糊涂，他愚蠢，然后他聪明了，这叫做文化。是不是可以这么讲，文明对野蛮、文化对愚昧。现在我们平常讲话，说开车要“文明礼貌”，不能说“文化礼貌”，是不是？商店里“文明服务”，不能说“文化服务”。比方这个人，原来知识少，要学文化。说这个人有文化，不能说“有文明”，“这个人有文明”，不行的。现在我们有文化部，同志问了，你文化部管什么东西呢？比方出版、图书馆，原来电影也管，现在电影分出来了。还有作家协会等组织，凡是文学艺术创作，这都叫文化。联合国有一个组织，叫教科文组织，是指科学、教育、文化。科学、教育、文化既然三个并列，那么文化就不包括科学、教育，如果包括就不能并列。最近我们中央决议里面，也讲到科学、教育、文化，也是这么提的。这种对文化的了解，我给它起个名，叫狭义的文化。狭义就是文学艺术叫文化。可是我们一般写文章，一般讲话讲的“文化”，那范围比这广得多。同志们，你们随便拿一本什么《中外文化交流史》，比方中国同日本、中国同印度、中国同美国、中国同德国、同英国文化交流，那里边什么东西都有。那就是广义的文化。关于文化的定义，我在一篇文章里看到，全世界给文化下定义，据说有二百多个。我们在这儿不搞繁琐哲学，有些定义怎么说也不能恰如其分，它跟自然科学定义不一样。我讲的文化，还有好多同志写文章讲的文化，是广义的文化。广义的文化是什么呢？就是包括人类通过自己的劳动，这劳动包括脑力劳动和体力劳动所创造的一切精神的和物质的有积极意义的东西，这就叫做文化。当然还有别的同志，比如说庞朴同志，他最近在《中国社会科学》上写了一篇文章，叫《文化结构与近代中国》。他这样讲，他说文化“可以包括人的一切生活方式和为满足这些方式所创造的事事物物，以及基于这些方式所形成的心理和行为。它包含着物的部分，心、物结合的部分和心的部分”。庞朴同志的定义也是跟我的了解差不多，是广义的。就是人创造的，不管精神的、物质的，只要对我们人有好处的，我们就叫它文化。

比如刚才我们讲的文化史，文化史绝对不是光讲文学艺术。我在这儿讲的文化战略发展问题的文化也是广义的，包括很多东西，与科学、教育、文化，那种狭义的文化，范围大小不一样。我想，文化与文明的区别，没什么重要，但讲讲有好处，因为你讲文化发展战略，你的文化是什么文化？如果狭义的话，我只能讲文学艺术，别的不能讲。我讲的是广义的，不是我们文化部那个范围的。这第一个问题是不是就讲这么多，因为这不是一个重要问题。

第二个问题讲当前的中国社会情况，因为我们谈文化发展战略，谈任何别的问题，出发点必须是我们眼前的中国社会。我们社会究竟是什么样子呢？我谈谈自己的看法。人类的整个历史，我看就是生产力发展的历史，最主要的就是生产力发展。同志们知道，在“四人帮”横行的时候，有一个名词，叫“唯生产力论”。还有什么智育挂帅，业务第一。老的同志知道，我在教育界工作了四十多年，大概好像我就是唯生产力论的典型，所以每次有什么运动，我要检查很容易，先检查智育第一，业务至上，唯生产力论。不然就叫做修正主义。同志们知道，我们中国共产党的“八大”，“八大”精神是对的，1956年“八大”，就讲我们先进的社会制度跟后进的生产力不相适应。同志们知道那个后果，唯生产力论被批得一塌糊涂。但是今天我们还得讲发展生产力，没有生产力就没有历史，没有生产力的发展，人类过上好日子是不可能的。过去有个误解，建设社会主义，建设共产主义就要吃苦头。在建设过程中间，吃点苦头是难免的，也可能有牺牲，这也是难免的。可是我们建设社会主义，建设共产主义，最终目的是让人类过上好的日子。怎么叫按需分配呢？这个需啊，精神的，物质的，你要什么有什么，这怎么是吃苦呢？原来谁也不敢讲共产主义是让人过好日子的。要讲这句话，恐怕也得给你扣上一顶帽子，叫做修正主义，那不是很滑稽嘛！同志们回想一下，1883年马克思逝世时，恩格斯在他墓前讲话，讲到：人们首先必须吃喝住穿。一个人哪，一个吃，一个喝，一个住，一个穿，必须有这些东西。当然恩格斯重点讲的主要是马克思发现了经济基础和上层建筑的关系。他开头就说人们必须吃喝住穿。共产主义不是说让人饿着肚子，喝大锅清水汤啊，那不叫共产主义。我觉得这个事情与我强调的生产力的发展有关系。中共中央这个决议，同志们正在学习，这决议里有一句话，归根结底是要促进社会生产力的发展。我认为这个决议是非常英明的。我们精神文明建设，目的也是为了促进社会生产力的发展。没有社会生产力的发展，也就没有社会主义，也就没有共产主义。现在我们中国的情况和国外的情况是个什么样子呢？我在一篇文章里看到这样一种说法，忘记哪一篇了，说今天的三年等于二十世纪初叶的三十年，等于石器时代的三千年。什么意思呢？就是今天从全世界范围看，科学技术日新月异，你稍一不注意，立刻有新的东西出现了。所以我们应该有一种紧迫感，因为这个跟我以后讲的有联系，我在这里先提一提。今天如果我们三年慢慢腾腾地不动，就等于石器时代的三千年没有动，等于二十世纪初的三十年没有动，那一定要落后。我们眼前的社会是怎么样呢？我们眼前的社会也是在那儿急剧变动，同志们都感觉到了，我们现在也是变动得很厉害。我看到徐惟诚同志在《北京日报》上写了一篇文章，他讲我们现在是有四个变化，是劳动方式在那儿变化，分配方式在那儿变化，交往方式在那儿变化，生活方式在那儿变化，就是说我们这个社会也是不停地在那儿变化，在这四个方面都在那儿变化。除了这个之外，我们眼前的社会是什么情况，下边是我自己的想法，不一定正确。就是我们这个社会，封建思想还有影响。大家都承认，封建思想的包袱我们还有。我记得有一次跟一个外国作家闲谈，谈到说“资本主义复辟”，她讲了一句话：“你们没有发达的资本主义，复什么辟呀？”她的话恐怕有一点道理。但是不全面。资产阶级的影响还是不能低估的。另外好多国家的资产阶级在几百年的发展中间，创造了一些好的经验。比方商品经济，讲究效益，讲究效率，讲究管理，这个我们也缺少。换句话说，在某些方面，我们还要对资本主义加以研究，得学它这些东西。现在大家对我这种说法，不会有什么反对的。如果倒退二十年，我要讲这么一句话，恐怕起码得批我两个礼拜。说资本主义还要学习呀？你这不是明目张胆地鼓吹资本主义复辟吗？我们有些东西还是要学习，只要是好的。我们现在这个社会矛盾很多，我们一个领导同志讲了一句话，这原来恐怕是老百姓讲的吧！说“端起碗来吃肉，放下筷子骂娘”。“端起碗来吃肉”，就说明我们生活好了，有肉可吃嘛！这个事情谁也不能否认。我们现在城、乡各个方面生活确实有改善，这个不能否认，都有肉吃了，这个没问题。那下一句话可真怪了，为什么“放下筷子骂娘”呢？这就很难说了，你吃了肉应该感觉很舒服嘛，肚子有油了应该很舒服嘛，为什么还要骂娘呢？在座的同志我不知道，是不是我们有时也有些牢骚，说些怪话呢？我有时也说些怪话。看了不正之风，有一些方面情况不那么令人满意，也讲些怪话；我倒没骂娘，没那么严重。这就说明现在这个社会有矛盾。有矛盾气就不顺，气不顺他才骂娘哩！气顺的话骂什么娘呢？应该理顺一下，让它顺当。“理顺”这个词过去不大多见，我觉得这个词非常好。就说我们现在不顺，才需要来理顺，理顺了，就用不着再理了。根据我自己的解释，之所以“放下筷子骂娘”，就是上面我讲的新矛盾的反映。怎么讲呢？比方现在大家讨论很多的，大家最不满意的是“不正之风”，要举例子多极了，说是什么“服务态度不好”、“高干子弟怎么怎么样了”、“一个人说了算怎么样了”，又是民主不怎么样了，法制不怎么样了，那意见多极了。还有人说我们不尊重人才，不尊重知识，不讲效率，不重视时间，这种弊病多极了。我觉得，有的意见说过了头，不符合实际情况。其中有的也是正确的。从前我在一本书上看到，西方的人讲过这么一句话，这句话可以供我们参考。他们讲什么呢？他们讲：“世界上所有的人都害怕时间，时间独独害怕东方人。”东方人包括中国、印度、阿拉伯、伊朗这些人。我觉得这句话里边有一部分真理，“时间”这个概念，咱们到今天恐怕还不是那么很重视。我们现在知道，时间就是生命，效率就是金钱。我们也讲，可实际上呢？我们做的时候还是不行。现在我们这个社会上，包括不管在哪个单位，好多做法都是浪费时间。我还看了一篇文章，里面说一个人一生平均大概有六十万个小时。那么你要浪费一个小时就浪费六十万分之一。时间对人来讲不是无穷无尽的。你不珍惜时间，什么事情也做不了。可是我们现在对于时间，普遍的现象不那么重视。总而言之，我的意思只是想说，我们现在这个社会好的方面我们不能否认，十一届三中全会以后，我们国家的政治形势，人民的情绪那是向上的，这个你无论如何否认不掉。生活有提高。当然也不能说我们十亿五千万人口生活都提高了，也不能那么说，还有极少数有困难的，我们讲实话。可绝大部分都提高了。我们今天社会有好的方面，这不成问题。可我们今天社会，还有很多不好的方面，我们决议上怎么讲的呢?《中共中央关于社会主义精神文明建设指导方针决议》上是这么讲的：党内和社会上一些严重的消极现象还有待于我们用很大的努力去消除。“严重的消极现象”，我体会刚才讲的都包括在这里边，是不是？党中央的决议并不是说我们现在的社会已经完美无缺，十全十美，好得不得了啦，不是这个意思，消极现象有而且还是严重的，不是一般的，就是说我们得承认这一点。不承认这一点的话，我们往前进就很困难。我现在讲的东西，跟我们要讲的文化发展战略有关系，你要摸不清我们现在所处的社会究竟是什么情况，优点在什么地方，缺点在什么地方，你如果不讲的话，你谈文化发展战略就没有根据。你知道你为什么发展吗？向哪个方向发展吗？怎么样发展吗？我们先要把我们整个的情况，一个世界情况，一个中国社会情况摸清楚，然后才能谈到这个文化发展的战略问题，要不然没法谈，谈的话也是空的。所以现在我就简单地把前边两个问题讲一讲，一个就是文明和文化的同和异在什么地方，第二个就是中国当前的情况，里边包括世界的情况。

今天主要讲的是第三个问题，第三个问题正是我那个提纲里边基本上没有的问题。第三个问题就是怎样开展文化交流，加强精神文明建设，理顺各方面的矛盾关系，促进生产力的发展。前边那三个是为后边这一个服务的，目的是为了促进生产力的发展。

我为什么专讲文化交流呢？文化发展的战略问题难道就是一个文化交流吗？当然不是。现在文章多极了，我自己认为，在我们中国的今天，要讲文化发展战略，其中一个很重要的内容，一个非常重要的内容就是文化交流，这是我的想法，因此我着重讲这个内容，我并不是说，除了文化交流之外，文化发展战略就没了，不是这个意思。今天我们中央的政策，我们中央的领导人屡次讲“对外开放，对内搞活”。我刚才说了，这个政策非常正确。专从文化方面来讲，我那个提纲上有，我提出了三句话：“开放开放再开放，拿来拿来再拿来，交流交流再交流。”这里边没什么深奥的意思，只是想强调，我们要开放，要拿来，要交流。就是强调这几点。讲到文化和交流，恐怕我们要回顾一下历史。我自己的看法，世界上任何民族，不管是大民族，不管是小民族，从它有历史那一天开始，就是文化交流的历史。同志们可以设想，原始时代那些小的部落，也要交流。比方这个部落里边发现了一个什么东西能够吃，什么草能够吃，就传到另外一个部落。比方这个部落里拿块石头可以做工具，那么可能就传到另外一个部落。总之这种事情，从人类历史一开始，就是文化交流。就说我们现在吧，在座的同志，从头顶到脚下，你们检查检查，哪一件不是文化交流的东西？头发是这样吧，前清时不是梳辫子吗？现在我们头发怎么变成这个样子了？你穿的衣服是不是长袍马褂？长袍马褂也不是黄帝老子传下来的东西。你手里拿的钢笔是中国的吗？你穿的裤子是牛仔裤、喇叭裤，下边是皮鞋，尼龙袜，戴着眼镜。在座的同志你们自己考虑考虑，从头到脚你们离不开文化交流，离了文化交流你现在的生活寸步难行。你出去骑自行车，这不是交流来的？坐汽车，不是交流来的？我眼前摆的这些玩艺，什么扩音器之类，不都是交流来的吗？我说文化交流从人类一开始就有，而且是离不开。现在好多东西，我们不考虑则已，一考虑就这样子，从头顶到脚底都是交流来的。比方我们现在吃面包，喝啤酒，大家知道啤酒这个字不是中国字，我们抽纸烟，烟也不是中国固有的；喝咖啡，坐沙发，喝可可，这不都是交流的？哪个是我们的？有些东西同志们不知道它，比方胡萝卜，大家一听“胡萝卜”，这个“胡”字就说明这不是中国的。拉胡琴，“胡”是外国的，吃洋葱，吃西红柿，洋柿子，这大家都知道。同志们吃的菠菜，天天吃，你知道这菠菜是哪国来的？这菠菜“菠”的本身就是音译，不是意译。它叫菠薐，菠薐菜，是印度、尼泊尔那一带产生的。你只要追究起来，我们的生活离不开交流。那我们的想法是不是也有交流来的呢？咱们以后再谈这个问题。我刚才讲了我们拿来了外国的物质的东西，当然也不是说，我们都学外国，我们中国什么东西都没有了，哪是那么回事呢？大家知道中国的四大发明，这个纸是中国先发明的，当然后来人家改进了，是不是？火药，是不是？罗盘，是不是？那多了。另外我们的丝，我们的茶叶，我们的印刷术，那多极了。所以说中国是很伟大的民族，我们对世界文化，对世界文明，作了很大的贡献，这个什么时候你也不能忘掉，外国人也不能不承认。可另外一方面，我们也接受别的国家的，所以这才是“交流”，如果光抄别人的，那不叫交流，如果光给别人，也不叫“交流”。所以现在哪个民族也不能讲，这个文化是我们这一个民族创造的。哪个民族也不能这么讲。如果这么讲的话，只有法西斯，德国法西斯，希特勒，他们讲。

他们是什么 Nordic 人种，那种人是世界文化的创造者，我们这种人是文化的破坏者。法西斯是骗子，是疯子。脑筋正常的人是不会那么讲的。世界民族，不论大小，都对人类共同文化作出了贡献，当然贡献不完全一样。我刚才讲了，中华民族是一个很伟大的民族，我们有很伟大的贡献，这个你不能否认。那最初呢，文化交流大概由于交通工具和地理知识限制，有限度，过去石器时代，你出去走路能走多远呢？可是随着历史的前进，交通工具一天比一天好，是不是？我曾经开玩笑。我说唐僧取经，从中国到印度，走了三年，现在五个小时到印度，唐僧当时他能相信吗？没人相信。地理知识一天一天扩大，因此交流也就一天比一天频繁，越来越频繁，所以现在我们这个交流快得不得了。平常我对这个事情不大注意，前几年我看见的是喇叭裤，下边一大块；现在我一看没了，又瘦又尖，成了牛仔裤了。这怎么来的呢？喇叭裤不是中国的发明创造，牛仔裤也不是中国的发明创造，都是外国来的，而且变得很快。穿衣服恐怕变得最快，特别在我们这些青年同志身上最快，我们这些老头子看不出来了，反正几十年一贯制。我的意思就是说，历史越往前进，交流越频繁，交流内容越深刻、越多。那么我们现在看看，古代的我想不讲它了，就是从鸦片战争以后。从 1840 年以后，我们中国近代史开始，我们这个国家同外国的来往，究竟是个什么情况呢？因为这个跟我们以后讲的有关系，所以必须说一说。我们现在讲中国近代史，有一本书，一个洋人写的，叫《剑桥中国晚清史》，他讲了一句：中国近代史，就是从鸦片战争以后，“从根本上说，是一场最广义的文化冲突”。文化冲突，中国文化和西洋文化的冲突。这是讲历史的内容。当然他这个意见，不是他一个人讲的，说这话的很多。就说我们近代史，不管是政治方面、经济方面，都体现了东西两种文化的冲突。陈独秀他也讲过："欧洲输入之文化与吾华固有之文化，其根本性质极端相反。数百年来，吾国扰扰不安之象，其由此两种文化相接触相冲突者，盖十之八九。"陈独秀最初是写文言文的。他的意思就是说中国文化跟西方文化不一样，很不一样。他这个"数百年来"，就不限于鸦片战争以后了，甚至可能包括明朝末年，什么利马窦、南怀仁那一批人到中国来，结果弄得我们国家扰扰不安，老出事，是不是啊？出事原因，他就说是两种文化相接触、相冲突，结果产生了这么一种后果，社会搞得不安，看来他的这种意见恐怕还是对的。我们研究中国近代史，过去我们总是以阶级斗争为纲，阶级斗争也是存在的，不能否认，是不是？可是你以文化冲突做一条线，也未始不可。用这一条线来研究中国近代史，也有道理。不论经济、政治，是不是？我们的近代史从 1840 年鸦片战争开始，后来太平天国，后来什么甲午战争，什么各种各样的动荡，这是从政治上来讲，都是两种文化冲突的结果。从经济上来讲，我们旧的那种自给自足的农村自然经济被欧洲的商品经济给破坏了。我这个年龄的人，年轻时候还感到了它的破坏。原来我们在家乡吃白面都是自己用磨来推的，弄一头牛、一头驴来推磨；穿衣服是自己织的布。后来我们叫"洋面"，现在叫面粉，就不是中国面，而是机器大生产的结果，这种洋面慢慢地、慢慢地就把农村那个面压倒了。农村的织布机现在根本就没了，早就没了，在我小的时候，十岁的时候还有。所以说中国经济、农村那种自然经济被欧洲的资本主义的经济破坏了，对农民的生活产生了很大的影响，这个也是东西方两种文化冲突的结果。思想上也可以看出来，有两种文化的冲突。我们讲中国近代史，实际上还可以再远一点，从明末讲起，像陈独秀讲的这个“数百年来”，就是东西方两种文化冲突造成了、构成了我们中国的近代以前一直到近代的历史。就是这么个情况。那么我们讲近代史也可以是讲近代史里边的东西方文化又冲突又汇合的一种表现——文化交流。文化交流在这里边是一种什么情况呢？从1840年到现在一百四十六年，就算一百五十年吧，是一个什么情况呢？实际上讲到五四运动就可以了，因为五四运动以后是另外一码事了。也可以说是从1840年到1919年，这样的话就是八十年。八十年从文化交流的情况来看，有这样几个问题。你讲文化交流，交流的内容是什么东西呢？我看了一些材料，三分法占主导地位，一直到今天仍然如此。有一个人，是十九世纪下半叶的，叫曾康，他写了一本书，叫《翼教丛编》。他是拥护孔教的，翼教，教也者，指孔老夫子之教也。他当时是比较右的，比较落后的这么一个人。他是从什么地方讲的呢？“变夷之议，始于言技。继之以言政，益之以言教，而君臣父子夫妇之纲，荡然尽矣。”“变夷”，就拿中国来把外国人改变。他分三个层次。一个是“技巧”，技工的“技”，这是第一个层次；第二个层次是政，政治的“政”，他指的是政治制度，跟技巧不一样了；第三个是教，不是教育，而是教化，是上层建筑的东西。分三个层次“技、政、教”，从物质的一直到精神的，中间经过政治制度。到了1916年，陈独秀写了一篇文章，叫《吾人最后之觉悟》。1916年，那时候还没有五四运动，五四运动是1919年。他这里边也分了三个层次。第一个叫“学术”，学术指的是这些东西：西教、西器、火器、历法、制械、练兵。历法是从前的皇历，现在咱们的月份牌。这第一个层次，叫学术，学术意思就包括这些东西。第二个层次叫“政治”，指的是政府的制度。第三个层次叫“伦理”，就是自由、平等、独立，也是属于精神方面的东西，他这三个层次跟曾康基本一样，从物质最后到精神，都是这个样子。到了 1922 年，梁启超写了一篇文章，叫《五十年中国进化概论》，他怎么讲的呢？他说近五十年来中国人渐渐知道自己的不足。他的意思就是说，五十年以前，从 1922 年算起，五十年以前，中国人对自己的不足不知道，大概从 1870 年算起吧，渐渐知道自己的不足。他感觉到中国跟西方交流分三个时期，也是三个层次。第一个叫器物，磁器的“器”，物质的“物”，就是物质的东西。第二个叫制度，意思一样。第三个叫文化根本。你看梁启超也是分三个层次，而且内容跟曾康、陈独秀一样。他们三个人都是从物质到精神。这说明什么呢？就说明我们在鸦片战争以后，同西方来往，同西方进行文化交流，大概就是这么三个层次。从物质到精神，从低级到高级。这个意见看起来是能够成立的。是什么原因呢？因为我们现在看一看，中国同别的国家文化交流的历史多极了。中国同印度、朝鲜、越南交流；同日本、美国、英国、德国也都交流。大概一般讲起来，开始总是从物质开始，而不是精神的。物质，比方说吃的东西、喝的东西、穿的东西，这个很具体。拿来以后就能吃，能用。我现在还想给同志们讲一个我自己正在搞的课题。我们现在吃糖，白糖、红糖，这糖不知同志们考虑过没有，每个人天天吃，可是糖的背后有人类一部很复杂的文化交流的历史。

咱们中国过去不吃白糖，甘蔗有，没有白糖。最初我们叫糖的东西，在汉朝是关东糖，麦芽做的。糖是物质的东西，这物质的东西一旦产生，一旦制造出来，它就流遍全世界，因为每个人吃糖都很满意，很甜、很舒服，很容易学，也用不着思想斗争。我的意思就是说，文化交流开始的时候一般说总是从物质开始的。因此这个三分法是有道理的，为什么三个人都一样，是不是抄袭？不知道，也许是独立思考，达到的结论都一样。这三个人一点没区别，就说明这个东西是接近真理的。到了现在，我们这儿还有研究这个问题的。我刚才说的庞朴同志，上面我谈到他在《中国社会科学》上写了一篇文章，叫《文化结构与近代中国》。庞朴同志分析这个问题，也是分了三个层次。他叫什么呢？他第一个叫物的部分，事物的“物”。物的部分指的什么东西呢？他讲物的部分就是指的马克思称之为“第二自然”的。这是第二自然，不是第一自然，就是对象化的劳动，就是用劳动制造什么东西。对象化的劳动，指物的部分。这是第一。第二个层次是心物结合的部分。心和物结合。这里边指的什么东西呢？指的就是自然和社会的理论，社会组织制度等等。第三个层次呢？是心的部分。物、心物、心，这么三个层次。心的部分，叫核心层，指核心，最中间的，这里指的什么东西呢？这里指的价值观念、思维方式、审美趣味、道德情操、宗教情绪、民族性格等等，这是心的部分。他这三个层次跟上边讲的也一样，从物到心，中间有一个过渡，过渡就是制度，上边几个人都讲的是制度。这是文化交流的内容方面，有这么三个层次。大概第一个层次最容易交流，这是没问题的。同时这三个层次还代表三个时期，就是从 1840 年到 1919

年，这八十年中间，这三个层次代表了三个时期。这物的部分呢？就是自鸦片战争到洋务运动，到甲午战争。在这个阶段上，中国人就说“师夷之长技”。师，以他为老师，学习夷人。夷，外国人。学习外国人擅长的技术，船坚炮利，造大炮，造战船。第二个层次是第二个时期，就是甲午战争，戊戌变法、辛亥革命。戊戌变法，要改变这个制度，要搞君主立宪，这是制度嘛！辛亥革命大家也知道，它也有它追求的政治上的理想，就是废除君主制度。这是第二个层次。第三个层次呢？心的部分，就是我刚才说的价值观念、思维方式，等等，等等，这是从辛亥革命到1919年五四运动。五四运动是在文化深层进行反思，现在不是有一个名词，一个常用词吗？叫作反思，自己来思考。五四运动是最清楚的了，当时讲的五四运动要两种东西，一种德先生——德谟克拉西——民主。一种赛先生——赛因斯——科学。要民主，要科学。反思，怎么反思呢？就是我们过去没有民主，反思的结果要这个东西。所以我看这个说法是有道理的。文化交流的三个层次，三个层次代表三个阶段，就说明我们清朝末年的中国人一直到民国以后的中国人，都在那儿考虑这个问题，向外国人学习什么东西，考虑结果就这么三个阶段。一个阶段比一个阶段提高，发展是非常自然的。

刚才我介绍了几个文化交流内容的三分法。还有另外一些三分法，如周一良同志在《光明日报》1986年6月24日“史学”上写过一篇文章，叫《我对中外文化交流史的几点看法》。他也是三分法，不过他这个三分法跟前面说的几个不一样。他分三个层次，第一个叫狭义的文化，狭义的文化指的哲学、文学、美术、音乐以至宗教等，主要是与精神文明有关的东西，这叫狭义的文化。第二个叫广义的文化，指政治、经济。政治指典章制度，经济指生产交换，以及衣食住行，婚丧嫁娶、风俗。里边包括生产工具、服饰、房屋、饮食、车船等生活用具，这叫广义的文化。第三个叫深义的文化。狭、广、深，三个层次。深义的文化是在狭义、广义互不相干的领域中进一步综合、概括、集中、提炼、抽象、升华，得出一种共同的东西，一个民族文化中最为本质、最有特征的东西。他举了个例子，拿日本来讲，说日本喜欢苦涩、闲寂、简单、质朴、纤细、含蓄、古雅、引而不发、不事雕饰。周一良同志发表在《光明日报》上的文章讲的也是三分法。除了这些之外，也有四分法，台湾有一个学者叫余英时，他把文化交流分为四个层次。第一个层次是物质，这跟三分法一样；第二个是制度，也跟三分法一样；第三个层次是风俗习惯；第四个层次是思想与价值。好像是第一等于三分法第一，第二等于三分法第二，第三、第四等于三分法第三，好像是这么一种情况。

现在跟同志们谈几个问题，就是在十九世纪后半叶到二十世纪初叶，跟文化交流有关系的有三个问题。当时人们感觉到不向外国学习不行了。他们虽有这个感觉，但总是认为，向外国学习，只能学习物质的东西。精神的东西还是中国的好。他们想向外国学习，但总还放不下架子，总还想“精神胜利”。因此就产生了三个问题。第一个叫本末问题。中国四书中的《大学》有这么几句话：“物有本末，事有终始，知所先后，则近道矣。”总的意思就是说：物有本，有末。本是根本，末是末梢。这个问题什么意思呢？“德者本也，财者末也”。伦理道德是本；财，物质的东西是末。他们这个意思无非是说，西洋的东西是末。当时最羡慕的是船坚炮利，为什么船坚炮利呢？因为跟洋鬼子打仗打不过他们老吃亏，后来就感觉到，说他那个船比我们厉害，他那个炮比我们厉害，我们首先学这些东西，非学不行，因为咱们那个大刀片打不过洋枪洋炮。可是他们认为这是末。本是道德。我们中华帝国虽然末不如你，可是道德比你高，实际上反映的是“精神胜利”。他们这一个本末，中国为本，西方为末。后来郭嵩焘，同志们知道他是晚清时候一个比较著名的外交家，他有他的看法，他说：西洋立国，有本有末。他说西洋人家本国也有本有末。什么叫末呢？什么叫本呢？其本，在朝廷政教，政治教化；其末，在商贾做生意、造船、制器，这是他们的末。郭嵩焘的看法比一般好像要高了一层。一般认为，西方没有本，只有末，他们不知道别的，只知道船坚炮利，能造得好船，铸得好炮。郭嵩焘呢？他说人家也有本有末。这个问题就是我刚才说的，它反映了什么呢？就反映了当时清朝有那么一批官僚，他们感觉到非向西方学习不行，可是心又不甘，不甘心，所以只好说：我是本，你是末。鲁迅讲的阿Q精神就是这类的东西。

第二个体用问题。一个体，一个用，跟上边那个差不多。体是主体，这个很清楚，中学为体，西学为用。说我们中国的文化、教育、学术，这是体，这是基本的。说你们那套东西不是体，而是用，是为我所用的。这个体用问题大概同志们知道，在十九世纪鸦片战争以后，在清朝一些官僚中间，有过长期的争论。长期争论的结果大体上还是中学为体，西学为用。它反映的情况跟第一个差不多，不得不学，可又不甘心学，不敢于承认自己不行，结果我是为体，你是为用。严复，同志们知道严又陵，翻译《天演论》的，他对这个有点意见，他讽刺了。他怎么讲呢？他说："有牛之体，则有负重之用。"说有牛这个体，用来负重，可以驮重东西。"有马之体，然后有致远之用。"就是说可以骑着马到很远的地方去，这是它的用，这个不成问题。他说"未闻以牛为体以马为用者也"。他这个话讲得很俏皮，他是反对那个想法的。他说你以中国为体，以西方为用。你以牛为体，以马为用，是不可能的。马有马的用，马有马的体；牛有牛的用，牛也有牛的体。总而言之，这个问题也体现了当时官僚们的思想活动。现在这个问题还在那儿提，我听说李泽厚同志就讲，以西学为体，以中学为用，发表在《群言》上。是不是在《群言》上发表过？（好像发表过。）我没看过他的文章。他讲西学为体，中学为用，有些人起来纷纷反对。这是与文化交流有关的第二个问题，叫体用问题。

第三个问题夷夏问题。夷是洋人，夏天的"夏"是中华民族，外国人和中华民族的关系问题。这个也很简单，怎么叫夷夏问题呢？魏源是当时一个思想很解放的，也可以说是先进人物吧，他有一部书叫《海国图志》，是在鸦片战争前后写出来的，很大一本。同志们有兴趣翻翻这部书，非常有意思。当时十九世纪中叶距今一百四五十年前，他介绍了外国的好多东西，有些方面，我想我们今天还未达到这个水平。他介绍了好多书，好多情况，说美国跟中国通商，美国一年赚多少钱，输出多少东西，输入多少东西，都写得清清楚楚。现在如你要想了解这些情况，可能还有困难。我们与美国经济关系那么密切，可是有些数字，我是不知道的，也许搞经济的同志知道。当时十九世纪中叶，那时候一些先进人物写了好多书介绍外国，都是非常详细的，包括地理、经济等各个方面。他们把英国的船只，包括多少战舰，都写得详详细细。魏源这本《海国图志》非常有趣，他这个人应该说是一个很开明、很先进的人物，可是他主张什么呢？他主张我们跟外国文化交流“以夷制夷”。同志们知道这个词。鲁迅写文章有时也讲到“以夷制夷”，用外国人制外国人，打外国人的牌。这夷夏问题就是这么个问题，究竟是夷——外国人改变中国呢？还是中国人改变外国，以夏变夷，用中国来改变外国。他们主张什么呢？他们主张说：我们学习外国的东西，可以学习，而且非学习不行，船坚炮利；可是我们不能让它把我们化过去，说伦常名教，中国的伦常名教是不能变的。

以上这些问题都是很复杂的问题，什么本末问题呀，体用问题呀，夷夏问题呀，因为时间关系，我只能给同志们在这里简单讲讲内容。虽然这三个问题名字听起来不一样，实际上表现的心情则是一致的，就是要学习，而又不甘心。我们天朝大国，我们有我们的好东西，就是学你们，你们也没有什么了不起。

当年有一个英国女王不是伊丽莎白二世，而是伊丽莎白一世，她在位时正是明朝末年。当时伊丽莎白一世写了一封信给中国明朝的皇帝万岁，目的是要求通商。英国是殖民主义国家，它要通商。这位英国女王说是没得到答复，当然没得到答复了。当时那个皇帝，他是天朝大国，中华帝国，地球的中心，一点也瞧不起英国。从前流传着很多笑话。外国人来要求通商，我们天朝大国皇帝不懂，大臣也不懂，一定说人家来进贡。到了北京的话，一定要洋人三跪九叩。那洋人是不磕头的，可是到了北京，不三跪九叩就不行，闹了很多笑话，多极了。这就说明鸦片战争以后，实际上我们力量已经不行了，可是天朝大国的架子放不下来，而且很愚昧，世界什么情况都根本不懂，一点不懂，出了很多笑话。实际上本末问题，体用问题，夷夏问题，都跟这个类似。当时有一些人是出过国的，如郭嵩焘，他就出过国，他不是土包子。可是到了外国看一看，看的也不是根本。不过当时还有一部分人，脑筋比较清楚。怎么叫脑子比较清楚呢？他们认为西洋除了船坚炮利之外，还有一些东西值得我们学习，所以西洋不光有物质的东西，不光是第一个层次。这在当时就不得了了。如康有为就讲过，他说欧洲对人民实行仁政。我们今天看，当然也不会真正是仁政，康有为看的也不对了。他又说："法律明备。"意思是说欧洲法律很明确，很完备。"政治修饬"，政治很好。"彬彬矞矞，光明妙严工艺之精美，政律之修明，此新世之文明乎！诚我国所未逮矣。"意思就是说，在欧洲政治、法律、社会风气都很好，我们中国赶不上的。他甚至这样讲，我们应该"折节而师之矣"。我们应该把人家当老师。所以说康有为这个人毕竟还是有脑筋的。当然除他之外，也有别人，刚才讲的郭嵩焘，还有薛福成等人。郭嵩焘这个人有他不清楚的一面，糊涂的一面，也有他清楚的一面。薛福成在他的日记《出使英、法、意、比四国日记》里面，光绪十六年三月十三日，他写道：郭筠仙侍郎（就是郭嵩焘，他回来当侍郎啦，是副部长），"每叹羡西洋国政、民风之美"。在外国当了几年公使，回国以后老讲，西洋的国政、民风非常美。"至为清议之士所觝排"。他这么讲话，当时好多人骂他。用"四人帮”的名词，就是里通外国、崇洋媚外。大概郭嵩焘也被扣上了这么些个帽子。另外还有个李圭，他在《环游地球新录》这一本书中说到机器造纸。他讲造纸本来是中国发明的，可是机器造纸是西方搞的，所以造的纸非常好。另外他还讲那些人都非常之敏捷、爽快、通达，不执滞。常看他们做事，头绪纷繁，问题很多，可是一转瞬间，就把一切问题都弄好了。可见李圭对欧美人也是赞美的。不多举例子了。这些例子说明什么呢？就说明十九世纪后半叶，就在那三个层次中三个问题——本末问题、夷夏问题、体用问题闹得乌烟瘴气的时候，当时还有不少人脑筋是比较清楚的。他们说洋人好的地方，不仅是船坚炮利，人家的风俗习惯，办事的效率、法律也比我们强，不是都糊涂的。

现在，既然讲到这地方，我想是不是讲一讲东西方文化究竟有什么差别。这个问题也是一个大问题，光讲这个问题，恐怕半天也讲不完。东西方文化，大家都感到有差别。为什么讲这个问题呢？要不讲这个问题的话，我们下边讲我们拿来，究竟拿什么东西呢？拿来，拿好的啦，是不是？我们好的东西要发扬，我们不足的地方要改正，要拿外国的好东西来。当然要分清楚东西方优点何在？差别何在？关于这问题文章多得不得了。有一些我就不讲了，我只举一个例子，就是李大钊同志。李大钊讲过东西方的差别，严复也讲过差别。同志们要看的话，可以看民盟中央出的一个刊物叫《群言》。《群言》就是大家来说话，是1986年第5期，上面我写了一篇短的文章，叫《交光互影的中外文化交流》，我在那里引了严复谈中国跟西方究竟有什么差别，在这里我就不讲了，可以看一看那篇文章。现在我讲一讲李大钊同志。他讲东西文明有根本不同之点，首先是根本不同，东洋文明主静，西洋文明主动，一个动，一个静，这是一点。东方是为自然的，西方是人为的；东方是安息的，西方是战争的；东方是消极的，西方是积极的；东方是依赖的，西方是独立的；东方是苟安的，西方是突进的；东方是因袭的，西方是创造的；东方是保守的，西方是进步的；东方是直觉的，西方是理智的；东方是空想的，西方是体验的；东方是艺术的，西方是科学的；东方是精神的，西方是物质的；东方是灵的，西方是肉的；东方是向天的，西方是立地的；东方是自然支配人间的，西方是人间征服自然的。李大钊同志举了这么多差别，严复也讲了很多。总之是东西方文明不一样。这些意见是不是都是正确呢？也不一定。刚才一开始我讲二十年代讲到东西方文化及其哲学，梁漱溟老先生他有他的看法，甚至印度泰戈尔，那个大诗人，也有他的看法，我说不一定都正确。可是大体上，第一个我们得承认东西方有差别，第二个人家的好处我们要学习，我们的好处要发扬。李大钊同志的文章叫做《东西文明之根本异点》，就是根本不同的地方，同志们可以参考一下。他讲了很多，刚才念了一下。所以我想我们把东西文化中间的不同，把它搞清楚，对我们将来讲“拿来”有好处，要不然你不知道拿什么东西。

现在我就来讲我们的主题“拿来”、就是鲁迅的“拿来主义”。就是把外国的好东西“拿来”。究竟拿什么东西呢？我做了一点研究，我的意思就是这三个方面，这三个层次都要拿来。我现在就拿庞朴同志的三分法来看一看。庞朴同志讲的“物”的部分，这个当然我们要拿。刚才我们说的这咖啡、这沙发、这啤酒、这牛仔裤和喇叭裤，这一系列的东西，只要好的，我们都拿。这是第一部分，在物的部分里边，只要好的，我们都拿，而且这个比较容易。有个很奇怪的现象。一个什么现象呢？最近才想到，就拿啤酒来讲，听说几年来，北京啤酒老是供应不上。别的地方也有这个问题。我就很奇怪，我小的时候，没人喝啤酒，我小的时候连西红柿都没有，现在这么流行。可前几年，听到好多人讲，啤酒的味道跟马尿一样。你说啤酒是怎么好，也不敢说，反正我喝啤酒时间也不少了，我一直到今天也不敢欣赏这啤酒，我也喝。特别是可口可乐，我更不知道优点何在。喝我也可以喝，反正不是毒药，我都敢喝。可是为什么前几年说是啤酒是马尿，现在竟然供不应求，买不上呢？为什么原因呢？同志们可以研究研究，非常有趣。一般讲起来，人的口味不大容易改变，四川同志你不让他吃辣，恐怕很难；山西同志不让吃酸，也很难。可为什么啤酒就能征服我们，从马尿到供不应求，这究竟是什么心理，值得研究。我在日本也有个观察。同志们知道日本过去吃大米，那现在呢？你到日本看得很清楚，老头还是喜欢吃大米，年轻人吃面包，什么“热狗”啊，他们都吃。咱们现在中国也有“热狗”了。日本“热狗”和面包多极了，都吃这个。有人还有理论。有什么理论呢？他说吃米的人长得个矮，吃面的长得大，个子高。而且还讲，从历史上来看，都是吃面的征服吃米的。各种“学说”都有。现在日本年轻人确实长得个子高。不过我们现在年轻人个子也高，现在中国年轻人长高，也并不是什么遗传。同志们你想一想，我们社会上有好多父亲母亲不高，儿子女儿高得不得了。这个原因对我们来讲很简单，就是今天我们这个社会，确实对青年发育有好处，他思想负担没有了，父母打人的比较少了，物质条件好了，他的个子怎么不长呢？当然长了。在日本有人讲，他因为是吃面吃的，个子高了，他父亲祖父是吃米吃的，个子很矮。原因究竟何在？反正我觉得值得研究。口味问题非常有趣，特别是啤酒、可口可乐，我不理解。我也喝。你说让我赞美它，我也不赞美；我也不说它是马尿，也没那么严重。这都是闲话。总而言之，第一部分，物的部分，好的我们拿。第二部分心物结合的，比方说制度，制度我们也可以学习。比方我们现在的全国人民代表大会、全国人民政治协商会议，这当然我们不是抄哪一国的，可是也不完全是中国的，我们发展了。现在我们公司里也有自己的管理制度。我们明确提出，我们的管理制度有的不好，我们要学习外国的。一般讲起来，最困难的是心的部分，精神的，这个最困难。在这一部分里我们拿什么来呢？比方说是价值观念，这个恐怕很难拿，思维方式，这个也很难拿。审美趣味，我看倒是不难拿的。刚才讲的，喇叭裤一来，全都是喇叭裤了；刷地一下子一变，又都是牛仔裤了。这不是审美趣味吗？有人告诉我今年流行的型式是金字塔式，是这样一个型式，颜色是黄的，我没到大街上去观察。据说审美观念每年每年都不一样。而且这审美观念好像在全世界有一个指挥棒，现在的指挥棒好像是法国。原来中国的指挥棒是上海。鲁迅讲这个讲得很有意思，他说，妇女的穿着、衣服，其指挥棒是在旧社会的妓女手中，只要她们一穿，别人都来学习了。我觉得审美趣味拿来并不难，一下子就改变下。道德情操，这就困难了；宗教情绪、民族性格、价值观念，我看改变这些，也很困难，下面还讲这个问题。我们今天讲文化交流，讲文化发展的战略，不仅物的方面要拿，那不成问题，最重要的还是要拿第三个方面的价值观念、民族性格。在这些方面，我看得要改一改，不改的话，我们的社会主义建设、生产力发展就会很难，非常难。这里边就牵扯到鲁迅。同志们都知道，毛泽东同志给他非常高的评价，今年不是他逝世五十周年吗？1936 年去世的。这个人确实是了不起的人物，在中国历史上站得住的，革命家，思想家，文学家。可是有一个问题。一个什么问题呢？大家知道，在鲁迅的杂文中、在他的小说中，对我们中国的民族性有很多的剖析、批判。比如《阿 Q 正传》，你说阿 Q 这个人物代表什么？代表“精神胜利”，他很愚昧。怎么叫“精神胜利”呢？鲁迅也有个解释，他说清朝时候，来了一个洋人，要见外交部长，当时不叫外交部，叫总理各国事务衙门。进来以后，拍桌子瞪眼，拿着文明杖，要打人，结果我们跟他签了条约，出卖了国家利益，我们吃了苦头了。怎么办呢？你打仗打不过他，清朝的皇帝，慈禧、光绪，完全一批废物。怎么办呢？有办法。他走的时候不开正门，总理事务衙门不是有正门吗？只开旁门让他走。洋人反正是条约签了，经济利益拿到手了，走大门也行，走旁门也行，都不在乎。可是我们中国官僚们认为“胜利”了，你看我给他面子不好看，他失了面子，我得了面子。结果我们丢的土地，我们丢的金钱，哪个都不在话下。当然鲁迅攻击我们的民族性不只这一点，还有好多，比方说糊里糊涂、马马虎虎、办事不讲效率，有的人是伪君子等等。同志们，你们看他的小说对伪君子、道学家，批判得多么深刻。《肥皂》多么深刻呀！《肥皂》，同志们知道那篇小说，是不是？它对我们的假道学攻击得很厉害。大家有时候开玩笑，说鲁迅如果活到“文化大革命”，起码是个反动学术权威，他也得关牛棚，就因为他对中国有那么些意见和批评。他可能也被认为是崇洋媚外，因为他说洋鬼子有的地方比我们强。鲁迅讲我们吃东西，肉煮得太烂；吃牛肉还是应该刀子一下去，里边还有红的。这不是崇洋媚外吗？当然是大家开玩笑！鲁迅要是活到“文化大革命”，也没有多大岁数，1881 年诞生的嘛。可是今天我们怎么来看鲁迅这些意见呢？他提的我们民族性的缺点，今天怎么看呢？我自己看法，我觉得鲁迅是对的，没有错。我们在社会上看到好多现象，就是党中央《决议》里边讲的严重的消极的东西，这跟鲁迅指出来的并没有不同的地方。过去有一段时间讨论鲁迅的杂文，现在不是又提倡写杂文了吗？可是有一段时间，这个杂文不敢写。同志们想一想，当时有一阵子漫画很多，后来就批判了画漫画的，当时画漫画的同志都有这个经验，华君武同志等等。画漫画当然是指出的缺点多，这个都不行。鲁迅的杂文呢？反正现在过时了，已经过了五六十年了，算了，他在历史上有那么些功绩，他的杂文今天就没意义了，失掉意义了。我自己的看法是这样：鲁迅杂文从大的方面来讲，攻击两部分，一部分是攻击国民党反动派，那很多了，这个你可以说是过时了，因为国民党反动派跑了嘛。可他讲我们社会上一些消极现象，我们民族性格里边的一些消极的东西，一直到今天还有意义。我们现在好多不正之风，是不是跟这个有关系？我想讲点与这个有关的现象。同志们，你们打开《参考消息》，外国人、华裔，基本上都反映我们服务态度不好。你们也不满意吧！特别是外地来的。我听说我们这次听课同志有百分之四十九是外地来的。同志们，你们到北京来，是不是在服务态度方面也碰过钉子？我想恐怕是要碰的，要不碰的话是不大符合规律的。你买东西，你问他，他不理你，你再问他，呲儿你。像民航，刚出了一个广州市委书记的事件。昨天我看《人民日报》又登了类似的东西。服务态度不好，究竟是什么原因？过去对服务态度我也不满意，现在我不大敢买东西，买东西多少得挨点呲儿，算了，我叫别人去买。后来我就分析，我说服务态度不好，是不是资本主义的东西呢？同志们大概你们都同意我的意见，绝对不是资本主义的东西，资本主义国家服务好得很。你到日本去看一看就知道了。他不敢不好，不好的话立刻就丢掉饭碗，他们服务态度非常好。那是不是封建主义的东西呢？坏的东西一个资本主义，一个封建主义。封建主义的东西也不是。我小的时候应该说是半殖民地半封建社会吧，那时候服务态度还是好的，包括在饭馆子里边，都很好。那么我们现在这股邪气从哪儿来的呢？一不是资本主义，二不是封建主义。这股邪气，就是我们在建设社会主义社会的过程中，我们认为平均主义、大锅饭就是社会主义，这就是根源。没有平均主义，没有大锅饭，服务态度就好得很，这是一个根源。还有一个根源，就是我们生产力不发展，好多现象，好多社会上的不正之风，都与生产力不发展有关系。我听说老百姓有个顺口溜，说有四种人你得巴结他，叫什么呢？叫“听诊器、方向盘、劳资干部、售货员”。听诊器是医生，医生你得巴结他，为什么呢？你泡蘑菇的话，弄个假条，他给你写。来了好药，他给你开，得巴结他。方向盘，是指司机，司机你惹不起，得巴结他。劳资干部，掌管人事，得巴结他。售货员，是商店里卖东西的，特别是卖日用品的，比方说豆腐，现在北京豆腐好买了，原来豆腐是很不好买的东西啊，你认识售货员的话，就买得着。现在又要分大白菜了，你要认识售货员，全是一级的，你要不认识的话，或者关系不好的话，他给你从中捣点鬼。所以我们好多社会不正之风，比方走后门，大家都讨厌走后门。买车票问题，你们现在要回去，恐怕就碰到买车票的问题了，要走后门，不然的话你就十分困难。这些都是生产力不发展的结果。国外就没有这种情况。你到日本去，别的国家我不清楚，我到日本、西德去的次数比较多一点，哪有买车票排队的？滑稽了。你打个电话票就给你送来了，他巴不得你坐车。你到商店买东西，售货员你巴结他？是他巴结你，给你鞠大躬，他希望你再来。饭馆子哪里用排队呀！我们这儿饭馆子现在我不知道，以前你要吃顿饭费劲儿极了，站在后边，看人家吃完，然后自己找一个座位，盘子、碗服务员也不拿，得你自己去拿。所以我们社会上好多不正之风跟生产力不发展有直接联系。鲁迅攻击的我们民族的某些缺点也与此有关。我看鲁迅是满怀对中国民族的热爱，来提中国民族的弱点的，他不是幸灾乐祸。最近我们讲巴金，我看巴金这个同志也了不起，他那个《随想录》我没看全，看了一点，那真是大实话。话是非常难听，可是现在大家认为，巴金这个人就是讲实话。有人说巴金代表了中国散文的第二个高潮。第一高潮是鲁迅，第二高潮是巴金。我觉得是完全对的。他们不是假洋鬼子，说我比你高一等，你怎么怎么不行，多少多少毛病，不是。他是把自己摆到一个中国人民一份子的位置上，恨铁不成钢。我觉得鲁迅的杂文，除了攻击国民党反动派那一部分外，因为国民党反动派已经完了，其余的我看都有用。今天社会上好多消极的东西，还有。而且我讲一句很不好听的话，有的还有发展，在“文化大革命”中发展了，比鲁迅那时候还严重。这个你不正视行吗？不正视，我们这个社会主义，有中国特色的社会主义怎么建设呢？生产力怎么发展呢？大家放下筷子骂娘，怎么能发展生产力呢？关于鲁迅，有人好像有这个意思，说鲁迅只看到中国民族的弱点，而中国民族的优点则没看到，这不是事实。鲁迅文章本身就讲过，鲁迅有一篇文章叫《中国人失掉自信力了吗?》他在文章里讲的东西大概同志们都熟悉的。他这里边就讲到中国民族的优点。这是在《鲁迅全集》第六卷《且介亭杂文》里边的。他说：“我们从古以来，就有埋头苦干的人，有拼命硬干的人，有为民请命的人，有舍命求法的人，……虽然是等于为帝王将相作家谱的所谓‘正史’，也往往掩不住他们的光耀，这就是中国的脊梁。”有这么一些人。这些人一直到今天，还是了不起的。我们历史上不是没有。所以中国人的优点，鲁迅并非没看到，说鲁迅光看到中国人民的弱点，没看到中国人民的优点，这不是事实。最近我看了些文章，其中有几个谈到中国国民性的一些问题。比方说有一篇文章是隋启仁同志写的。他说要改变封建主义的“门第观念”、“等级观念”、“资历观念”、“身份观念”、人身依附的关系、人治、封闭性、保守性、求稳不变。我们恐怕得承认有这个情况。同这些情况相对的资产阶级的观念，是平等观念、独立人格、法治、开放、冒险、标新立异等。他们要求改革嘛！我们是封闭、保守、求稳不变，这样怎么能改革呢?因此我们现在讲文化发展战略问题，讲文化交流，讲向外国学习，我们一方面应看到我们中国的好的方面，就是鲁迅讲的中国的脊梁，这个我们不能丢，无论如何也不能丢。要大胆发扬。另外一方面，要看到我们的弱点，在心理素质、价值观念方面，我们有弱点，刚才我举了好多例子。我再举一个例子。当年“九一八”，老的同志知道，“九一八”日本侵略中国，国民党反动派蒋介石不抵抗，他打日本打不了，他也不敢打。为什么呢？他认为日本的危害还不如江西苏区，他要先消灭红军，于是就对敌屈服。怎么办呢？日本进来了，一下子占了我们这么一大片土地。当时国民党的想法，就是依靠国联。国联就等于今天的联合国。依靠的逻辑是什么逻辑呢，说是我们中国是弱国，你强国侵侮弱国，不合我们中国的伦理道德，你这国联得主持正义啊。蒋介石他这么讲，根子里边是想先消灭红军，向日本人投降，可嘴里却是这么讲的。可当时中国老百姓接受这个东西。我们的伦理概念跟西方不一样，西方是优胜劣败，竞争，弱肉强食，谁软弱谁倒霉，该打倒。人家的伦理是这么个伦理。可是我们当时，蒋介石心里有鬼，我们老百姓的思想有那么个包袱，按中国的伦理纲常，大的欺侮小的，是不对的。鲁迅讲这叫隔膜，隔膜就是我们不懂国联，国联都是外国人、欧洲人。我们不懂他们的想法。结果有什么用呀，日本不是把东三省占了吗？还有一个事情，这是我自己亲眼见到的。我在德国住了多年，小孩子打架很少见。有一次就在我窗子下面两个小孩子打架了，一个高的十五六岁，一个小的七八岁。我当时脑筋里立刻就想：你怎么大的欺负小的呢？这是我的伦理概念，不行啊！大的欺负小的不对啊！可是两个小孩子打了起来，周围围了一群大人在那儿观战，没有一个出来主持正义的。结果小的不行，差远了，一下子被打倒了，躺在地上挨了几巴掌，打得挺厉害。可是他站了起来，哈哈大笑。这日耳曼民族，有他们的狂气。他还接着跟这个大孩子干，大概被打倒了好几次，最后我对门住的一个老太太，拿了一盆水，往人堆里一泼，大人小孩每人弄了一身水，散开了，走了。后来我一想这不对，人家在德国，不论谁跟谁打仗，反正谁胳膊粗，谁有劲，谁就是胜利者，这就是人家的道德观念，我们认为大的不能欺负小的，这是我们的道德观念。因此我们今天的伦理道德、价值观念，其中有一些是要改变一下的。不变不行。跟洋人打交道，你就得讲竞争。在国内我们也得讲竞争，是不是？哪个工厂不行，就破产，现在《破产法》不是要通过吗？我是赞成这个的。你不行就让别人，这个道理很容易理解。总而言之，我们现在这个伦理道德、心理素质、价值观念，对于一些事物的判断，不改不行。特别时间观念、效率观念，非讲不行。刚才我讲过，世界上的人都怕时间，而时间却怕东方人。咱们平常浪费了多少时间呀？是不是？这样行吗？一个人一辈子六十万个小时，而且现在是三年等于石器时代的三千年的时代，这么一个世界情况，如果我们还是慢慢腾腾，还是老的东西，那不行的，我们生产力发展不了。总而言之，我的意思就是要讲文化交流，要讲文化发展战略，我们就要向别的国家好的地方学习，最容易学的我们都学了，啤酒也喝了，沙发也坐了，可是我们得学最难的，就是我们的价值观念、思想方式，不能马马虎虎，得把弱点克服，要不克服的话，我们的生产力就发展不了。生产力发展不了的话，社会主义建起来就困难了。那么有的同志可能要问了：啤酒很容易拿来，不用劝我们也喝了。有些东西，我们认为是我们的缺点，认为是别的民族的一些优点，这个怎么拿来呢？这个问题非常不容易解决。我引两个人的话，一个人是梁启超。他这样讲："要拿旧心理运用新制度，决计不可能。"他讲的是心理，用旧心理运用新制度，办不到的。要运用新制度，得把旧心理改成新心理。鲁迅有一句话："人不能自成为新人，文艺不能自成为新文艺。"总而言之一句话，我们要拿比较难拿的。怎么去拿呢？这个问题恐怕不是一年两年，十年八年能够改变的。中共中央的决议里边，建设精神文明里边恐怕也有这层意思，恐怕要用很长的时间。首先我们得承认我们有这个缺点，首先我们得承认要建设社会主义，首先就要发展生产力，这些东西不去掉，生产力发展不了。我们得承认，不承认的话，认为我们这些东西都好得很，那怎么能变呢？那还是"用夏变夷"，用我们这套国粹来改变人家，那不行的。第一个要承认，第二个要反思，反复思考，自己思考，思考怎么办，是不是？比方思想改造，现在这个词大家不大用了，不过我自己认为，思想还是要改造的，每个人都要改造。现在世界上日新月异，我们思想如果停留不变，将来一定是要落伍的。特别是我们老年人，现在我跟年轻同志谈话，就发现年轻人有股锐气，看问题敏锐，保守东西少。比方拿文艺界来讲，新名词很多，有一些人就反对，说怎么现在写文艺批评全是新名词。我是不是赞成说是新名词都好呢？也不是的。无论如何，我们要承认，年轻人容易接受新事物，老年人就不大容易接受。要反思的话，老年人恐怕更要反思，我也在内，我并不例外，我并不比别人高明。只有这样，然后才能通过实践，我们的想法才能慢慢改变。比方说当厂长的，优胜劣败嘛！厂长，谁要能把厂办好，经济效益高，团结同志好，他就当厂长，不然的话就下台。这不是实践吗？我们是唯物主义者，先有存在然后才有意识。将来类似这样的实践情况还会多得很。我想只有这样，持之以恒，坚持不懈，我们能够改变我们过去一些消极的东西，同时发扬我们积极的东西。我再着重说一句：我们要拿来的是第三个层次里的东西，属于心的东西。我们要改变我们的一些心理素质、价值观念、思想方法等等。但这决不是什么“全盘西化”。这只是以我为主，把对我们有用的东西“拿来”，无用的糟粕坚决拒绝。“全盘西化”，理论上讲不通，事实上办不到。

同志们，我讲的话是一家言，放言高论，跟同志们不讲假话，可能有不正确的地方，我自己当然认为正确，请同志们讨论，谢谢大家。

原载《我国社会经济和科技发展战略问题》，
上海知识出版社1989年3月版。

# 东西方文化的转折点

现在又到了一个世纪末。很多人，特别是对时间推移一向敏感的知识分子，都对即将来临的一个新世纪有所考虑，有所幻想。我现在就常常考虑二十一世纪的情景。

人类历史告诉我们，一个世纪的转折点并不总是意味着社会发展的转折点，也不会在人类前进的长河中形成一个特殊的阶段。但是世纪末往往对人类的思想感情产生影响，上一个世纪末就是一个明显的例子。

在对人类文化发展的看法方面，我是颇为同意英国史学家汤因比（Toynbee）的观点的。他在人类全部历史上找出了二十几个文明。他发现，每一个文明都有诞生、成长、兴盛、衰微、灭亡这样一个过程。哪一个文明也不能万岁。尽管汤因比论多于史，在论的方面也颇有一些偏颇之处；但是总体来看，他的看法是正确的，是持之有故、言之成理的。

近代中国受到西方文化的猛烈冲击。最初是震于西方的船坚炮利，以后又陆续发现，西方的精神文明也有其独到之处。于是激进者高呼“全盘西化”，保守者则想倒退。公说公有理，婆说婆有理，其实都不全面，都有所偏激。

原因何在呢？我个人认为，原因就在没能从宏观上看待东方文化和西方文化，目光浅隘，认识肤薄，只看到眼前的这几百万平方公里，只想到近代这一百多年。如果把眼光放远，上下数千年，纵横几万里，则所见必是另一番景象。汤因比是具有这样眼光的人。他虽然是西方人，但并不迷信西方文明；在他眼中，西方文明也不能千秋万岁。这个文明同世界上其他文明一样，也有一个诞生、成长、兴盛、衰微、灭亡的过程。对我们中国人来说，我们当然更不应当认为眼前如日中天的西方花花世界会永远这样繁华昌盛下去。

人类历史又告诉我们，东方文化和西方文化在历史上更替兴衰，三十年河东，三十年河西。今天我们大讲“西化”，殊不知在历史上有很长一段时间讲的是“东化”，虽然不见得有这个名词。你只要读一读鸦片战争以前西方哲人关于中国的论著，看一看他们是怎样赞美中国，崇拜中国，事情就一清二楚了。德国伟大诗人兼思想家歌德在1827年同爱克曼谈话时，大大地赞扬中国小说、中国文化、中国人的思想感情和道德水平。他认为，西方人应该向中国人学习。这是一个非常典型的例子。根据我个人的看法，是鸦片战争戳破了中华帝国这一只纸老虎。从那以后，中国人在西洋人眼中的地位日降，最后几乎被视为野人。奇怪的是，中国人自己也忘记了这一切，跟在西洋人屁股后面，瞧不起自己了。

我不敢说到了二十一世纪，中国文化或包括中国文化在内的东方文化，就一定能战胜西方文化。但是西方文化并不能万岁，现在已见端倪。两次世界大战就足以说明西方文化的脆弱性。现在还是三十年河西，什么时候三十年河东，我不敢确切说。这一定会来则是毫无疑问的。二十一世纪可能就是转折点。

原载香港《二十一世纪》，1991年2月号。

# 再谈东方文化

最近一年多以来，我经常考虑东方文化与西方文化的关系问题。初步考虑的结果已经写在《从宏观上看中国文化》那一篇文章中。我的总看法是，从人类全部历史上来看，东方文化和西方文化的关系是“三十年河东，三十年河西”。目前流行全世界的西方文化并非从来如此，也决不可能永远如此。这个想法后来又在几篇短文和几次发言中重申过，而且还做了进一步的发展，这就是，到了二十一世纪，三十年河西的西方文化就将逐步让位于三十年河东的东方文化，人类文化的发展将进入一个新时期。

我对自己这个看法，虽然几经考虑，慎思明辨，深信不疑；但自知不是此道专家，提出这样的意见，似乎有点冒昧；说不好听的，就是有点近乎狂妄。因此，口头上虽然一而再再而三地这样讲，心里有时未免有点打鼓，有点信心不足。

那么，为什么我又很自信地认为，到了二十一世纪西方文化就将让位于东方文化呢？我是从一种比较流行的、基本上为大家接受的看法出发的：东方的思维方式，东方文化的特点是综合；西方的思维方式，西方文化的特点是分析。从总体上来看，我认为这个看法是实事求是的。在西方，从伽利略以来的四百年中，西方的自然科学走的是一条分析的道路。越分越细，现在已经分析到层子（夸克）；有人认为，分析还没有到底，还能分析下去的。

在这里，自然科学界和哲学界发生了一场争论：物质真是无限可分吗？赞成这个观点的人占绝大多数，他们相信庄子的话："一尺之棰，日取其半，万世不竭。"如果真是这样的话，西方的分析方法，西方的思维方式，西方的文化就能永远存在下去，越分析越琐细，西方文化的光芒也就越辉煌，以至无穷。三十年河东，三十年河西，这一条人类历史发展启示的规律，就要被扬弃。但是庄子说的是一个数学概念，是完全正确的。

反对这种物质无限性观点的人，只占极少数。金吾伦同志的新著《物质可分性新论》，可以作为代表。我自己是赞成这个看法的。最近金吾伦同志给了我一封信，我现在就借用信中的一段话，这样的意见我自己就写不出来：

> 我认为，"物质无限可分论"无论在哲学上还是科学上都缺乏根据。在哲学上不能用归纳法支持一个关于无限的命题，休谟对归纳法的批判是深刻的。
>
> 在科学上：一、夸克禁闭，即使夸克再可分，也不能证明物质粒子无限可分；二、宇宙学研究表明宇宙有起源，我们无法追溯到起源以前的东西；三、量子力学新进展否定了层层往下追索的隐变量理论。无限可分论玩的是一种"套层玩偶"。
>
> 分析方法曾对科学和哲学的繁荣做过极大贡献，但决不能无限夸大，而且正日益显示它的局限。当代物理

> 学和自然科学新进展表明，宇宙是一个不可分割的整体，而无限分割的方法与整体论是相悖的。无限可分论是机械论的一种表现。

金吾伦同志这一段话，言简意赅，用不着我再加以解释了。我在这里要补充几句。金吾伦的意见，同我们平常所说的“一分为二”，不是一码事，金吾伦讲的是一个物理概念。

在这里，我联想到一种目前已开始显露光芒、方兴未艾的新学说：混沌学。一位美国学者格莱克写了一本书《混沌：开创新科学》，此书已有汉文译本。周文斌同志在 1990 年 11 月 8 日的《光明日报》上发了一篇书评，介绍这本书。我现在也仿前例，借用周文中的一段话：

> 混沌学是关于系统的整体性质的科学。它扭转了科学中简化论的倾向，即只从系统的组成零件夸克、染色体或神经元来作分析的倾向，而努力寻求整体，寻求复杂系统的普遍行为。它把相距甚远的各方面的科学家带到了一起，使以往的那种分工过细的研究方法发生了戏剧性的倒转，亦使整个数理科学开始改变自己的航向。它揭示了有序与无序的统一，确定性与随机性的统一，是过程的科学而不是状态的科学，是演化的科学而不是存在的科学。它覆盖面之广，几乎涉及自然科学与社会科学的各个领域。它不仅改变了天文学家看待太阳系的方式，而且开始改变企业家保险决策的方式，改变政治

> 家分析紧张局势导致武装冲突的方式。难怪有的学者竟然这样断言，二十世纪的科学只有三件事将被记住：相对论、量子力学和混沌学。他们认为，混沌学是本世纪物理科学的第三次大革命。

这些话也是言简意赅的，我自己写不出来。

以上两例都应当引起我们的深刻认真的反思：为什么到了二十世纪末年，西方文化正在如日中天光芒万丈的时候，西方有识之士竟然开创了与西方文化整个背道而驰的混沌学呢？答案只能有一个，这就是：西方有识之士已经痛感，照目前这样分析是分析不下去的。必须改弦更张，另求出路，人类文化才能重新洋溢着活力，继续向前发展。

我对哲学几乎是一个门外汉。但是，我最近几年来就感觉到，西方的哲学思维是，只见树木，不见森林；只从个别细节上穷极分析，而对这些细节之间的联系则缺乏宏观的概括；认为一切事物都是一清如水。而实际情况并非如此。我是相信唯物辩证法的。我认为，中国的东方的思维方式从整体着眼，从事物之间的联系着眼，更合乎辩证法的精神。连中医在这方面也胜过西医，西医是头痛治头，脚痛治脚，而中医则是全面考虑，多方照顾，一服中药，药分君臣，症治关键，医头痛从脚上下手，较西医更合乎辩证法。我还认为，现在世界上流行的模糊数学，也表现了相同的精神。

因此，我现在的想法是，西方形而上学的分析已经快走到穷途末路了，它的对立面东方的寻求整体的综合，必将取而代之。

这是一部人类文化发展史给我的启迪。以分析为基础的西方文化也将随之衰微，代之而起的必然是以综合为基础的东方文化。这种取代在二十一世纪中就将看出分晓。这是不以人们的主观愿望为转移的社会发展的客观规律。我在这里所说的“取代”，并不是“消灭”，而是继承西方文化之精华，在这个基础上再把人类文化的发展推向一个更高的阶段。

## 续补

文章写完了，看到申小龙先生的文章《关于中西语言句型文化差异的讨论》（见香港《语文建设通讯》，1990 年 12 月第 31 期，第 40—41 页）。受到启发，再补写一点。

申先生的文章，正如篇名所揭示的那样是讨论中西语言句型分歧的背后文化差异问题的。文中列举了吕叔湘先生、史有为先生以及申小龙先生自己对这个问题的看法。除了讨论中西语言句型外，还涉及东西方有关绘画理论问题。他们的讨论有相当的深度和启发性。我在这里不想参加讨论。我只是觉得文中的一些意见颇符合我对中西文化分歧的看法。因此，我想引用一下，目的是把我观察这个问题的面再扩展大一些，使我得出的结论更富于说服力，更确凿可靠。

申小龙先生先引用中西绘画理论中的一对范畴：焦点视和散点视，来解释语言现象。他说：“把汉语句子格局概括为‘散点透视’，我以为有两方面的涵义。一是汉语句子格局具有流动性。它以句读为单位，多点铺排，如中国山水画的格局，可以步步走，面面观，‘景内走动’。二是汉语句子格局具有整体性。它不欣赏个体语言单位（如单个句法结构）的自足性，而着意使为完成一个表达意图而组织起来的句读群在语义、逻辑、韵律上互为映衬，浑然一体。这时单个句读（词组）的语义和语法结构的‘价值’须在整个句子格局中才能肯定。这在中国山水画格局来说即‘景外鸟瞰’，从整体上把握平远、深远与高远。”他又引用他祖父和父亲两位山水画家的意见：构图首先是整体视觉。他还提到李约瑟、普利高津等所理解和欣赏的汉民族的有机整体思维方式。

我个人觉得，申小龙先生这些意见是很有启发性的。至于三位先生之间对一些术语，比如“散点透视”、“散点视”等有不同意见，我不去讨论。我在本文正文中提到的中国思维方式是倾向于综合，而不是分析。在中国山水画中和汉语句型中，我的意见得到了证据。不这样也是不可能的。一个民族典型的思维方式，是一切精神文明（甚至一些物质文明）生产的基础，它必然表现在各个方面。

原载《群言》，1991 年第 5 期。

# 东方文化与西方文化相互间的盛衰消长问题

最近几年来，我经常考虑一些有关文化交流的问题。我越来越认识到文化交流的重要性。我觉得，如果没有文化交流，人类社会的进步恐怕不会是现在这个样子。

我逐渐发现，一方面很多人对文化交流的重要性认识不够；另一方面，不少的人有不少模糊的看法，特别是在中国文化在世界文化中的地位问题上，更是如此。他们有意无意地贬低中国文化的价值，神化西方文化。我在很多地方都说到，我不赞成“全盘西化”这个提法，我认为这在理论上讲不通，事实上做不到。世界上没有哪一个西方世界以外的国家是“全盘西化”了的，连以西化著名的日本也不是这个样子。

但是，这并不等于说，我们不向西方学习。西方的物质文化，我们必须学习。在这里我们决不能闭关锁国，那样做等于后退，后退是没有出路的。

我个人觉得，当前的关键问题是正确地实事求是地认识中国文化的真正价值，扩而大之，认识以中国文化为基础的东方文化的真正价值，中国文化与东方文化的真正价值认识了，有比较才能有鉴别，西方文化的真正价值也就能够实事求是地加以认识。

现在有不少的人对于东方文化与西方文化的真正价值认识不全面，有偏颇。贬低东方，神化西方，都是没有根据的。

为什么会出现这种现象呢？我个人认为，其原因就在于没有宏观的历史眼光，也缺少宏观的地理眼光。有不少人，中国人和外国人都有，只看到最近一二百年的历史，没有上下数千年的眼光。他们只看到我们的几百万平方公里，没有纵横几万里的眼光，难免给人以坐井观天的印象。这样看问题，当然不会全面的，当然会有偏颇的。

如果能够做到从历史和地理两点都能最大限度地用宏观的眼光看待这个问题，则必然能够看到，东方文化和西方文化过去不是现在这个样子，两者之间的关系也不是现在这个样子，用两句通俗的中国话来说，两者间的关系是三十年河东，三十年河西。

近几十年来，西方个别的有识之士也认识到这个问题。他们也逐渐感觉到，自己的文化不是没有问题的。两次世界大战都爆发于欧美白人之间。如果自己的文化真正像一些人吹嘘的那样完美无缺，这自相残杀的根源又是从哪里来的呢？他们开始怀疑自己文化的价值，他们也不再迷信自己的文化会万岁千秋地延续下去，所谓“天之骄子”不过是自欺欺人的一句口号。在这些人中的佼佼者也寄希望于中国文化与东方文化。但是，不足或遗憾之处是，他们中哪一个人也没有提出东西方文化之间三十年河东三十年河西的看法。十分明确地提出了东西文化之间存在着盛衰消长的问题的，我可以算是始作俑者。而且根据我个人的肤浅的观察，现在西方出现了一些新的学说，虽然倡导这种学说的人根本没有意识到，他们所揭橥的新学说实际上已经涉及东西文化盛衰消长的问题，可是他们的学说却给这个问题提供了理论依据。

我甚至还幻想到，东方文化在一些方面能济西方文化之穷。现在流行的看法是，西方几百年来所创造和发展的自然科学，简直几乎就成了真理，它改变了我们对自然界的看法。加深了我们对自然界的认识。这一点是不能不承认的。在这方面，我们中国人在历史上以及现在，也是作出了贡献的。这里面包含着相对的真理。这一点也是不能不承认的。

这是不是就完全算是真理了呢？在向绝对真理前进的程途上，这是不是就是唯一的一条正确的道路呢？我没有什么理论水平，对自然科学更几乎是一窍不通。但是，根据普通常识，我总觉得，这不像是一条唯一正确的路。如果是的话，就不应该在自然科学所揭示的自然规律以外还有例外，还有另外的某些规律。我举一个最简单的例子。一个人如果赤足踏上烧红了的炭火，或者伸手到烧得翻滚的油锅里去捡什么东西，按照现在的自然科学的规律，他的手和脚必然被烧成灰。然而在世界上一些国家，在中国的一些地方，有不少人亲眼看到过这种事情，这应该怎样去解释呢？至于现在流行的所谓气功，有一些神奇的举动，信之者说有，不信者说无。我没有资格去评断，且不去说它。反正有不少的现象是现在西方自然科学所无法解释的，而且同它的规律是正相矛盾的。我们是唯物主义者，是回避不了的，也是不能视而不见的。我们必须予以答复。

这些都是异常复杂的问题。以我的理论水平之肤浅，科学知识之短缺，我从未敢妄想去解决这些问题。我所有的不过是一点点浅薄的幻想力。我想把这个问题同东方文化和西方文化相互间的关系联系在一起。在这里，东方文化是否能从西方文化手里接过接力棒再向前向着解决这个问题的方向跑去呢？东方文化是否能够在通向真理的道路上开辟另一条道路呢？这些问题我都解答不了。但是，我认为，可能性是存在的。

我曾把这些想法写成了几篇短文，也曾在一些座谈会上简略地谈过自己的意见。颇有一些朋友认为能够成立。在不久前在北京召开的“东方文化与现代化国际学术研讨会”上。我应邀发言，极其简短地讲了这一层意思。限于时间，远远未能畅所欲言。不意竟得到了一个海外的知音。日本神户大学教授仓泽行洋博士非常赞成我的意见，特别要求要同我细谈。我在发言中讲到，东方思维方式从整体着眼，注意事物之间的联系，更合乎辩证法；而西方则是只见树木，不见森林，头痛医头，脚痛医脚，注意整体不够。仓泽教授非常同意我这个提法，相约进一步共同探讨。

得到知音，当然高兴。但是，我还有点自知之明，我的能力实在不足以探讨这样的问题。济之之方只有广泛征求意见。在目前我还没有能力把一些零星而又杂乱的想法组织成一篇文章的情况下，我就把过去写的几篇短文，按写成日期的顺序，发表在这里。将来还会写一些短文的。诗云：“嘤其鸣矣，求其友声。”有“友声”，我当然欢迎。即便是非友声，我仍然会以同样的甚至更大的热忱和感激的心情来欢迎的。

1991 年 4 月 12 日

# “模糊”、“分析”与“综合”

我在上面的几篇文章中，几次使用了“模糊”、“分析”与“综合”这三个词儿。在分析东方文化与西方文化及其相互关系时，使用这几个词儿是不可避免的。但是，我却并没有给这几个词儿下严格的、比较科学的定义。这样恐怕会引起误解，特别是“模糊”这个词儿更容易让人们理解为“模糊一团”、“糊里糊涂”等等。因此，我现在作一点必要的补充，意在简略地界定词儿的含义。详细解释，尚非其时。我在说明时要引证两篇文章：一、解兴武《艺术的模糊思维》，载《文艺研究》1991年第2期（缩写为文一）；二、王明居《审美中的模糊思维》，同前（缩写为文二）。

先谈“模糊”。

“模糊”决不是我们常常说的“模模糊糊”、“不清不楚”等等，而是有比较严格的科学的定义的。文二说：“现代科学表明，人的神经细胞主要遍布在大脑皮质上，大脑皮质上神经细胞的数目约有一百五十亿之多。它们之间形成了极其复杂的联系网络，彼此沟通，相互影响。每个细胞与其他细胞可产生两千多种联系。”神经细胞既有稳定性，也有不稳定性。“这种不稳定性，正是大脑皮层神经细胞信息传递的根本特点，它是模糊思维的生理

机制的产生根源。”（第34页）

文一引用李晓明的说法：“模糊性的本质是宇宙普遍联系和连续运动在人类思维活动中的反映。模糊性并非物质的本质属性，也不是人脑主观的产物，而是客体在人类意识的映照下，成为模糊性的栖身寓所，即‘人类认识模糊性产生的客观根源在于主体与客体之间的相互作用。’”（第24页）文一又引李晓明关于模糊与明晰的关系的论述：“一言以蔽之，‘明晰兮模糊所伏，模糊兮明晰所倚。’”（第25页）这里最重要的两点是：一、模糊性的本质是宇宙普遍联系和连续运动在人类思维活动中的反映；二、模糊与明晰的互相依存的辩证关系。这两点我们必须牢牢记住。

以上的说明虽然是极其简略的，但是从中可以看到“模糊”的科学含义。在分析东方文化和西方文化使用这个词儿时，我们不能偏离这个含义。

再谈“分析”。

文二说：“把事物的整体分解为许多部分的方法，叫做分析。一谈到分析，人们往往把它归结为经典分析，认为它是一种追求事物的质量的精确性的条分缕析的科学方法。因此，定性分析，定量分析，因果分析，过程分析等等，便成为这种分析的主要品类。”但是，除了这经典分析以外，还有更科学的模糊分析，它是与模糊思维相联系的。（第39页）

我讲西方文化是以分析为基础的，指的是经典分析。这种分析对于认识事物的本质不能说没有用处。它确实帮助我们认识到宇宙自然界、人类社会和人体本身许多本质的东西。但是，这种分析是有限度的，是有极限的。它受到许多限制，比如解剖学，中国过去也有过，但是兴旺发达却是在西方。它帮助我们认识了动物、植物和人体的许多真实现象；但是它有局限。一旦解剖刀割了下去，被割的东西就成了死的东西，活生生的东西消逝了。因此，我们不能说，西方的分析方法是通向真理的唯一或最可靠的道路。

还有一条综合的道路。

最后谈“综合”。

文二说：“把事物的各个部分联成一气，使之变为一个统一的整体的方法，叫做综合。它所考察的不仅是事物的某一要素，而且是全部要素。此外，它还要考察各个要素之间的联系，把握一切联系中的总的纽带，从总体上揭示事物的本质及其运动规律。”（第40页）

文二的说法既简明，又扼要，用不着我再画蛇添足了。

综合是东方文化的基础。

现在归纳起来，再说几句。

从最大的宏观上来看，人类文化无非是东方文化与西方文化两大体系。其思维基础一是综合，一是分析。综合者从整体着眼，着重事物间的普遍联系，既见树木，又见森林。分析者注重局部，少见联系，只见树木，不见森林。

这就是我对东西文化以及综合与分析的理解。

1991年5月3日

# 二十一世纪：东方文化的时代

人类创造的文明或文化从世界范围来说可分为东方文化和西方文化两大体系，每一个文明或文化都有一个诞生、成长、发展、衰落、消逝的过程，不可能是一成不变的。从人类的全部历史来看，我认为东方文化和西方文化的关系是三十年河东，三十年河西。目前流行全世界的西方文化并非历来如此，也决不可能永远如此。到了二十一世纪，三十年河西的西方文化将逐步让位于三十年河东的东方文化，人类文化的发展将进入一个新的时期。

为什么我认为到了二十一世纪西方文化将让位于东方文化呢？我是从东西方文化的基础的最根本的差别在于思维方式不同这一点来考虑的。东方的思维方式，东方文化的特点是综合；西方的思维方式，西方文化的特点是分析。举个最简单的例子，从我们坐的凳子来说，看看太和殿皇帝的宝座，四方光板，左不能靠，右不能靠，后又不能靠，坐久了会很不舒服。再看看西方人做的凳子，中间一道略为隆起，两边稍凹，这样坐着会很舒服，但要换个姿势就会硌得难受。而我们太和殿的宝座，光板一块，虽然坐久了不舒服，但是用什么姿势坐都可以。从这件小事，可说明东方人的思维和西方人不一样。在西方，从伽利略以来的四百年中，西方的自然科学走的是一条分析的道路，越分越细，现在已经分到层子（夸克），而且有人认为分析还没有到底，还能往下分。东方人则是综合的思维方式；用哲学家的语言说即是西方是一分为二，东方是合二为一。

在这方面，自然科学界和哲学界是有争论的。物质是无限可分的吗？有不少人相信庄子的话："一尺之棰，日取其半，万世不竭。"果真如此，则西方的分析方法，西方的思维方式，西方的文化就能永远存在下去，越分越琐细以至无穷，西方文化的光芒也就越辉煌。三十年河东，三十年河西这一条人类历史发展启示的规律就要被扬弃。但是庄子所说的是一个数学概念，我所说的分析是物理概念，二者不可混同。

国际上对物质是否无限可分也有两派之争。反对物质无限性观点的代表、大科学家海森伯（Heisenberg）认为物质不是永远可分的，最后有个界限，这个界限是夸克，称之为夸克封闭。其理由是夸克虽能被电子对撞机击碎，但击碎后仍是夸克，并未产生出新的物质。国内金吾伦同志著有《物质可分性新论》，也主张夸克封闭。我是同意这种看法的，因为对物质永远可分的这个观点现在无法证实。我认为夸克现在不能封闭，但将来总有一天要封闭的。我们的一切文明、一切文化现象甚至科技不同于西方。即使是数学，看起来应该是东西方没有差别，一加三等于四，而且还有公式，但是前两年我在自然辩证法通讯中，看到中科院数学所吴文俊教授对《九章》一书所写的序言里讲到东方和西方解决数学问题的方法不一样。对数学这个自然科学的基础尚且不一样，何况其他科学？

多年前，我就讲过二十一世纪是东方的世纪。西方在资本主义发展到帝国主义阶段，自认为是天之骄子，第一次世界大战从1914年打到1918年，基本上是欧洲人打欧洲人，战后二十年代初期，欧洲思想界出现了反思的热潮，他们思考的是为何自认为文化至高无上的欧洲都要自相残杀？看来西方不行了，要看东方。有本风行一时的书叫《欧洲的沦亡》，说欧洲要垮台、要灭亡，仰望东方。当时中国的《老子》、《庄子》非常流行，《老子》德文译文有五六十种。有一位我认识的牙医，既非汉学家，又非文学家，却凭着一本字典、一股傻劲硬是把《老子》翻译了一遍。这说明当时不论是否搞哲学都向东方看齐。第二次世界大战打了六年，死的人比“一战”还要多。战后，欧洲再次出现一股眼望东方的反思热潮。当时除《老子》、《庄子》外，又增加了禅宗、中医、《易经》，还有印度大乘佛教。一位英国的史学家汤因比（Toynbee）在他所著的《历史研究》（Historical Studies）中，把各国民族的历史作了个总结，他认为人类共同创造了二十三个或二十六个文明，每个文明或文化都有其诞生、生长、繁荣、衰微、消逝的过程，没有任何一种文明或文化可以贯穿千秋。从他的哲学基础出发得出的结论是西方的文化将来要消灭。至今欧美思想界仍感觉他的反思比较深沉。

我们还可以从二十世纪后半期西方兴起的几种新的科学模糊学、混沌学中进一步的说明。模糊学是从模糊数学开始的，以后又有模糊逻辑、模糊语言……就说模糊语言，我们天天开口讲话，从未怀疑过自己的语言是模糊的，但是说天气好，怎么叫好？天气暖，怎么叫暖？长得高，怎么叫高？这件事情好，怎么叫好？都是模糊的。我们可以对这些问题仔细分析、追根到底，但是要讲清楚却很难。混沌学被誉为继爱因斯坦的相对论和普朗克的量子力学之后本世纪科学的第三个伟大的发现。关于混沌学，美国学者格莱克写过一本书《混沌：开创新科学》，此书有汉译本，我国周文斌先生在1990年11月8日《光明日报》写有书评，文中有一段话说："混沌学是关于系统的整体性质的科学，它扭转科学中简化论的倾向，即只从系统的组成零件夸克、染色体或神经元来作分析的倾向，而努力寻求整体，寻求复杂系统的普遍行为。它把相距甚远的方面的科学家带到了一起，使以往的那种分工过细的研究方法发生了戏剧性的倒转，亦使整个数理科学开始改变自己的航向。它揭示了有序与无序的统一，确定性与随机性的统一，是过程的科学而不是状态的科学，是演化的科学而不是存在的科学。它覆盖面之广，几乎涉及自然科学与社会科学的各个领域。"为什么在二十世纪后半期，西方有识之士开创了与西方文化整个背道而驰的模糊学、混沌学呢？这说明他们已经痛感西方分析的思维方式不行了。世上万事万物没有绝对的、百分之百的正确，金无足赤、人无完人，绝对的好、绝对的美是不存在的，一切都是相对的。分析的方法有限度，要把一切都弄得清清楚楚是办不到的。必须改弦更张、另求出路，这样人类文化才能继续向前发展。

我说三十年河东，三十年河西，许多事情就是这样。从整个世纪来看中国文化在世界上占主导地位，这是东方，三十年河东。到明朝末年，西方文化自天主教传入起，至今几百年了，西方资本主义的物质文明给人类带来很大的福利，但另一方面也带来灾难，癌症、爱滋病、淡水资源短缺、环境污染、生态平衡的破坏等等。这些灾难中任何一个解决不了，人类就难以继续生存。怎么办？人类到了今天，三十年河西要过，我们就像接力赛一样，在西方文化的基础上，接过这一棒，用东方文化的综合思维方式解决这些问题，去除掉这些弊端。所谓综合，就是整体观念、普遍联系这八个字。西方的哲学思维是只见树木不见森林，只从个别细节上穷极分析，而对这些细节之间的联系则缺乏宏观的概括，认为一切事物都是一清如水，而实际情况并非如此。我认为中国的东方的思维方式从整体着眼，从事物之间的联系着眼更合乎辩证法的精神。就像中医治病是全面考虑、多方照顾，一服中药，药分君臣，症治关键，医头痛从脚上下手，较西医的头痛治头、脚痛治脚更合乎辩证法。

总之，我认为西方形而上学的分析已快走到尽头，而东方的寻求整体的综合必将取而代之。以分析为基础的西方文化也将随之衰微，代之而起的必然是以综合为基础的东方文化。“取代”不是“消灭”，而是在过去几百年来西方文化所达到的水平的基础上，用东方的整体着眼和普遍联系的综合思维方式，以东方文化为主导，吸收西方文化中的精华，把人类文化的发展推向一个更高的阶段。这种取代，在二十一世纪中就可见分晓。二十一世纪，东方文化的时代，这是不以人们的主观愿望为转移的客观规律。

# “天人合一”新解

“天人合一”是中国哲学史上的一个非常重要的命题。中外治中国哲学史的学者，哪一个也回避不开。但是，对这个命题的理解、解释和阐述，却相当分歧。学者间理解的深度和广度，理解的角度，也不尽相同。这是很自然的，几乎没有哪一个哲学史上的命题的解释是完全一致的。

我在下面先简略地谈一谈这个命题的来源，然后介绍一下几个有影响的学者对这个命题的解释，最后提出我自己的看法，也可以说是“新解”吧。对于哲学，其中也包括中国哲学，我即使不是一个完全的门外汉，最多也只能说是一个站在哲学门外向里面望了几眼的好奇者。但是，天底下的事情往往是非常奇怪的，真正的内行“司空见惯浑无事”，对一些最常谈的问题习以为常，熟视无睹，而外行人则怀着一种难免幼稚但却淳朴无所蔽的新鲜的感觉，看出一些门道来。这个现象在心理学上很容易解释，在人类生活和科学研究中，并不稀见。我希望，我就是这样的外行人。

我先介绍一下这个命题的来源和含义。

什么叫“天人合一”呢？“人”，容易解释，就是我们这一些芸芸众生的凡人。“天”，却有点困难，因为“天”字本身含义就有点模糊。在中国古哲学家笔下，天有时候似乎指的是一个有意志的上帝。这一点非常稀见。有时候似乎指的是物质的天，与地相对。有时候似乎指的是有智力有意志的自然。我没有哲学家精细的头脑，我把“天”简化为大家都能理解的大自然。我相信这八九不离十，离开真理不会有十万八千里。这对说明问题也比较方便。中国古代的许多大哲学家，使用“天”这个字，自己往往也有矛盾，甚至前后抵触。这一点学哲学史的人恐怕都是知道的，用不着细说。

谈到“天人合一”这个命题的来源，大多数学者一般的解释都是说源于儒家的思孟学派。我觉得这是一个相当狭隘的理解。《中华思想大辞典》说：“主张‘天人合一’，强调天与人的和谐一致是中国古代哲学的主要基调。”这是很有见地的话，这是比较广义的理解，是符合实际情况的。我现在就根据这个理解来谈一谈这个命题的来源，意思就是，不限于思孟，也不限于儒家。我先补充上一句：这个代表中国古代哲学主要基调的思想，是一个非常伟大的、含义异常深远的思想。

为了方便起见，我还是先从儒家思想介绍起。《周易·乾卦·文言》说：“‘大人’者与天地合其德，与日月合其明，与四时合其序，与鬼神合吉凶，先天而天弗违，后天而奉天时。”这里讲的就是“天人合一”的思想，这是人生的最高的理想境界。

孔子对天的看法有点矛盾。他时而认为天是自然的，天不言而四时行，而万物生。他时而又认为，人之生死富贵皆决定于天。他又把天视作有意志的人格神。

子思对于天人的看法，可以《中庸》为代表。《中庸》说：

“能尽人之性，则能尽物之性；能尽物之性，则可以赞天地之化育，则可以与天地参矣。”

孟子对天人的看法基本上继承了子思的衣钵。《孟子·万章上》说：“莫之为而为者，天也；莫之致而致者，命也。”天命是人力做不到达不到而最后又能使其成功的力量，是人力之外的决定的力量。孟子并不认为天是神；人们只要能尽心养性，就能够认识天。《孟子·尽心上》说：“尽其心者，知其性也；知其性则知天矣。”

到了汉代，汉武帝独尊儒术。董仲舒是当时儒家的代表。是他认真明确地提出了“天人之际，合而为一”的思想。《春秋繁露·人副天数》中说：“人有三百六十节，偶天之数也；形体骨肉，偶地之数也；上有耳目聪明，日月之象也；体有空窍理脉，谷川之象也。”《阴阳义》中说：“天亦有喜怒之气，哀乐之心，与人相副，以类合之，天人一也。”董仲舒的天人合一思想，是非常明显的。他的天人感应说，有时候似乎有迷信色彩，我们不能不加以注意。

到了宋代，是中国所谓“理学”产生的时代。此时出了不少大儒。尽管学说在某一些方面也有所不同。但在“天人合一”方面，几乎都是相同的。张载明确地提出了“天人合一”的命题。程颐说：“天、地、人，只一道也。”

宋以后儒家关于这一方面的言论，我不再介绍了。我在上面已经说过，这个思想不限于儒家。如果我们从更宏观的角度来看这个问题，把“天人合一”理解为人与大自然的关系。那么在儒家之外，其他道家、墨家和杂家等等也都有类似的思想。我在此稍加介绍。

老子说："人法地，地法天，天法道，道法自然。"王弼注说："与自然无所违。"《庄子·齐物论》说："天地与我并生，而万物与我为一。"看起来道家在主张天人合一方面，比儒家还要明确得多。墨子对天命鬼神的看法有矛盾。他一方面强调"非命"、"尚力"，人之富贵贫贱荣辱在力不在命。但是在另一方面，他又推崇"天志"、"明鬼"。他的"天"好像是一个有意志行赏罚的人格神。天志的内容是兼相爱。他的政治思想，比如兼爱、非攻、尚贤、尚同，也有同样的标记。至于吕不韦，在《吕氏春秋·应同》中说："成齐类同皆有合，故尧为善而众善至，桀为非而众非来。《高箴》云：'天降灾布祥，并有其职。'"这里又说："山云草莽，水云鱼鳞，旱云烟火，雨云水波，无不皆类其所生以示人。"从这里可以看出，吕氏是主张自然（天）是与人相应的。

中国古代"天人合一"的思想，就介绍这么多。我不是写中国哲学史，不过聊举数例说明这种思想在中国古代十分普遍而已。

不但中国思想如此，而且古代东方思想也大多类此。我只举印度一个例子。印度古代思想派系繁多。但是其中影响比较大，根柢比较雄厚的是人与自然合一的思想。印度使用的名词当然不会同中国一样。中国管大自然或者宇宙叫"天"，而印度则称之为"梵"（brahman）。中国的"人"，印度称之为"我"（Ātman，阿特曼）。总起来看，中国讲"天人"，印度讲"梵我"，意思基本上是一样的。印度古代哲学家有时候用 tat（等于英文的 that）这个字来表示"梵"。梵文 tatkartṛ，表面上看是"那个的创造者"，意思是"宇宙的创造者"。印度古代很有名的一句话 tat tvam asi，表面上的意思是“你就是那个”，真正的含义是“你就是宇宙”(你与宇宙合一)。宇宙，梵是大我；阿特曼，我是小我。奥义书中论述梵我关系常使用一个词儿 Brahmātmaikyam，意思是“梵我一如”。吠檀多派大师商羯罗（Śaṅkara，约公元 788—820 年），张扬不二一元论（Advaita)。大体的意思是，有的奥义书把“梵”区分为二：有形的梵和无形的梵。有形的梵指的是现象界或者众多的我（小我)；无形的梵指的是宇宙本体最高的我（大我)。有形的梵是不真实的，而无形的梵才是真实的。所谓“不二一元论”就是说：真正实在的唯有最高本体梵，而作为现象界的我（小我）在本质上就是梵，二者本来是同一个东西。我们拨开这些哲学迷雾看一看本来面目。这一套理论无非是说梵我合人，也就是“天人合一”，中印两国的思想基本上是一致的。(请参阅姚卫群《吠檀多派哲学的梵我关系理论》，《南亚研究》1992 年第 3 期，第 37—44 页。)

从上面的对中国古代思想和印度古代思想的介绍中，我们可以看到，尽管使用的名词不同，而内容则是相同的。换句话说，“天人合一”的思想是东方思想的普遍而又基本的表露。我个人认为，这种思想是有别于西方分析的思维模式的东方综合的思维模式的具体表现。这个思想非常值得注意，非常值得研究，而且还非常值得发扬光大，它关系到人类发展的前途。

专就中国哲学史而论，我在本文一开头就说到：哪一个研究中国哲学史的学者也回避不开“天人合一”这个思想。要想对这些学者们的看法一一详加介绍，那是很难以做到的，也是没有必要的。我在下面先介绍几个我认为有代表性的哲学史家的看法，然后用比较长一点的篇幅来介绍中国现当代国学大师钱宾四（穆）先生的意见，他的意见给了我极大的启发。

首先介绍中国著名的哲学史家冯芝生（友兰）先生的意见。芝生先生毕生研究中国哲学史，著作等身，屡易其稿，前后意见也不可避免地不能完全一致。他的《中国哲学史》是一部皇皇巨著，在半个多世纪的写作过程中，随着时代潮流的变换，屡屡改变观点，直到逝世前不久才算是定稿。我不想在这里详细讨论那许多版本的异同。我只选出一种比较流行的也就是比较有影响的版本，加以征引，略作介绍，使读者看到冯先生对这个“天人合一”思想的评论意见。我选的是1984年中华书局版的《中国哲学史》。他在上册第164页谈到孟子时说：“‘万物皆备于我’；‘上下与天地同流’等语，颇有神秘主义之倾向。其本意如何，孟子所言简略，不能详也。”由此可见，冯先生对孟子“天人合一”的思想没有认真重视，认为“有神秘主义倾向”。看来他并不以为这种思想有什么了不起。他的其他意见不再具引。

第二个我想介绍的是中国著名的思想史家侯外庐先生。他在《中国思想通史》（人民出版社1957年版，第1卷，第380页）谈到《中庸》的“天人合一”的思想。他引用了《中庸》的几段话，其中包括我在上面引的那一段。在第381页侯先生写道：“这一‘天人合一’的思想，已在西周的宗教神上面加上了一层‘修道之谓教’。”看来这一位中国思想史专家，对“天人合一”思想的理解与欣赏水平，并没能超过冯友兰先生。

我想，我必须引证一些杨荣国先生的意见，他代表了一个特定时代的御用哲学家的意见。他是十年浩劫中几乎仅有的一个受青睐的中国哲学史家。他的《简明中国哲学史》（人民出版社1973年版）可以代表他的观点。在这一部书中，杨荣国教授对与“天人合一”思想有关的古代哲学家一竿子批到底。他认为孔子“要挽救奴隶制的危亡，妄图阻止人民的反抗”（第25页）。孔子的“政治立场的保守，决定他有落后、反动的一面”（同上）。对子思和孟子则说，“力图挽救种族统治、把孔子天命思想进一步主观观念化的唯心主义哲学”（第29页）。“孟子鼓吹超阶级的性善论”（第34页）。“由于孟子是站在反动的奴隶主立场，是反对社会向前发展的，所以他的历史观必然走上唯心主义的历史宿命论”（第35页）。“由是孔孟之道更加成为奴役劳动人民的精神枷锁。要彻底砸烂这些精神枷锁，必须批判孔孟哲学，并肃清其流毒和影响”（第37页）。下面对董仲舒（第74—84页），对周敦颐（第165—169页），对程颐（第171—177页），对朱熹（第191—198页）等等，所使用的词句都差不多，我不一一具引了。这同平常我们所赞同的批判继承的做法，不大调和。但是它确实代表了一个特定时期的思潮，读者不可不知，所以我引证如上。

最后，我想着重介绍当代国学大师钱穆（宾四）先生对“天人合一”思想的看法。

钱宾四先生活到将近百岁才去世。他一生勤勤恳恳，笔耕不辍，他真正不折不扣地做到了“著作等身”，对国学研究作出了极其重要的贡献。他涉猎方面极广，但以中国古代思想史为轴心。因此，在他漫长的一生中，在他那些大大小小长长短短的著述中，很多地方都谈到了“天人合一”。我不可能一一列举。我想选他的一种早期的著作，稍加申述；然后再选他逝世前不久写成的他最后一篇文章。两个地方都讲到“天人合一”；但是他对这个命题的评价却迥乎不同。我认为，这一件事情有极大重要的含义。一个像钱宾四先生这样的国学大师，在漫长的生命中，对这个命题最后达到的认识，实在是值得我们非常重视的。

我先介绍他早期的认识。

宾四先生著的《中国思想史》（《现代国民基本知识丛书》第一辑）中说：

> 中国思想，有与西方态度极相异处，乃在其不主向外觅理，而认真理即内在于人生界之本身，仅指其在人生界中之普遍者共同者而言，此可谓之内向觅理。

书中又说：

> 中国思想，则认为天地中有万物，万物中有人类，人类中有我。由我而言，我不啻为人类中心，人类不啻为天地万物之中心，而我又为其中心之中心。而我之与人群与物与天，寻本而言，则浑然一体，既非相对，亦非绝对。

在这里，宾四先生对“天人合一”的思想没有加任何评价。大概他还没有感觉到这个思想有什么了不起之处。

但是，过了几十年以后，宾四先生在他一生最后的一篇文章《中国文化对人类未来可有的贡献》（载刘梦溪主编的《中国文化》，1991 年第 4 期，第 93—96 页）中，对“天人合一”这个命题有了全新的认识。文章不长，《中国文化》系专门学术刊物又不大容易见到，我索性把全文抄在下面：

〔前言〕中国文化中，“天人合一”观，虽是我早年已屡次讲到，惟到最近始彻悟此一观念实是整个中国传统文化思想之归宿处。去年九月，我赴港参加新亚书院创校四十周年庆典，因行动不便，在港数日，常留旅社中，因有所感而思及此。数日中，专一玩味此一观念，而有彻悟，心中快慰，难以言述。我深信中国文化对世界人类未来求生存之贡献，主要亦即在此。惜余已年老体衰，思维迟钝，无力对此大体悟再作阐发，惟待后来者之继起努力。今适中华书局建立八十周年庆，索稿于余，姑将此感写出，以为祝贺。

中国文化过去最伟大的贡献，在于对“天”“人”关系的研究。中国人喜欢把“天”与“人”配合着讲。我曾说“天人合一”论，是中国文化对人类最大的贡献。

从来世界人类最初碰到的困难问题，便是有关天的问题。我曾读过几本西方欧洲古人所讲有关“天”的学术性的书，真不知从何讲起。西方人喜欢把“天”与“人”离开分别来讲。换句话说，他们是离开了人类讲天。这一观念的发展，在今天，科学愈发达，愈易显出它对人类生存的不良影响。

中国人是把“天”与“人”和合起来看。中国人认为“天命”就表露在“人生”上。离开“人生”，也就无从来讲“天命”。离开“天命”，也就无从来讲“人生”。所以中国古人认为“人生”与“天命”最高贵最伟大处，便在能把他们两者和合为一。离开了人，又从何处来证明有天。所以中国古人，认为一切人文演进都顺从天道来。违背了天命，即无人文可言。“天命”“人生”和合为一，这一观念，中国古人早有认识。我以为“天人合一”观，是中国古代文化最古老最有贡献的一种主张。

西方人常把“天命”与“人生”划分为二，他们认为人生之外别有天命，显然是把“天命”与“人生”分作两个层次，两个场面来讲，如此乃是天命，如此乃是人生。“天命”与“人生”分别各有所归。此一观念影响所及，则天命不知其所命，人生亦不知其所生，两截分开，便各失却其本义。决不如古代中国人之“天人合一”论，能得宇宙人生会通合一之真相。

所以西方文化显然需要另有天命的宗教信仰，来作他们讨论人生的前提。而中国文化，既认为“天命”与“人生”同归一贯，并不再有分别，所以中国古代文化起源，亦不再需有像西方古代人的宗教信仰。在中国思想中，“天”“人”两者间并无“隐”“现”分别。除却“人生”，你又何处来讲“天命”。这种观念，除中国古人外，亦为全世界其他人类所少有。

我常想，现代人如果要想写一部讨论中国古代文化思想的书，莫如先写一本中国古代的天文观，或写一部中国古代人的天文学，或人生学。总之，中国古代人，可称为抱有一种“天即是人，人即是天，一切人生尽是天命的天人合一观”。这一观念，亦可说即是古代中国人生的一种宗教信仰，这同时也即是古代中国人主要的人生观，亦即是其天文观。如果我们今天亦要效法西方人，强要把“天文”与“人生”分别来看，那就无从去了解中国古代人的思想了。

即如孔子的一生，便全由天命，细读《论语》便知。子曰：“五十而知天命”，“天生德于予”。又曰：“知我者，其天乎！”“获罪于天，无所祷也。”倘孔子一生全可由孔子自己一人作主宰，不关天命，则孔子的天命和他的人生便分为二。离开天命，专论孔子个人的私生活，则孔子一生的意义与价值就减少了。就此而言，孔子的人生即是天命，天命也即是人生，双方意义价值无穷。换言之，亦可说，人生离去了天命，便全无意义价值可言。但孔子的私生活可以这样讲，别人不能。这一观念，在中国乃由孔子以后战国时代的诸子百家所阐扬。

读《庄子·齐物论》，便知天之所生谓之物。人生亦为万物之一。人生之所以异于万物者，即在其能独近于天命，能与天命最相合一，所以说“天人合一”。此义宏深，又岂是人生于天命相离远者所能知。果使人生离于天命远，则人生亦同于万物与万物无大相异，亦无足贵矣。故就人生论之，人生最大目标、最高宗旨，即在能发明天命。孔子为儒家所奉称最知天命者，其他自颜渊以下，其人品德性之高下，即各以其离于天命远近为分别。这是中国古代论人生之最高宗旨，后代人亦与此不远。这可以说是我中华民族论学分别之大体所在。

近百年来，世界人类文化所宗，可说全在欧洲。最近五十年，欧洲文化近于衰落，此下不能再为世界人类文化向往之宗主。所以可说，最近乃是人类文化之衰落期。此下世界文化又将何所向往？这是今天我们人类最值得重视的现实问题。

以过去世界文化之兴衰大略言之，西方文化一衰则不易再兴，而中国文化则屡仆屡起，故能绵延数千年不断。这可说，因于中国传统文化精神，自古以来即能注意到不违背天，不违背自然，且又能与天命自然融合一体。我以为此下世界文化之归结，恐必将以中国传统文化为宗主。此事涵义广大，非本篇短文所能及，暂不深论。

今仅举“天下”二字来说，中国人最喜言“天下”。“天下”二字，包容广大，其涵义即有，使全世界人类文化融合为一。各民族和平并存，人文自然相互调适之义。其他亦可据此推想。

我抄了宾四先生的全文。此文写于1990年5月。全抄的目的无非是想让读者得窥全豹。我不敢擅自加以删节，恐失真相。

我们把宾四先生早期和晚期的两篇著作一对比便发现，他晚年的这一篇著作，对“天人合一”的认识大大地改变了。他自己使用“彻悟”这个词，有点像佛教的“顿悟”。他自己称此为“大体悟”，说这“是中国文化对人类最大的贡献”，又说“此事涵义广大”，看样子他认为这是一件了不起的事。我们当然都非常希望知道，这“彻悟”的内容究竟是什么。可惜他写此文以后不久就谢世，这将成为一个永恒的谜。宾四先生毕生用力探索中国文化之精髓。积八十年之经验，对此问题必有精辟的见解，可惜我们永远也不会知道了。

他在此文中一再讲“人类生存”。他讲得比较明确：“天”就是“天命”；“人”就是“人生”。这同我对“天”“人”的理解不大一样。但是，他又讲到“不违背天，不违背自然”，把“天”与“自然”等同，又似乎同我的理解差不多。他讲到中国文化与西方文化，认为“欧洲文化近于衰落”，将来世界文化“必将以中国传统文化为宗主”。这一点也同我的想法差不多。

宾四先生往矣。我不揣谫陋，谈一谈我自己对“天人合一”的看法，希望对读者有那么一点用处，并就正于有道。我完全同意宾四先生对这个命题的评价：涵义深远，意义重大。我在这里只想先提出一点来：正如我在上面谈到的，我不把“天”理解为“天命”，也不把“人”理解为“人生”；我认为“天”就是大自然，“人”就是我们人类。天人关系是人与自然的关系。看来在这一点上我同宾四先生意见是不一样的。

我怎样来解释“天人合一”呢？

话要说得远一点，否则不易说清楚。

最近四五年以来，我以一个哲学门外汉的身份，有点不务正业，经常思考一些东西方文化关系问题，思考与宾四先生提出的“此下世界文化又将何所向往”的问题。我先在此声明一句：我并不是受到宾四先生的启发才思考的，因为我开始思考远在他的文章写成以前。只能说是“不谋而合”吧。我曾在许多文章中表达了我的想法，在许多国际学术研讨会上，我也发表了一些讲话。由最初比较模糊，比较简单，比较凌乱，比较浅薄，进而逐渐深化，逐渐系统，颇得到国内外一些真正的行家的赞许。我甚至收到了从西班牙属的一个岛上寄来的表示同意的信。

那么，我是如何思考的呢？

详细的介绍，此非其地。我只能十分简略地介绍一下。我从人类文化产生多元论出发，我认为，世界上每一个民族，不管大小，都或多或少地对人类文化作出了贡献。自从人类有历史以来，共形成了四个文化体系：

一、中国文化；

二、印度文化；

三、从古代希伯来起经过古代埃及、巴比伦以至伊斯兰阿拉伯文化的闪族文化；

四、肇端于古代希腊、罗马的西方文化。

这四个文化体系又可以划分为两大文化体系：东方文化和西方文化。前三者属于东方文化，第四个属于西方文化。两大文化体系的关系是：三十年河西、三十年河东。

东西两大文化体系的区别，随处可见。它既表现在物质文化上，也表现在精神文化上。具体的例子不胜枚举。但是，我个人认为，两大文化体系的根本区别来源于思维模式之不同。这一点我在上面已经提到过：东方的思维模式是综合的，西方的思维模式是分析的。勉强打一个比方，我们可以说，西方是“一分为二”，而东方则是“合二而一”。再用一个更通俗的说法来表达一下：西方是“头痛医头，脚痛医脚”，“只见树木，不见森林”，而东方则是“头痛医脚，脚痛医头”，“既见树木，又见森林”。说得再抽象一点：东方综合思维模式的特点是，整体概念，普遍联系；而西方分析思维模式则正相反。

现在我回到本题。“天人合一”命题正是东方综合思维模式的最高最完整的体现。

我在上面已经说到，我理解的“天人合一”是讲人与大自然合一。我现在就根据这个理解对人与自然的关系进行一些分析。

人，同其他动物一样，本来也是包括在大自然之内的。但是，自从人变成了“万物之灵”以后，顿觉自己的身价高了起来，要闹一点“独立性”，想同自然对立，要平起平坐了。这样才产生出来了人与自然的关系。

人类在成为“万物之灵”之前或之后，一切生活必需品都必须取之于大自然，衣、食、住、行，莫不皆然。人离开了自然提供的这些东西，一刻也活不下去。由此可见人与自然关系之密切、之重要。怎样来处理好人与自然的关系，就是至关重要的了。

据我个人的观察与思考，在处理人与自然的关系方面，东方文化与西方文化是迥乎不同的，夸大一点简直可以说是根本对立的。西方的指导思想是征服自然；东方的主导思想，由于其基础是综合的模式，主张与自然万物浑然一体。西方向大自然穷追猛打，暴烈索取。在一段时间以内，看来似乎是成功的：大自然被迫勉强满足了他们的生活的物质需求，他们的日子越过越红火。他们有点忘乎所以，飘飘然昏昏然自命为“天之骄子”，“地球的主宰”了。

东方人对大自然的态度是同自然交朋友，了解自然，认识自然；在这个基础上再向自然有所索取。“天人合一”这个命题，就是这种态度在哲学上的凝炼的表述。东方文化曾在人类历史上占过上风，起过导向作用，这就是我所说的“三十年河东”。后来由于种种原因，时移势迁，沧海桑田。西方文化取而代之。钱宾四先生所说的：“近百年来，世界人类文化所宗，可说全在欧洲。”这就是我所说的“三十年河西”。世界形势的发展就是如此，不承认是不行的。

东方文化基础的综合的思维模式，承认整体概念和普遍联系，表现在人与自然的关系上就是人与自然为一整体，人与其他动物都包括在这个整体之中。人不能把其他动物都视为敌人，要征服它们。人吃一些动物的肉，实在是不得已而为之。从古至今，东方的一些宗教，比如佛教，就反对杀牲，反对肉食。中国固有的思想中，对鸟兽表示同情的表现，在在皆有。最著名的两句诗：“劝君莫打三春鸟，子在巢中待母归。”是众所周知的。这种对鸟兽表示出来的怜悯与同情，十分感人。西方诗中是难以找到的。孟子的话“恻隐之心人皆有之”，也表现了同一种感情。

东西方的区别就是如此突出。在西方文化风靡世界的几百年中，在尖刻的分析思维模式指导下，西方人贯彻了征服自然的方针。结果怎样呢？有目共睹，后果严重。对人类的得寸进尺永不餍足的需求，大自然的忍耐程度并非无限，而是有限度的。在限度以内，它能够满足人类的某一些索取。过了这个限度，则会对人类加以惩罚，有时候是残酷的惩罚。即使是中国，在我们冲昏了头脑的时候，大量毁林造田，产生的后果，人所共知：长江变成了黄河，洪水猖獗肆虐。

从全世界范围来看，在西方文化主宰下，生态平衡遭到破坏，酸雨到处横行，淡水资源匮乏，大气受到污染，臭氧层遭到破坏，海、洋、湖、河、江遭到污染，一些生物灭种，新的疾病冒出，等等，威胁着人类的未来发展，甚至人类的生存。这些灾害如果不能克制，则用不到一百年，人类势将无法生存下去。这些弊害目前已经清清楚楚地摆在我们眼前，哪一个人敢说这是危言耸听呢？

现在全世界的明智之士都已痛感问题之严重。但是却不一定有很多人把这些弊害同西方文化挂上钩。然而，照我的看法，这些东西非同西方文化挂上钩不行。西方的有识之士，从本世纪二十年代起直到最近，已经感到西方文化行将衰落。钱宾四先生说：“最近五十年，欧洲文化近于衰落。”他的忧虑同西方眼光远大的人如出一辙。这些意见同我想的几乎完全一样，我当然是同意的，虽然衰落的原因我同宾四先生以及西方人士的看法可能完全不相同。

有没有挽救的办法呢？当然有的。依我看，办法就是以东方文化的综合思维模式，济西方的分析思维模式之穷。人们首先要按照中国人，东方人的哲学思维，其中最主要的就是“天人合一”的思想，同大自然交朋友，彻底改恶向善，彻底改弦更张。只有这样，人类才能继续幸福地生存下去。我的意思并不是要铲除或消灭西方文化。不是的，完全不是的。那样做，是绝对愚蠢的，完全做不到的。西方文化迄今所获得的光辉成就，决不能抹煞。我的意思是，在西方文化已经达到的基础上，更上一层楼，把人类文化提高到一个前所未有的高度。“三十年河西，三十年河东”这个人类社会进化的规律能达到的目标，就是这样。

有一位语言学家讽刺我要“东化”。他似乎认为这是非圣无法大逆不道之举。愧我愚陋，我完全不理解：既然能搞“西化”，为什么就不能搞“东化”呢?

“风物长宜放眼量。”我们决不应妄自尊大。但是我们也不应妄自菲薄。我们不应当囿于积习，鼠目寸光，认为西方一切都好，我们自己一切都不行。这我期期以为不可。

多少年来，人们沸沸扬扬，义形于色，讨论为什么中国自然科学不行，大家七嘴八舌，争论不休，都认为这是一件事实，不用再加以证明。然而事情真是这样吗？我自己对自然科学所知不多，不敢妄加雌黄。我现在吁请大家读一读中国当代数学大家吴文俊先生的一篇文章：《关于研究数学在中国的历史与现状》（见《自然辩证法通讯》1990 年第 4 期）。大家从中一定可以学习很多东西。

总之，我认为，中国文化和东方文化中有不少好东西，等待我们去研究，去探讨，去发扬光大。“天人合一”就属于这个范畴。我对“天人合一”这个重要的命题的“新解”，就是如此。

1992 年 11 月 22 日写毕

原载《传统文化与现代化》，1993 年创刊号。

# 关于“天人合一”思想的再思考

今年春天，我在新创刊的《传统文化与现代化》杂志上发表了一篇论文：《“天人合一”新解》（以下简称《新解》），阐述了我最近对东西文化关系的一些新的想法，大概仍然属于野狐谈禅之类。不意竟引起了很大反响（柴剑虹、向云驹等先生相告）。同时，我自己也进一步读了一些书。我并无意专门搜集这一方面的资料，资料好像是自己跃入我的眼中。一经看到，眼明心亮。我自己也有点吃惊：资料原来竟这样多呀！这些资料逼迫我进一步考虑这个问题。

我想到，东西文化关系的问题，是当前国内热门话题之一，国外也有类似倾向。最近一两年内，我曾多次参加国内和国际研究东西文化关系的学术研讨会。同声相求，同气相应，颇有一些意见相同者，窃以为慰。但是，兹事体大，决非一两个人，在一两年内，就能获得比较满意的解决的。因此，把我进一步考虑的结果以及新看到的一些资料，搜集起来，对《新解》加以补充，会是有益的。

这就是这篇论文产生的根源。

我的做法是，先补充一些资料，然后再分别介绍李慎之先生一篇文章和郑敏先生一篇文章。最后讲一点纳西族的哲学思想。

# 补充

我在《新解》中引用了不少中国资料；但是对一个非常重要的人物，宋代的张载，却只提了一句，这无疑是一个很大的缺憾。张载是宣扬天人合一思想的最深刻最鲜明的代表，是万万遗漏不得的。我现在来弥补一下。

张载是宋代的理学大家之一。在遵照唯物主义和唯心主义斗争的条条框框写成的中国哲学史中，他一向被认为是唯物主义者。我对这种愣贴标签的、把哲学现象过分简单化的做法是不敢苟同的。这且不去说它。我现在引他一些话，补《新解》之不足。

天人合一思想在张载的著作中，到处都有表现。比如在《正蒙》中他说："爱必兼爱。"他又说："物无孤立之理。"意思就是，事事物物都互相联系。这同我多次提到的东方文化的特点：整体概念、普遍联系，是一个意思。表现天人合一思想最鲜明、最深刻的例子，是张载著名的《西铭》（后收入《正蒙》中）。《西铭》极短，我不妨全文抄出：

乾称父，坤称母；予兹藐焉，乃混然中处。故天地之塞，吾其体；天地之帅，吾其性。民吾同胞，物吾与也。大君者，吾父母宗子；其大臣，宗子之家相也。尊高年，所以长其长；慈孤弱，所以幼其（吾）幼。圣其合德，贤其秀也。凡天下疲癃残疾、茕独鳏寡，皆吾兄弟之颠连而无告者也。于时保之。子之翼也；乐且不忧，纯乎孝者也。

张载就补充这样多。在当时，张载同程朱一派的理学家意见是不同的，甚至是矛盾的。但是对张载这种鲜明的天人合一的思想，程朱也是赞赏的。可见这种思想，在中国哲学史上，是深入人心的。

现在我想补充一点关于日本的资料。日本深受中国宋明理学的影响，对于天人合一的思想并不陌生。这一点在讲日本思想史的书中，在许多中国学者的著作中，很容易可以找到，无需我再加以详细论列。前不久，我接到日本神户大学教授、哲学和日本学专家仓泽行洋博士的新著《东洋と西洋》，其中有的地方讲到天人合一：第一章，“世界观の东西”，13 众生本来佛；14 万物我と一体。我请人[1] 把 14 译为汉文，附在这里，以供参考：

### 14　万物与我一体

这样，在佛教中认为人与万物并无差别，同为佛，实质上同为一物。当然，我们即使不以佛作为依据，在其他许多地方也同样可以发现人与万物本质上完全相同。

譬如，在印度有一种古老的哲学，叫“奥义书”。这种哲学出现在佛教尚未形成之时。奥义书哲学的根本理念、根本思想就是ātman与brahman同一。ātman就是自我的本质、我的实体。brahman就是宇宙的原理，译为“梵”。这里就是讲我与梵，自我的本体与宇宙的原理是相同之物。日本明治时代的某位学者把它称为“梵我一如”。奥义书思想之本就在于“梵我一如”。这是一个十分出色的表现。“梵我一如”也是我、人与人以外的万物完全相同的另一种讲法。

另外，还有一种十分简洁、十分明确的说法，这就是“天地与我同根，万物与我一体”。这句话出自中国的一本古书《碧岩录》。此句的意义，我想是不说自明的。

与此十分相似的还有《庄子》中的一句话：“天地与我并生，而万物与我为一。”

《庄子》中还有这样一句话：“万物皆一，万物一齐。”此处的万物中包含着人类。包括人类在内的万物从本质上看都是相同的。“万物一齐”的“一齐”就是相同、相等之意，所以就等于说万物毫无例外都是平等的。

此类例子不胜枚举。[2]

现在补充一点关于朝鲜的资料。

朝鲜有比较悠长的哲学发展的历史，一方面有自己本土的哲学思想，另一方面又受到了邻国中国哲学思想的影响。中国儒家思想在三国时期已传入朝鲜，儒家的天命观影响了朝鲜思想。到了高丽末李朝初期，宋代程朱之学传入。作为宋代理学基础的“天人合一”思想，也在朝鲜占了上风。在这时期出现了一批程朱理学的代表人物，比如李穑（1328—1396 年）、郑梦周（1337—1392 年）、郑道传（1337—1398 年）等等，在他们的学说中，都有一些关于天地万物之理的论述；但是，明确提出“天人合一”思想的是权近（1352—1409 年）。他用图表来解释哲学思想，其中最重要的是“天人心性合一之图”，他把这张图摆在所有图的最前面，以表示其重要性。他反对天人相胜论。他说：

> 就人心性上，以明理气善恶之殊，以示学者，……人兽草木千形万状，各正性命者，皆自一太极中流出。故万物各具一理，万理同出一源，一草一木各一太极，而天下无性外之物，故中庸言，能尽其性，则能尽人之性，能尽物之性，而可以赞天地之化育，呜呼，至哉。

权近又提出了天人相类相通的学说，他说：

> 盖天地万物，本同一体，故人之心正，则天地之心亦正；人之气顺，则天地之气亦顺。是天地之有灾祥，良由人事之有得失也。人事得，则灾祥顺其常；人事失，则灾祥反其正。

他还说：

> 人众胜天，天定亦能胜人。天人之际，虽交相为胜，然人之胜天，可暂而不可常；天之胜人，愈久而愈定也。故淫者必不能保其终，而善者必有庆于后矣。

李朝前半期的哲学思想，以及那以后的哲学思想，仍然或多或少地呈现出“天人合一”的色彩。[3] 因此我们可以说，这种东方特有的“天人合一”的思想，在朝鲜哲学史上也是比较明确的。

补充就这样多。

在《“天人合一”新解》里，我论述了中国和印度的“天人合一”的思想。现在，我又补充了日本和朝鲜（韩国）的“天人合一”的思想。东方几个有代表性的国家，我都谈到了。因此，我说，“天人合一”的思想，是东方文明的主导思想，应该说是有坚实可靠的根据的。

我在下面介绍两篇文章，第一篇是李慎之教授的《中国哲学的精神》[4]。

在进入正文之前，我想先讲一点琐事，也可以算是“花絮”吧。

我最初并不认识李慎之先生。只在中国国际交流协会的理事会上见过几次面。我认为他不过是一个外交官，一个从事国际活动的专家，给我没有留下多么深刻的印象。前几年，台湾的星云大师率领庞大的僧尼代表团，来大陆访问。赵朴老在人民大会堂设素斋招待。排座位，我适与他邻座。既然邻座，必然要交谈。谈了没有几个回合，我心里就大吃一惊，我惊其博学，惊其多识，我暗自思忖：“这个人看来必须另眼相看了。”

《吴宓与陈寅恪》一书出版，在懂行者的人们中，颇引起一点轰动。报刊杂志上刊出了几篇文章，从不同的角度上对陈吴二师的思想学术和交谊，做了一些探讨，极有见地，相当深刻，发潜德之幽光，使二师的真相逐渐大白于天下，我心中窃以为慰。

有一天，见到李先生。他告诉我，他看到我为那一本书题的封面，我在书名之外写上了“弟子季羡林敬署”。这本是一件微末不足道的小事，他却大为感慨。我小时候练习过毛笔字，后来长期在国外，毛笔不沾手者十有余年。我自知之明颇有一点，自知书法庸陋，从不敢以书法家自命。不意近若干年以来，竟屡屡有人找我写这写那。初颇惶恐觳觫，竭力抗拒。人称谦虚，我实愧恧。于是横下了一条心：“你不嫌丑，我就不脸红！”从而来者不拒，大写起来。但是，《吴宓与陈寅恪》却不属于这个范畴。为两位恩师的书题写书名，是极大的光荣。题上“弟子”字样，稍寓结草衔环之意。这一切都是在有意与无意之间进行的。然而慎之却于其中体会出深文奥义，感叹当今世态浇漓，师道不尊，十年浩劫期间，学生以打老师为光荣，而今竟有我这样的傻子、呆子，花岗岩的老脑袋瓜，仍遵古道，自署“弟子”。他在慨叹之余，提笔写了一篇关于《吴宓与陈寅恪》一书的文章，寄了给我。不知何故，没能收到。他又把文章复制了一份，重新付邮，并附短札一通。文章的名字叫《守死善道　强哉矫》，副标题是《读〈吴宓与陈寅恪〉》。信与文章都是一流的。我现在先把信抄在下面：

季先生：

拙文于六月底草成后即寄上请正。既然没有收到，就再次挂号寄上。

上次信中，还写了一些对陈吴两先（生）表示钦仰的话，并且希望两先生的老节能为中国知识分子之操守立一标准。这次就都不说了。只是仍然深感自己才力薄弱，不足以发两先生的潜德幽光，滋有愧耳。

专此即颂

秋安

李慎之　92. 中秋夜

看了这封信，我相信，读者会认为我抄它是应该的。至于那一篇文章，我力劝他发表，现已在《瞭望》1992 年第 42 期上刊出。我劝对陈吴两师有意研究了解者务必一读。我认为这是一篇难得的好文章，有见解，有气势，有感情，有认识；对两先生毕生忠于自己的信念，不侮食自矜，不曲学阿世，给予了最高的评价；对两先生生死之交终生不渝的友谊给予了最高的赞美。文章说："陈先生的悲剧并不在他的守旧而正在于他的超前，这就是所谓'先觉有常刑'。"真可以掷地作金石声！

这就是我认识李慎之的经过，这就是我认识的李慎之。

这"花絮"实在有点太长了。但是，我相信，读者读了以后，或许还有人认为，它还应该再长一点。

现在来介绍《中国哲学的精神》。

按照平常的做法，我应当先对本文加以概述，然后选取某些点加以详细评论，或赞同，或否定，或誉，或毁，个人的看法当然也要提到，于是一篇文章便大功告成。我现在不想这样办。我觉得，这样办虽符合新八股的规律，然而却是"可怜无补费精神"。大家不是常说"求同存异"吗？我想反其道而行之，来一个"求异存同"，并非想标新立异，实不得不尔耳。

说到"求异存同"，我又不得不罗嗦几句。李慎之先生在《守死善道　强哉娇》那一篇文章里引用了古人的话："朋友，以义合者也。"我认为，这是涵义深刻的一句话。但是，什么叫"义"呢？韩文公说："行而宜之之谓义。"这仍然是"妻者，齐也"同音相训的老套。我个人觉得，"义"起码包含着肝胆相照这样一层意思，就是说，朋友之间不说假话，要讲真实的话。慎之做到了这一点，我现在努力步其后尘。

在这个思想的指导下，我介绍《中国哲学的精神》一文，不谈本文，只谈《后记》。慎之说：“我过去看到季先生一些短篇论东西文化的文章，总以为他的思想与我大相径庭。这次看到他的长篇论述，才发觉我们的看法原来高度一致。”（原文第10页第二栏）这对我无疑是一个极大的鼓舞，给了我极大的安慰。关于“高度一致”的地方，我就不再谈了。我现在专谈“高度不一致”的地方。

这样的地方我归纳为以下三点，分别谈谈我的意见。

## 一　西方科学技术的副作用问题

李慎之先生说：“季先生似乎对西方科学技术的副作用看得多了一点。”可我自己觉得，我看得不是太多，而是太少。关于这个问题，我并不是先知先觉。西方有识之士早已看到了，而且提出了警告。不但今天是这样，而且在一百多年以前已经有人提出来了。下面介绍郑敏教授的文章时，我还将谈论这个问题。这里就暂且不谈了。

前几天，我在香山召开的“东方伦理道德与青少年教育国际研讨会”上听到一位女士说，她最近读了一本外国某专家的书，书中列举了大量类似我在《新解》中所指出的西方科技产生出来的弊害，有说明，有理论，他最后的结论是：到了二十一世纪末，人类就到了“末日”，实在让人惊心动魄。我还没有像他那样悲观，原因大概就是因为我并非科技专家，也非社会学家。我所能看到的并且列举出来的弊害，并不全面。虽然我在列举弊害时，往往在最后加上“等等”，甚至两个“等等”这样的字样，看来是胸有成竹，种种弊害罗列心头，唾手可得。实际上是英雄欺人，是我耍的一种手法。我限于能力，再也列举不出更多更具体更有力的证据了。

但是，就拿我所能列举出来的弊害来看，这些都是确确实实存在着的，而且还日益发展蔓延。这决不是我个人的幻想，而是有目共睹的。可怜当今世界上那些有权势的能在这方面有所作为的大人物，对这些问题视而不见，懵懵懂懂，如在梦中，仍然在争名于朝、争利于市，自我感觉极端良好哩。

慎之在《后记》中又提到：“去年六月讨论环境问题的全球首脑会议前夕，有一批当今世界上在各种学科居于领导地位的科学家特地写信给首脑会议发出呼吁，认为只有发展科学，发展技术，发展经济，才有可能最后解决环境问题。决不能为保护环境而抑制发展，否则将两俱无成。我是赞成他们的意见的。”[5] 直白地说，我是不赞成他们的意见的，我期期以为不可。为了保护环境决不能抑制科学的发展、技术的发展和经济的发展，这个大前提绝对是正确的。不这样做是笨伯，是傻瓜。但是，处理这个问题，脑筋里必须先有一根弦，先有一个必不可缺的指导思想，而这个指导思想只能是东方的“天人合一”的思想。否则就会像是被剪掉了触角的蚂蚁，不知道往哪里走。从发展的最初一刻起(from the very beginning)，就应当在这种思想的指引下，念念不忘过去的惨痛教训，想方设法，挖空心思，尽上最大的努力，对弊害加以抑制，决不允许空喊：“发展！发展！发展！”高枕无忧，掉以轻心，梦想有朝一日科学会自己找出办法，挫败弊害。常言道：“道高一尺，魔高一丈。”到了那时，魔已经无法控制，而人类前途危矣。中国旧小说中常讲到龙虎山张天师打开魔罐，放出群魔，到了后来，群魔乱舞，张天师也束手无策了。最聪明最有远见的办法是向观音菩萨学习，放手让本领通天的孙悟空去帮助唐僧取经。但同时又把一个箍套在猴子头上，把紧箍咒教给唐僧。这样可以两全其美。真无愧是大慈大悲的观世音。西方科学家们决不能望其项背。他们那一套“科学主义”是绝对靠不住的。事实早已证明了：科学决非万能。

## 二　东西方文化融合的问题

李慎之先生说：“事实上，人类已经到了全球化的时代，各种文化的融和已经开始了。”[6]

笼统地说，我是同意这个看法的。因为，文化一经产生并且发展到了一定的程度，就会融合；而只有不同的文化的融合才能产生更高一层的文化。历史事实就是如此。

在这里，关键问题是“怎样融合”？也就是慎之所说的“如何”（how）的问题。这也就是我同他分歧之所在。他的论点看样子是东西文化对等地融合，不分高下，不分主次，像是酒同水融合一样，你中有我，我中有你，平起平坐，不分彼此。这当然是很理想的，很美妙的。

但是，我却认为，这样的融合是不能解决问题的，倒不是因为我们要争一口气。融合必须是不对等的，必须以东方文化为主。

这不是有点太霸道了，太不讲理了吗？为了说明这个问题，话必须扯得远一点。

英国历史学家汤因比（Toynbee）在他的巨著《历史研究》（Historical Studies）中，把人类在几千年的历史上所创造的文明归纳为二十一种或二十六种。意思就是说，任何文明都不能万岁千秋，永存不朽。这个观点是符合人类历史发展情况的。我归纳了一下，认为人类的文明或者文化大体上有五个阶段：诞生，成长，繁荣，衰竭，消逝。这种消逝不是毫不留踪迹地消失了，而是留有踪迹的，踪迹就存在于接它的班的文化中。这其实也是一种文化融合，但却不是对等的，而是有主有从的。

我们现在所说的西方文化，是指汇合了古代希腊文化和希伯来文化而发展下来的欧美文化。其思想基础是分析的思维模式。其繁荣期是在工业革命以后，与资本主义的诞生有密切联系。这个文化把人类文化的发展推向一个空前的高度，创造的物质财富使全人类皆蒙其利，无远弗届。这一点无论如何也要强调的。但是，中外少数有识之士已经感到，到了今天，这个文化已呈强弩之末之势。它那分析的特点碰到了困难，一些西方的物理学家提出了“夸克封闭”的理论。我于此是一个完全的外行，不敢赞一辞。即使是还能分析下去，也决不能说永远能分析下去。那种“万世不竭”的想法，恐怕只是一种空想。反正一向自认为已经抓到了真理，无所不适、无所不能的自然科学家并不能解决或者解释自然界和人类躯体上的一切问题，这已经是有目共睹的了。

西方文化衰竭了以后怎样呢？我的看法是：自有东方文化在。

可是，李慎之先生在这里又提出了问题。他在《辨同异合东西》这一篇发言里说：“首先是，所谓东方与西方文化究竟何所指，就很难弄清楚。”这话自有其道理。一直到今天，主张东西文化有别的人还没有哪一个能够条分缕析地，详实而又确凿地，令人完全信服地说出个道理来。这有待于我们进一步地思考与研究。但是决不能因噎废食，就说东西文化分不清楚了。世界上万事万物，没有哪一个是绝对地纯的。连“真空”也不是百分之百地“真”。自其大者而言之，东西文化确有差别，而且差别极为明显，这一点无法否认。人类创造的文化很多，但是从总体上来看，可以分为东西两大文化体系。人类的思维模式，尽管名目繁多；但是从总体上来看也只能分为两大体系：综合的思维模式与分析的思维模式。这与东西两大文化体系适相对应。我在上面已经谈到，西方文化决不能万岁千秋，西方的科学技术也决非万能。自然界和人体内的许多现象，西方科技无法解释。比如人体特异功能、中国的气功，还有中国傩文化中的一些现象，按照西方自然科学的规律是无法说得通的。把这些东西过分夸大，说得神乎其神，我并不相信；但是这种现象确实存在，又无法否认。

怎样来解释这些现象呢？西方的科学技术已经无能为力，也就是说，西方以分析思维模式为主导的探讨问题的方式已经无能为力了。换一个方式试试看怎样呢？在这里，alternative 只有东方文化，只有以综合思维模式为主导的东方探讨问题的方式。实迫处此，不得不尔。一个人的个人爱好在这里是无能为力的。

东西方文化的差别表现在众多的地方。原来我以为只有在社会科学和人文科学方面是这样的。后来我读了一些书和文章，才知道区别并不限于上述两种科学，连自然科学也不例外。给我启发最大的两篇文章，一篇是吴文俊教授的《关于研究数学在中国的历史与现状》，副标题是《东方数学典籍〈九章算术〉及其刘徽注研究》序言，发表在《自然辩证法通讯》，第12卷，总68期，1990年第4期第37—39页上。第二篇是关士续先生的《科学历史的辩证法与辩证唯物主义的历史观》，副标题是《由吴文俊教授一篇序言引起的思考和讨论》，发表在《自然辩证法研究》，1991年第5期第27—31页上。两位作者都根本不是讨论东西方文化的问题；然而对探讨这两种文化之差别时有非常深刻的启发意义。我郑重推荐给对这个问题有兴趣的同行们读一读。

话扯得有点太远了，是收回来的时候了。话虽然多，但我深信并不是废话。看了这些话以后，读者自然就能明白，我理解的东西文化融合与慎之理解的大相径庭。我理解的不是对等的融合，而是两个文化发展阶段前后衔接的融合，而是必以一方为主的融合，就是"东风压倒西风"吧。试问一个以综合思维为基础的文化怎样能同一个以分析思维为基础的文化对等地融合呢？那样产生出来的究竟会是一种什么样的文化呢？

这里有一个十分关键的问题，必须加以解决，否则的话，我上面的那一些论证都成了肥皂泡，一吹就破。这就是：中国文化，或者泛而言之的东方文化，也已有了若干千年的历史，难道这个文化就不受我在上面提出来的文化发展的五个阶段的制约吗？难道在这里必须给东方文化以"特权"吗？否，否，东方文化也必须受那五个阶段的制约。在规律面前，双方平等。我拿中国文化作一个例子来解释一下这个问题。汤因比在他的书中曾把中国文化分为几个文明。其说能否成立，姑置不论。但是中国文化作为一个整体，在八千年的发展过程中，有过几次"输液"或者甚至

“换血”的过程。印度佛教思想传入中国，是第一次“输液”。明清之际西方思想传入，是第二次“输液”。五四运动也可以算是第三次“输液”。有这样几次“输液”的过程，中国文化才得以葆其青春。这样的“输液”，西方文化是不明显的。工业革命以后的繁荣阶段，更是根本没有。这是东西方文化最显著的区别之一。

基于上述理由，我不能同意慎之的意见。

## 三 “三十年河东，三十年河西”的问题

这个问题在上面第二节里实际上已经解决了。但是，慎之在《后记》里十分强调说：“季先生所提出的‘三十年河东、三十年河西’论，是我最不能同意的。”因此，我觉得还有必要，再唠叨上几句。

这个问题，与其说是一个理论（慎之的“论”），毋宁说它是一个历史事实。既然在人类历史上有过许多文化或者文明，生生灭灭，变动不已，从广义上来看，这就是“三十年河东，三十年河西”。把范围缩小一点，缩为东西两大文化体系，情况稍有不同。在这里，历史上曾有过“三十年河东”，现在正是“三十年河西”，是否能再一个“三十年河东”，这就有点理论味道了，因为历史还没有证明其“是”与“否”。我认为是“是”，理由上面第二节里已经陈述过了。至于究竟如何，那就有待于历史的证明。黑格尔用正－反－合这个公式说明事物的发展规律。我觉得，在东西文化的关系上应该是正—反—正。但是我对于理论不是内行，提出来求教于通人。

写到这里，我想起了一个古老的笑话，是关于两个近视眼看

匾的，内容大家都知道的。我同慎之以及其他先生讨论的问题，等于还没拿出来的那一块匾。这样的问题只有历史的发展能最终解决，理论不管多么完美，多么奇妙，在没有被事实证明以前，都只能说是空想。因此，我对这个问题的考虑就到此为止，今后不想再写二十一世纪“畅想曲”了。这个问题留给文学家，留给诗人去处理吧。

下面介绍第二篇文章：郑敏教授的《诗歌与科学：世纪末重读雪莱〈诗辨〉的震动与困惑》。[7] 雪莱（1792—1822 年）这一篇文章是一篇极为重要的文章，真正闪耀着“天才的火花”。西人有言，“诗人是预言家”，这话极有见地。诗人大概比我在上面提到的看（猜）匾的近视眼要高明得多多了。郑敏先生又以自己诗人的敏感写出了重读这篇文章的震动与困惑，极具有启发性。这与我在《新解》中提出的看法几乎完全符合。我不禁有点沾沾自喜了。

我在下面就郑敏教授的文章谈几点意见。

## 一　雪莱预言工业发展的恶果

英国浪漫主义诗人雪莱以惊人的诗人的敏感，在西方工业发展正如火如荼地上升的时候，预先看到了它能产生的恶果。因为我自己没有读《诗辨》，我只能依靠郑敏先生的介绍，我还是抄一点她的文章吧：

> 在他的感受里十九世纪上半期的英国文化和人民的心态可谓病入膏肓。人们醉心于利用新兴的科学占领财

富，一味放纵钻营的才能，而忽视心灵的培养。人们以机械的生产压制真正的创造性，而只有创造性才是真正的知识的源。在《诗辨》中雪莱指控工业革命将人们引上贪财、自私、愚昧的道路。[8]

郑敏先生接下去在下面又写道：

从十七世纪到十九世纪，西方文明在强大富裕的路上疾驰，价值观念经受强大的冲击，科技的惊人成就使得人文科学黯然失色。为积累财富所需的知识和理性活动为文教界所重视的，而诗和想像力由于其无助于直接换取市场上的优势而受到忽视，前者雪莱称之为钻营的本领，诗人意识到物质的丰富并不必然促成文明自低向高发展。[9]

这些话对我们今天的中国也还有其借鉴的意义。我并不主张一切的财富积累都必须反对。那是某些宗教教派的信条，为我所不取。但在积累财富的同时不应该进行点精神文明方面的教育吗？

接下去，郑敏教授根据雪莱的预言列举了一些随着高科技在二十世纪的发展而产生出来的“罪恶”：原子弹、艾滋病、民族仇恨的战火、森林的被破坏、海洋受污染、动物种类不断减少、臭氧层遭破坏、吸毒的蔓延、国际贩毒活动猖狂、黑手党的暴力活动、灭绝种族的纳粹大屠杀、恐怖的夜间失踪、精神病院的黑暗等等。这同我在一些文章中列举的“弊端”，大同而小异。真是触目惊心，令人不寒而栗。

## 二　雪莱开出的药方

上面列举的那一些现象，不管称之为什么，反正都是确确实实存在的，必须有解救的办法，必须有治这些病的药方。

根据郑先生的介绍，雪莱开出来的药方是诗与想像力，再加上一个爱。

根据郑先生的解释，“诗”，在很多情况下指的是诗的功能。雪莱认为，诗是神圣的，它具有一种道德的威力，它能克服邪恶。“想像力”，雪莱在《诗辨》中提出它作为对物质崇拜和金钱专政相对抗的解毒剂。这种想像力的成分有柏拉图的理念、康德的先验主义，以及大量带有非理性（不是反理性）色彩的人文主义。《诗辨》看来，那在富与高尚之间遗失的环节，就是想像力和诗。

雪莱医治人类创伤的另一剂良药就是“爱”。在《解放了的普罗米修斯》中，地下凶神德漠高更说爱这双有医疗功能的翅膀拥抱满目疮痍的世界。

总之，雪莱的浪漫主义想以爱来医治人的创伤，以想像力来开拓人的崇高，以诗来滋润久旱的土地。他的这一些想法，我们不见得都能接受。但是，这对我们会有很大的启发性，则是必须肯定的。

## 三　人与大自然的关系

一讲到爱，就会同人与大自然的关系挂上了钩。在这个问题上，郑敏教授有非常中肯的论述。我在下面抄一段她的话：

> 譬如当一部分人为了发财而疯狂地破坏自然时，诗心使得一些人抗议滥杀野生动物，破坏原始森林，破坏臭氧层。愈来愈多的人走出以“人”为中心的狭隘、愚昧的宇宙观，认识到自然并不是为人而存在的，反之，人若要存在下去，要了解自然、保护自然。盲目破坏自然环境，最终是要受到自然的惩罚。在工业的初期，人类兴奋于一些科技的发明而以为人类万能，自我膨胀。……使人类在愚蠢的谋财过程大量伤害了自然，今天我们已看到人和自然间的文本的关系，人的存在因自然受伤也面临危机。[10]

这些意见同我在《新解》和其他文章中的意见完全一致。我们必须承认这些意见的正确。中国和东方一些国家自古以来的“天人合一”的思想，表达的正是这种思想和感情。拯救全人类灭亡的金丹灵药，雪莱提出来的是想像力、诗和爱，我们东方人提出来的是“天人合一”的思想，殊途同归，不必硬加轩轾。

## 四　西方向东方学习

写到这里，已经接近西方必须向东方学习的问题了。

关于这个问题，郑敏先生介绍了一些情况。她说，随着西方社会走向后工业化时代，西方思潮中发展了一股向东方文化寻找清热解毒的良药的潜流。她举出了一些例子，比如本世纪初的费诺罗萨（Fenollsa）和庞德（Ezra Pound）对中国文字和古典文学的兴趣。“这一支向东方文明寻找生机的学派虽然在二十世纪以前已经开始，但在十九世纪与二十世纪发展成西方文化中一支颇有影响的亚文化。从道家、儒家、印度佛教近年在西方文化中的影响来讲，就可以看出西方思想家是如何希望将东方文化作为一种良药来疏浚西方文化血管中物质沉淀的阻塞。”在这里，郑敏教授举出了 F·卡普拉（Fritjof Capra）和海德格尔，还有日本学者 Tezuka（手塚），以及德里达关于语言的讨论。

总之，西方向东方学习古已有之，于今为烈。我个人认为这是不可避免的，而且是一件大好的事情。特别值得思考的是这样一个事实：西方在第一次世界大战和第二次世界大战以后，都曾掀起了向东方学习的高潮。其中原因实在值得我们认真去思考。

## 五　两种思维方式

最后我想着重谈一谈东西两种思维方式或模式的问题。

几年以前，我提出了世界上两大思维模式的想法，东方的综合的思维模式和西方的分析的思维模式。我在本文中，在上面也谈到了这个想法。我有点自知之明，自己决不是什么哲学家，至多不过胡思乱想而已。可是对这种胡思乱想偏偏又有点沾沾自喜。这或许是人类的弱点之一吧，我也未能免俗。虽然对读者同意的反应和不同意的反应我并不怎样介意，但看到赞成的意见，心里总是有点舒服。这或许是人类的另一个弱点吧。

在郑敏教授的这一篇文章里，我无意中找到了同我的看法几乎完全相同的论述，窃以为慰。我先把有关的地方抄在下面：

> 二十世纪后半期，西方结构主义与解构思维都以语言为突破口，对人类文化的各方面进行阐释，最后落实到两类思维模式，结构主义带着浓厚的崇尚科学的客观性的倾向。企图将文字、语言及文化的各个方面纳入脱离人性及主观想像力的活动而独立存在的结构符号系统的世界。解构思维则对这种崇尚逻辑分析并以此为中心的智性活动的垄断进行反抗。[11]

再往下，郑敏先生又从人类智能的倾向方面把智能分为两大类：

> 分析的、重实的和综合的重穿透和超越的。雪莱认为科技属于前者，而诗的想像为后者。[12]

这同上面讲到的人类的两种思维模式完全相当。根据郑先生的论述，这两种模式表现在很多方面，我先归纳一下，列出一个简明扼要的表，然后再逐项稍加解释：

| | | | |
|---|---|---|---|
| 分析 | 知性（理性） | 分析力 | 结构主义 |
| 综合 | 悟性 | 想像力 | 解构思维 |

为了真实和准确起见，我在解释时少用自己的话，而多用郑文原文。

先谈分析和综合。“从十八世纪以来，由于科技的突飞猛进，人们更重视分析的逻辑思维，而忽视想像力的海阔天空的创造性”（郑文，第48页）。“但现在这类分析活动”正试用压倒创造发明的功能（指想像力——作者注）的直接表述。（第49页）“综合”，上面引文中已有，不再重复。

谈知性和悟性。“忘记了想像力、悟性是保护人类崇高精神和创造能力的一种天性。”（第49页）“但他坚信这一切必须置于诗的功能和想像力的悟性（非狭隘的理性）之下。”第48页有“智性活动”这个词儿。“理性的运用强调分析、知性和实证，而忽略悟性，虽然悟性是凌驾于事实之上的一种超越的穿透性。”（第48页）

谈分析力和想像力。上面的引文已经涉及这方面了。现在再引上几句话。“想像力的集中表现为诗和哲学，分析力的集中表现为科技（与科学理论有别）；想像力的发展走向是超越物质世界，走向无拘束、无边无限的精神世界，而分析活动的发展产生了人对征服自然的强烈欲望。”（见第49页）我在别的地方讲过，“征服自然”是西方文化有别于东方文化的重要特点。郑文还提到，雪莱的《诗辨》主张以诗的功能和想像力来与分析性的功利主义和实用主义抗衡。（第49页）

结构主义和解构思维，上面已引过。我现在再补充上一条：“解构思维反对定型的僵化的系统和抽象，因此吸收了东方哲学的‘道’、‘无常道’、‘无名天地始’、‘常无观其妙’（羡林案：原文如此）、‘玄者无形’等强调‘无’的思维。”（第48页）这样解构思维就同东方文化挂上了钩。

郑敏教授的论文就介绍到这里。

雪莱的《诗辨》和郑先生的文章，都是好文章。但是，是否我就完全同意不敢赞一词了呢？也不是的。我现在就根据自己的理解做一点补充，并且谈一谈自己的看法。

雪莱所谓的“诗”，不可能指世界上所有的诗。在过去的几千年中，各国人民创造了不少的种类繁多、内容和形式各异的诗，诗的功能也各种各样，有的诗显然并不具备雪莱所说的那一种“诗的功能”。我猜想，雪莱心目中的诗就是“浪漫主义”的诗。

其次，郑文中谈到了综合思维和分析思维，但是没有指出，这二者是否在地球上有所区别。我在上面已经指出，世界上没有绝对纯的东西，东西方都是既有综合思维，也有分析思维。但是，从宏观上来看，从总体上来看，这两种思维模式还是有地域区别的：东方以综合思维模式为主导，西方则是分析思维模式。这个区别表现在各个方面。东方哲学思想的特点的“天人合一”思想，就是以综合思维为基础的。

最后，我还想对诗人诅咒金钱谈上几句话。我觉得，金钱本身是没有什么善与恶的。善与恶决定于：金钱是怎样获得的？金钱又是怎样使用的？来的道路光明正大，使用的方式又合情合理，能造福人类，这就是善。否则就是恶。这个常识，很多人都会有的。

在结束本文之前，我再补充一点关于中国少数民族纳西族的类似汉族“天人合一”思想的哲学思想。

我在《新解》中和本文里讲的人与大自然合一的思想，都讲的是汉族的。对于少数民族的哲学思想，我很少涉猎，不敢妄说。不久以前我收到云南朋友们赠送的《东巴文化与纳西哲学》[13]，赠送者就是本书的作者李国文先生。读后眼界大开。书中使我最感兴趣的是（第三章“古老的宇宙观”）。在这一章里，作者叙述了“动物崇拜型的世界血肉整体联系说”。这里讲了三种动物：虎、牛、青蛙。对于这三种动物与世界的血肉整体联系，本书有很简明扼要的叙述，读者请参阅原书，我不再引证。为了给读者以具体的印象，我引用东巴经《虎的来历》中的一段话：

> ……大地上很好的老虎，虎头是天给的。虎皮是大地给的。虎骨是石头给的。虎肉是土给的。虎眼是星宿给的。虎肚是月亮给的。虎肺是太阳给的。虎心是铁给的。虎血是水给的。虎气是风给的。虎的声音是青龙给的。虎爪是大雕给的。虎胆是胜利神和白牦牛给的。虎耳是豺狗给的。[14]

不用加任何解释，天地万物为一体的精神，跃然纸上。

这种“天人合一”的精神，其他少数民族中一定还有。我现在暂且不去探索了。

我这一篇长达一万五千字的拙文到此为止。它看似凌乱，实则有一条主轴思想贯串其中。明眼人自能看出，我就不再罗嗦了。

**1993 年 6 月 6 日写完**

## 一点补充

今夏，韩国东国大学校佛教大学院院长吴亨根教授率佛教代表团访华。到北大以后，我应吴教授之邀，给全体团员（僧、尼均有）做了一个简短的报告，内容就是“天人合一”思想是东方思想的特点和精华，只有东方的“天人合一”的思想才能够拯救人类。讲的时间只有四十分钟，讲话和翻译各占一半，我不能够充分发挥，是可以想见的。不意竟受到韩国朋友的热烈赞扬。最近接到吴亨根教授8月20日来函，对我的想法作了重要的补充。现在我把信的一部分抄在下面，完全抄原信，没有更改一个字：

> 季羡林先生　您好。
>
> 最近好吗？上次您为我们学校的学生演讲，真的非常谢谢。对学生，当然包括我在研究东洋思想上帮助是很大的。先生您发表的论文“天人合一”，我已经读过了。我个人想，“天人合一”的思想和大乘起信论中的“色心一如”思想是否相通呢？中国僧肇大师说：“天地与我同根，万物与我一体。”此思想全是东洋思想的最极致。彼此好的因在一起就有果，相扶相助。华严思想中的法界缘起可以说是东洋思想的最好代表。

我想此种思想，要是能有所觉悟，则人类相互之间才能互相爱护，同体大悲思想才能出现。原信就抄到这里。

**注释：**

1 北京大学东方学系于荣胜同志，谨向他表示谢意。

2 仓泽行洋《东洋と西洋》，日本大阪东方出版社1992年版，第52—54页。

3 以上的叙述根据朱红星、李洪淳、朱七星《朝鲜哲学思想史》，延边人民出版社1989年版。

4 《传统文化与现代化》，1993年第2期，第3—11页。

5 上引文，第10—11页。

6 见《辨同异　合东西》。

7 《外国文学评论》，1993 年第 1 期，第 45—51 页。

8 上引文，第 45 页。

9 上引文，第 46 页。

10 上引文，第 47—48 页。

11 上引文，第 48 页。

12 上引文，第 49 页。

13 云南人民出版社 1991 年版，著者李国文。

14 上引书，第 115—116 页。

1993 年 9 月 19 日

原载《中国文化》，第 9 期，1994 年 2 月。

# 古代穆斯林论中西文化的差异
## ——读《丝绸之路》札记

法国伊朗学者阿里·玛扎海里的巨著《丝绸之路：中国—波斯文化交流史》，已由耿昇先生译为汉文。中国学人，懂英文者多，通法文者少。耿君此举，功德无量。

作者原籍伊朗，波斯文是他的母语，又精通阿拉伯文及多种突厥系语言。他能直接使用这些语言写成典籍。这一点许多国家的学者都难以做到，我国学者也不例外。本书就是在这样的基础上写成的。因此，读此书真如入宝山，到处是宝，拣不胜拣。我曾写过一篇论文《丝绸之路与中国文化》，文中拣了一些宝。现在我专就中西文化差异这个主题，再写这一篇文章。

我先抄几段原书：

> 在伊斯兰教初期，还流传着有关中国人的另一种传说："中国是雅弗的后裔"，他们创造了大部分专门艺术（艾敏—艾哈迈德·拉齐：《七大洲世界》，约为公元1617—1618年）。根据这种在十七世纪时还可以解释一种事实真相的传说认为，中国在工艺和技术方面都较西方民族发达，是中国发明了大部分艺术。在当代的欧洲，

大家还认为是希腊创造了所有的艺术，“希腊奇迹”是官方教育中所热衷的内容。在波斯，大家则持另一种观点。他们在承认希腊人于科学理论领域中无可争异（似应作“议”——羡林注）的功德的同时，却发现他们在技术领域中完全无能。

由扎希兹转载的一种萨珊王朝时代的说法是：“希腊人除了理论之外从未创造过任何东西。他们未传授过任何艺术。中国人则相反。他们确实传授了所有的工艺，但他们确实没有任何科学论理（似应作“理论”——羡林注）。”

**羡林案：这话说得似乎太绝对了一点，中国不能说没有一点科学理论。再接着抄：**

其他人同样也介绍了下面另外一种说法，它无疑是起源于摩尼教：“除了以他们的两只眼睛观察一切的中国人和仅以一只眼睛观察的希腊人之外，其他的所有民族都是瞎子”（扎希兹：《书简，论黑人较白人的优越性》）。这些作者们认为，这种观察证明了中国人（如同“阿拉伯人”一样也属于有色人种）较希腊人、波斯人和“突厥人”（费尔干纳人，即锡尔河上游的塔吉克人）等民族（他们都是“白人”）的优越性。波斯国王哈桑（1453—1478 年）也向威尼斯的使节约萨约·巴尔巴罗提到了这句谚语，但把“希腊人”译成了“法兰克人”。

由于该使节非常欣赏波斯君主向他出示的中国产品，承认在威尼斯意大利都不能生产如此漂亮的东西。所以国王回答他说："先生，当然如此。您当然知道这一句波斯谚语：中国人有两只眼，同时法兰克人则只有一只"（《若萨法（羡林按：恐即上面的"约萨约"）·巴尔巴罗游记》，哈克鲁特出版社 1873 年版，第 58 页）。然而，意大利当时已经过了两个世纪的"文艺复兴"。西方人在技术中的优势仅仅在十八世纪初才成为事实。（第 329 页）

下面再抄一段原书：

继萨珊王朝之后，费尔多西、赛利比和比鲁尼等人都把丝绸织物、钢、砂浆、泥浆的发现一古脑儿地归于耶摩和耶摩赛德。但我们对于绸织物和钢刀的中国起源论坚信不疑。对于诸如泥浆—水泥等其余问题，它们有百分之九十九的可能性也是起源于中国。我们这样一来就可以理解安息—萨珊—阿拉伯—土库曼语中一句话的重大意义："希腊人只有一只眼睛，唯有中国人才有两只眼睛。"约萨法·巴尔巴罗于 1471 年和 1474 年在波斯就曾听到过这样的说法。他同时还听说过这样一句学问深奥的表达形式："希腊人仅仅懂得理论，唯有中国人才拥有技术。"（吉希斯：《论有色人种较白人之优越性》）（第 376 页）

**羡林案：**这里讲的同上面讲的是一码事。所谓"吉希斯《论有色

**人种较白人之优越性》”一书，实即上面的“扎西兹《书简，论黑人较白人的优越性》”。译者一时疏忽，把著者译成几乎完全不同的名字，又误译“有色人种”为“黑人”。**

但这不是我要研究的问题。我要讲的是，上面两段引文中所叙述的事实和谈到的说法，实有重大意义。到了今天，其意义更为突出。我的意思是说：这一个说法中实际上蕴含着一种中国文化和希腊文化的比较研究。我决不是由于古代的穆斯林，特别是波斯的穆斯林，说了中国的好话而沾沾自喜，想同古希腊争一日之长，尽管在今日世界上“言必称希腊”的氛围中这个“一日之长”还是可以争一争的。我所说的“比较研究”，是指古代穆斯林们在中希文化的对比中所做的分析和观察，含有非常深的意义，对我们有极大的启发。

在漫长的历史上，不同的民族创造了一些不同的文化。每当两个文化相接触相撞击时，敏感的人们就能从中体会出、感觉出、观察出两个文化间的同或异。特别是差异，更能引起人们的注意。

要举这样的例子，是颇能举出一些来的。但是，我现在要探讨的范围仅限于以中国为一方的文化撞击。所以，我举例子，也只举这方面的例子。

从中国全部历史来看，同外来文化的撞击，大大小小，为数颇多。但是，其中最大的仅有二次：一次是佛教输入，一次是西学东渐。这两次撞击所产生的影响，可以说是贯串在自佛教传入以后一直到今天的全部历史中。外来的文化同中国固有的文化，在长达两千年的历史时期中，边撞击，边矛盾，边和解，边融合，一步步深入，一步步提高，外来文化在改变着中国文化，同时也改变着自己，结果形成了现在这个样子的中国文化。这个过程到今天还没有结束，还会继续下去，永远也不会结束。

佛教至迟到了汉代已经传入中国。尽管在最初它也做了一些姿态，甚至依附于鬼神方术，以期能在这一块陌生的土地上立定脚跟；但是，这并不能掩盖它同中国文化的根本差异，敏感的人士不久就觉察到了。牟子《理惑论》援引世信非难佛道的话说：

孔子曰：未能事人，焉能事鬼？未知生，焉知死？此圣人之所纪也。今佛家辄说生死之事，鬼神之务，此殆非圣哲之言也。

佛教教义与中国文化其他差异也表现出来了。《理惑论》又说：

向佛道言人死当复更生，仆不信此言之审也。

甚至佛教最根本的教义之一：无我（Anātman）也有所流露。《四十二章经》说：

佛言，敦自念身中四大，名自有名，都为无吾，我者寄生亦不久，其事如幻耳。

“无吾”就是“无我”。此外，佛教还有一些行动规范，比如沙门不拜王者之类，都是与中国的传统的道德规范针锋相对的。佛教为一方，中国土生土长的儒家和道家为另一方，它们之间的矛盾与斗争就是不可避免的了。

关于这方面的记载，中国古代儒释道的典籍中都能找到一些。具体的例子我不列举了。唐代高僧玄奘实际上也观察到了中印文化的差异，并且作出了自己的评价。我在这里只举一个平常不引起人们注意的小例子，来说明这种情况。唐太宗应天竺童子王（Kumāra）之请，让僧道协作，把《道德经》译为梵文，以流布五天竺。但是翻译一开始，就碰到了难题：经中的“道”字怎样翻？道士们主张译为“菩提”，也就是梵文的 bodhi，是佛家名词。玄奘以为不妥，坚持译为 Mārga（末伽），梵文的意思是“道路”。双方争执，各不相让。《集古今佛道论衡》卷丙详细地记载了这一件事。我从中选出关键性的一节，抄录如下：

> 自此众锋一时潜退，便译尽文。河上序胤，缺而不出。成英曰：“老经幽秘，闻必具仪。非夫序胤，何以开悟？请为翻度，惠彼边戎。”奘曰：“观老存身存国之文，文词具矣。叩齿咽液之序，序实惊人。同巫觋之淫哇，等禽兽之浅术，将恐西关异国，有愧卿邦。”英等不惬其情，以事陈诸朝宰。中书马周曰：“西域有道如李庄不?”答：“彼土尚道九十六家，并厌形骸为桎梏，指神我为圣本。莫不沦滞情有，致使不拔我根。故其陶练精灵，不能出俗。上极非想，终坠无间。至如顺俗四大之术，冥初（物）六谛之宗，东夏老庄所未言也。若翻老序，彼必以为笑林。奘告忠诚，如何不相体悉!”当时中书门下同僚，咸然此述，遂不翻之。（《大正新修大藏经》，第52卷，第387页）

从这一段引文中，我们可以看到，玄奘在体会到中印文化有差异的基础上，既贬抑了老子《道德经》河上公的序，又贬抑了老庄本身。这是唐代佛道矛盾的一个小小的例子。

到了宋代，高僧赞宁在他的《高僧传》卷二十七，《含光传》后面，写了一个“系”。里面讲到佛教“倒传西域”的问题。他由此而讲到中国人和印度人著述体裁的差异，对待哲学宗教态度的差异，其基础也就是文化的差异。我引一段话：

> 盖东人之敏利，何以知耶？秦人好略，验其言少而解多也。西域之人淳朴，何以知乎？天竺好繁，证其言重而后悟也。由是观之，西域之人利在乎念性，东人利在乎解性也。(《大正藏》，第50卷，第879页)

在这里，关键的字眼儿是“念性”和“解性”。对于这两个词儿，我在《佛教的倒流》一文中作了详尽的分析，请参阅。我在这里只笼统地解释几句。所谓“性”，在佛典中有很多含义。梵文的prakrti，svabhāva都能译为性，意思是“本体”、“自性”、“本质”，平常所说的“真如”，有时也等于“性”。“念性”，就是“忆念性”，着重在传录，不重创新。“解性”，就是“解释性”、“分析性”，着重在创新。一传承，一创新，中印的区别就在这里。我个人认为，赞宁这个对中印思维和行动的差异所做的结论颇为深刻，极有启发性。

上面讲的是中国文化和佛教的差异，中国和印度的差异。这是中国文化史上第一次同外来思想或外来文化的撞击。

第二次撞击就是一千多年以后明末清初时期的西学东渐。从此以后，我们才有了“中学”和“西学”这样的名称，才有了“东方文化”和“西方文化”这样的说法。“西学”的先遣部队是天主教。耶稣教传入中国，并不自明末始。但是像明末清初这样大规模的传入，确还是第一次。唐代所谓“三教”是指儒、释、道。此时又来了一个新三教。道家退出，增添了一个天主教。矛盾和撞击就在这个新三教中展开了。三教之间（事实上代表着三种文化）的纵横捭阖，请参阅方豪：《中西交通史》（五），第五章《欧洲宗教与神哲等学之东传》。我不再详细叙述。

到了十九世纪，经过了鸦片战争的考验，中国天朝大国这一只纸老虎，被戳上了几个大窟窿。有识之士如魏源等等，一下子睁开了眼睛，看到了眼前世界的真相，特别是西方世界的真相，一时痛感前非，大声疾呼，想把入睡的中国人唤醒。从此时起，“西学”（我没有研究过这个词儿从什么时候开始形成）的含义有了根本性的改变。它不再是仅仅涉及宗教、哲学、文学、艺术等等的空洞的学问，而是同船坚炮利、富国强兵联系起来了。其意义与前此迥乎不同了。其后又经过了八国联军、甲午海战等等丧权辱国的战争，到了十九世纪末年，张之洞等人又提出了“中学为体，西学为用”这样的主张，充分承认了“西学”的地位，使之与“中学”并列，差别只在体用。到了此时，东西文化的差异被充分认识与肯定。到了五四运动时期，喊出了“民主与科学”的口号，认为这两种东西是西方的东西，中国必须传入。这一次影响深远的运动，实质上也是东西文化撞击的产物。“五四”以后，关于中西文化的大辩论还发生过多次。到了今天，大家都热衷于讨论传统文化与现代化的问题。传统文化就是中国文化，是东方文化的代表与基础，这一点毫无疑义。而现代化虽然不就等于西化，然而西化的成分却是很突出的，这一点也可以说是无疑义了。这一个事实也是东西文化长期撞击的余震。

我在上面用极其简略概括的语言描述了中国两千年来中外（后来是中西）文化的差异与撞击，当然也有融合。现在再回头来看本文开头时引用的那几段话。这几段话说得已经清清楚楚，用不着再作什么解释。我现在只想就这几段话说点感想或者看法，最后解释其产生的原因，算是我一家之言：

第一，中国人创造了大部分技艺的说法，在“伊斯兰教初期”就已经有了。伊期兰教初期，相当于中国历史上的初唐，公元第七世纪。那时候，还没有东西文化这个概念，当然更谈不到孰优孰劣、孰高孰下的价值判断。穆斯林们，特别是波斯的穆斯林们，能有这样的见解，是非常不容易的，是能令人吃惊又钦佩的。他们说出这种看法，毫无所蔽，毫无先入之见，因此是完全真实的，完全真诚的，完全可信的。

第二，在中世纪，穆斯林是东西方优秀文化的传承者、弘扬者，他们是文化的内行里手，他们的话是有分量的。

第三，穆斯林们提到了中国人和希腊人。大家都知道，中国文化是东方文化的重要组成部分，可以说是它的基础，而古希腊文化则是西方文化的源头。当时虽然还没有东西方文化这个概念，讲的却就是东西方文化。

第四，为什么只讲东西方文化呢？唯一合理的解释就是：人类在几千年的文化发展的历史上，尽管已经创造大大小小许多不同的文化；但是，从宏观上来看，人类文化只能分为东西两大体系。一直到今天，这种情况并没有改变。一千多年前的穆斯林们直觉地认识到这一点，把东方的中国和西方的希腊拿来对比，产生了引文中所说的那一种看法。

第五，古代穆斯林的这一种看法无疑是正确的。不管古希腊文化多么灿烂，多么光辉，出过多少大哲学家，大科学家，大文学家；但是，古希腊确实没有像中国有的这样几大发明：造纸、印刷、火药、罗盘，等等，等等。因此，我们不能不佩服古代穆斯林观察之细致，综合之准确。也许由于我孤陋寡闻，读的书不够多，我还没有在任何书中读到这种说法。我们不能不对古代穆斯林表示敬意。

承认这个说法，是一回事。怎样来解释这个说法，是另一回事。那么，究竟怎样来解释这个说法呢？

我还是我那老一套。最近几年来，根据自己的胡思乱想，我逐渐认识到，人类最基本的思维模式，从宏观上来看只有两种：一种是分析的思维模式，一种是综合的思维模式。西方的思维模式是分析的，东方的思维模式是综合的。以这种思维模式为基础，在文化的各个方面都有所表露，并不限于哲学，不限于精神文化。不这样也是不可能的。如果我这种二分法是正确的话，那就必然表现在各个方面。如果只表现在某一些方面，而在另一些方面则不是这样子，那就证明我的二分法不准确。

在精神文化中，应用这二分法，并不困难。我曾在一些文章中，给中国古代哲学中“天人合一”这一个著名的命题做了“新解”。天，我认为指的是大自然；人，就是我们人类。人类最重要的任务是处理好人与大自然的关系，否则人类前途的发展就会遇到困难，甚至存在不下去。在天人的问题上，西方与东方迥乎不同。西方视大自然为敌人，要“征服自然”。东方则视大自然为亲属朋友，人要与自然“合一”。后者的思想基础显然就是综合的思维模式。而西方则处在对立面上。

这个道理，在哲学上并不难讲。但是在技术方面怎样呢？由于自己不是搞科学技术的，长期以来，对这个问题思考不下去，甚至有点不大敢思考。偶尔阅读《自然辩证法通讯》1990年第4期第37—39页吴文俊的《关于研究数学在中国的历史与现状》，中间有一段话：

> 笔者曾在多种场合，指出我国的传统数学有它自己的体系与形式，有着它自身的发展途径与独到的思想体系，不能以西方数学的模式生搬硬套。我国的古代数学基本上遵循了一条从生产实践中提炼出数学问题，经过分析综合，形成概念与方法，并上升到理论阶段；精炼成极少数一般性原理，进一步应用于多种多样的不同问题。从问题而不是从公理出发，以解决问题而不是以推理论证为主旨。这与西方之以欧几里得几何为代表的所谓演绎体系旨趣迥异，途径亦殊。由于形形色色的问题往往归结为方程求解，因而方程求解就成为中国传统数学《九章》以来发展中的一条主线。这与西方数学之以定理求证为中心者正相对照。
>
> …………

> 我国传统数学在以问题为主旨的发展过程中建立了以构造性与机械化为其特色的算法体系，这与西方数学以欧几里得《几何原本》为代表的所谓公理化演绎体系正好遥遥相对。《九章》与《刘注》是这一机械化体系的代表作，与公理化体系的代表作欧几里得《几何原本》可谓东西辉映。在数学发展的历史长河中，数学机械化算法体系与数学公理化演绎体系曾多次反复互为消长，交替成为数学发展中的主流。肇始于我国的这种机械化体系，在经过明代以来近几百年的相对消沉后，由于计算机的出现，已越来越为数学家所认识与重视，势将重新登上历史舞台。《九章》与《刘注》所贯串的机械化思想，不仅曾经深刻影响了数学的历史进程，而且对数学的现状也正在发扬它日益显著的影响。它在进入二十一世纪后在数学中的地位，几乎可以预卜。

在《自然辩证法研究》1991年第7卷第5期上，关士续发表了一篇文章：《科学历史的辩证法与辩证唯物的历史观——由吴文俊教授一篇序言引起的思考和讨论》。在这里，李昌先生又重复讲了吴文俊教授的上述论点，不再抄录，请读者取阅参考。

这真是“踏破铁鞋无觅处，得来全不费工夫”。我于无意中找到了一把解决科技方面问题的钥匙。

吴文俊教授在这里根本没有谈什么“二分法”。那是绝对不可能的，因为“二分法”是我个人胡思乱想的结果，吴先生怎么能谈呢？但是，他讲的这一番道理却是不折不扣的“二分法”。他在数学发展的过程中看出了东西之差异。西方是推理论证为主旨，是演绎的体系。而中国（东方的代表）则从实际问题出发，以方程求解为主线，以构造性和机械化为特色。两者遥遥相对，差异是再明显不过的。

我现在把古代穆斯林的看法和吴文俊教授的论点结合起来，进一步对我所主张的“二分法”作一点新阐释。简单明了地说，我的新阐释就是下面的两句话：

分析（演绎）出理论，综合（归纳）生技术。

我想，对这两句话用不着再仔细解释了，上面连篇累牍讲的都是解释。我只想补充几句话。百分之百的纯分析和百分之百的纯综合，都是难以想象的，总是你中有我、我中有你的。我这样的归纳，只不过表示其主流和主要倾向而已。

总而言之，看了古代穆斯林对中国和希腊文化的对比，读了吴文俊教授对中国和西方数学的分析，我对自己胡思乱想的“二分法”——人类在几千年的文明史上总共创造出来了东西两大文明体系，人类的思维模式也只能分为东方的综合与西方的分析两大体系——信心更增强了。我曾再三声明过，我不是搞这一行的，我对于哲学分析没有受过严格的训练。可我最近几年以来，在务正业的同时，又胡思乱想，想入非非，超出了正业的范围。却又偏偏锲而不舍，自我感觉良好，越来越良好。这真叫做没有法子——请真正的内行里手来裁决吧。

原载《传统文化与现代化》，1995 年第 5 期。

# 附　　录

# 展望二十一世纪

## ——汤因比与池田大作对话录（节录）

〔日〕池田大作 〔英〕汤因比

**羡林案：**汤因比（A. J. Toynbee）（1889—1975 年），英国当代著名的历史学家。生平著述极多，其代表作《历史研究》已有汉译本。池田大作，日本当代著名的社会活动家和宗教活动家。二人于 1972 年 5 月和 1973 年 5 月两次在英国伦敦进行对话，后经专人整理成书，先出英文本和日文本，后又译为德文、法文、西班牙文等等，在世界上产生了广泛的影响。我们现在从书中选取第二编第四章“走向一个世界”，第二—六节。根据国际文化出版公司 1985 年版，汉译者是荀春生、朱继征、陈国梁。

### 东亚的任务

**池　田**　自从中国共产党建立政权以来，美国和中国的对立就成了亚洲，特别是东亚民众的最大威胁。朝鲜战争也好，印支战乱也好，虽然一般都是以民族解放战争的名义发生的，但这些战争都迅速升级，发展成为美中对抗或者对抗的边缘，这是众所周知的。

1971 年中国恢复了联合国的席位。以此为转机，美中关系有了很大改善，但还没有因此完全和解，达到友好关系。而只是以前没有公开正式对话的两个国家，开始有了公开正式接触的场所和途径。

就是说，朝鲜战争也好，印支战争也好，中国一直居于背后，始终支援北方势力，从不公开露面，很少出席国际会议，也可以说是没有能够出面的场所。

美中和解的直接动机是中国在国际政治上，已经发展到连美国也不敢忽视的程度。在美国不得不承认中国力量的背后，当然越南战争的失败也有很大影响。美国从亚洲撤走陆军，无论如何也需要和中国直接交涉。今后美国为了维持亚洲地区的稳定，也需要和中国不断地对话。

所以，虽说是美中和解，但似乎和现在的美苏关系有些类似。我想倒可以说，美中和解并没有越出在拥有庞大核武器的前提下，建立在力量均衡基础上的“和平”领域，处在美中峡谷中间的亚洲各国基本上还没有消除不安。

**汤因比**　美苏间紧张局势的缓和迄今不过是表面现象。美中间的缓和比较起来有些实质性的东西。但走向和平的前景还不确实。然而，由于战后国际关系结构从两极体制变为多极体制，超级大国会不得不以空前积极的态度去确立友好的建设性关系。因为今后每个超级大国各自都必须努力避免同别的超级大国结成的同盟相对抗。

**池　田**　诚然如此。从全世界看，这种推测是站得住脚的。仅就夹在美中或美苏之间的亚洲各国来说，我想亚洲各国大概有必要自主地采取中立主义立场，形成一个缓冲地带。要这样做，不管怎样日本拥有为政治自立所不可缺少的经济力量，它应当带头。日本还有责任协助亚洲其他国家各自去确立自己国家的自主性。

就日中关系来说，两国有着一千余年长期的文化和社会的交流。中间陷于敌对关系，仅仅是从日中（甲午）战争到抗日战争这段时间。从历史上看，像日本那样作为独立国和中国深入交流的国家是没有的。日本怎么看中国，这对世界对中国的看法有相当影响。亚洲就不必待言了。为了世界各国和中国协调下去，日本也应当起带头作用。在这点上，日本应完成的任务是不轻的。

这样，如果实现以日中为中心的亚洲团结，当然会对世界政治有很大影响。关于中苏关系，现在还看不到好转的征兆。为了牵制日中之间的接近，苏联将要谋求与日本接近，是可以充分预料的。不管怎样，以日中为中心的亚洲团结，一定会对世界和平作出巨大贡献。这是日本的一般看法。

**汤因比**　因为今天日本的确是世界经济大国之一，所以外交上谋求和核超级大国之间关系的改善，也是负有重要任务的。

尼克松总统对中国政策的转变，对全世界来说都是个好消息。因此对日本来说，更是好消息。但是这么一来，美国却使日本处于尴尬的境地，哪怕是一时的。在过去二十年中，美国强迫日本支持美国敌视中国的政策。为此日本付出了招致中国愤怒的代价。尽管如此，这一次美国却突然把日本抛在后边，自己抢先耸人听闻地表示出对中国和解，而让日本继续背着反对中国的臭名。

虽然这么说，日本追随转变以前的美国对华政策，也并没有成为改善日中关系的严重障碍。因为中国方面一定十分了解，日本追随美国敌视中国的政策，也不一定符合本意。而且中国也一定充分认识到，日本国民相信1945年战败以后，只有站在日中平等的立场上自主地与中国合作，日本才有前途。

把这些问题综合起来考虑，我也确信，日本和中国历史性的文化和社会方面的千丝万缕的联系是最重要的。日本通过引入“中国版”的佛教，日本民族开始自发的“中国化”运动，是公元六世纪，比英国国民引入“罗马版”的基督教，谋求自主的文化建设，大体早一个世纪。中国文明在日本历史上所起的作用，是难以估价的。日本民族的确成功地把中国文明改变成自己独特的东西了。即或如此，一点也不能降低中国文明在这里所发挥的重要作用。访问奈良和京都的西方人，对中国和日本过去十四个世纪中在文化上的相互作用，留下了深刻的印象。还有赖肖尔译成英语的九世纪日本僧侣圆仁写的日记体中国巡礼，西方人看了对此也有强烈的感觉。

日本和美苏已经有良好关系。同时消除了以前阻碍日中友好关系的来自美国的障碍，同中国建立了和解。并且由于长期的文化交流，可以设想日中关系今后要比美中关系、中苏关系，都要更加密切。从这些事实来看，日本今后在外交方面，会站在独自的立场上，在核超级大国中间，起着俾斯麦所说的“公平的中间人”的作用。根据现行宪法，日本没有交战权，并且是没有核武器的国家。这些事实可能使日本在完成这一任务上具有更大的能力。

这样，日本在国际社会中扮演的第二个角色就是“公平的中间人”。但不管中间人的工作看起来如何重要，我想日本最终的任务还不只限于此。我相信日本最终要和中国、越南、朝鲜共同合作，形成一个将来可以以此为中心统一全世界的轴心。

**池　田**　我也想日本最重要的事情是如何才能对亚洲作出贡献，亚洲怎样才能对人类文明的发展，对和平的建设作出积极的贡献。

从现实来看，直率地说，亚洲地区是属于世界后进地区，其大部分被饥饿恐怖气氛所笼罩。从工业的原材料的供应来说，由于世界别的地区有更为有利的供应源，加之科学技术的发达，欧美各国和日本在开发代用材料，与此相比，亚洲各国的立场也并非那么优越的。亚洲自己独立地进行正规的工业化，还是遥远未来的事情。

科学文化方面与欧美各国相比，也是相当落后的。只是使我注意的是，在东亚各民族的思想深处存在着佛教思想。远比基督教古老的佛教思想的影响，在今天已越来越难以看清。但是它确实滋润和培育了东亚各民族的精神，使其整个历史可用“和平”二字来概括。以佛教思想为基础培育起来的东亚文化，在自然和人之间美好的协调中，一方面使人在内心赋有一种安详平静的感觉；另一方面，又有一种求“生”的强大动力。由此来看，东亚人能对人类文明与和平作出贡献的途径大概是哲学和宗教领域，特别是佛教思想。

**汤因比**　我期待着东亚对确立和平和发展人类文明能作出主要的积极贡献。世界要稳定下来，这才是避免世界陷于悲惨结局的唯一道路。我认为亚洲其他地区即印度、巴基斯坦次大陆和中东地区，对这种稳定似乎还不能起到这样的积极作用。

中东有庞大的石油资源，但印度、巴基斯坦和中东在经济上都很落后。并且这些地区在政治上也很混乱。印度教徒和伊斯兰教徒，阿拉伯人和以色列人，巴基斯坦和孟加拉以及阿拉伯各国内部政治上的保守派和激进派等等的对立，这和北爱尔兰的旧教徒和新教徒之间的纠纷性质是相同的，不过规模较大。因此西亚的各国国民，大概对人类各种问题的解决，不会有什么帮助。相反，他们倒有一定要靠别的国民帮助才能解决的自己地区的问题。

另一方面，东亚的状况怎样呢？中国现在在经济、军事两个方面都不是超级大国，在这些方面即或想与美苏对等，成功的前景也是遥远的。然而美苏两个超级大国、日本以及别的很多国家，还是把中国看作是世界上的一大势力，这在他们的行动中可以看得出来。苏联由于担心中苏关系恶化，对西方就更加采取和解态度。尼克松总统访问北京，也显示对中国的重视。这些都充分显示，中国是有威信的。可以设想，中国现在有这样的威信是前所未有的。但是，中国在物质方面的力量和这种威信完全是不相称的。这究竟该怎样说明呢？

从鸦片战争到中国共产党统一大陆之前，世界各国都以轻蔑的态度对待中国，无所顾忌地欺负中国。从物质方面说，就是现在中国和西欧各国、苏联、日本等相比，也不比过去受屈辱的那个世纪强大多少。虽然如此，像今天高度评价中国的重要性，与其说是由于中国在现代史上比较短时期中所取得的成就，毋宁说是由于认识到在这以前两千年期间所建立的功绩和中华民族一直保持下来的美德的缘故。中华民族的美德，就是在那屈辱的世纪里，也仍在继续发挥作用。特别在现代移居世界各地的华侨的个人活动中也都体现着这种美德。

东亚有很多历史遗产，这些都可以使其成为全世界统一的地理和文化上的主轴。依我看，这些遗产有以下几个方面：

第一，中华民族的经验。在过去二十一个世纪中，中国始终保持了迈向全世界的帝国，成为名副其实的地区性国家的榜样。

第二，在漫长的中国历史长河中，中华民族逐步培育起来的世界精神。

第三，儒教世界观中存在的人道主义。

第四，儒教和佛教所具有的合理主义。

第五，东亚人对宇宙的神秘性怀有一种敏感，认为人要想支配宇宙就要遭到挫败。我认为这是道教带来的最宝贵的直感。

第六，这种直感是佛教、神道与中国哲学的所有流派（除去今天已灭绝的法家）共同具有的。人的目的不是狂妄地支配自己以外的自然，而是有一种必须和自然保持协调而生存的信念。

第七，以往在军事和非军事两方面，将科学应用于技术的近代竞争之中，西方人虽占优势，但东亚各国可以战胜他们。日本人已经证明了这一点。

第八，由日本人和越南人表现出来的敢于向西方挑战的勇气。这种勇气今后还要保持下去，不过我希望在人类历史的下一阶段，能够把它贡献给和平解决人类问题这一建设性的事业上来。

在现代世界上，我亲身体验到中国人对任何职业都能胜任，并能维持高水平的家庭生活。中国人无论在国家衰落的时候，还是实际上处于混乱的时候，都能坚持继续发扬这种美德。不过中国也并不是总处于混乱状态。1911 年到 1949 年是动乱时期。在这以前也有过几次混乱时期。这都是事实。然而从纪元前 221 年最早的政治统一以来，在政治上大体上都保持了统一，有效地统治下来了。

纪元前221年以前的中国政治史跟旧大陆最西部分的政治史有些类似。中国也被不少好战的地方国家群雄分割过。但是纪元前221年以后，政治上的分裂和无政府状态的逆流是极为少有的并且是短暂的。从整体上看，帝政中国的历史是一部在政治上富有成功经验的历史，而且今天还在以“人民共和国”的形式继续存在着。这跟在西方企图实现持久的政治统一和和平而没有达成的罗马帝国的历史，形成了鲜明的对照。

罗马帝国崩溃后，西欧世界再也没有能够挽回原来的政治统一。当然西欧世界在人们活动的所有领域，都发出了巨大的能量。过去五百年间，在经济和技术方面而且一定程度上在文化方面，把全世界统一成为一个整体了。然而在罗马帝国解体后，西方本身或在世界其他地区，都没有实现过政治上的统一。不仅如此，西方对政治上的影响是使世界分裂。西方对自己以外地区推行的政治体制是地方民族主权国家体制。罗马帝国解体后，西方的政治传统是民族主义的，而不是世界主义的。由此看来，今后西方也似乎不能完成全世界的政治统一。不过今天之所以在政治上要求世界统一，从起因来说，也是因为西欧各国国民把势力扩展到全世界的结果，在政治以外方面已经实现了世界统一的缘故。这也是不能否认的。

将来统一世界的大概不是西欧国家，也不是西欧化的国家，而是中国。并且正因为中国有担任这样的未来政治任务的征兆，所以今天中国在世界上才有令人惊叹的威望。中国的统一政府在以前的两千二百年间，除了极短的空白时期外，一直是在政治上把几亿民众统一为一个整体的。而且统一的中国，在政治上的宗主权被保护国所承认。文化的影响甚至渗透到遥远的地区，真是所谓“中华王国”。实际上，中国从纪元前221年以来，几乎在所有时代，都成为影响半个世界的中心。最近五百年，全世界在政治以外的各个领域，都按西方的意图统一起来了。恐怕可以说正是中国肩负着不止给半个世界而且给整个世界带来政治统一与和平的命运。

**池　田**　从中国的历史上看也好，从日本的德川时代看也好，所谓在政治上的成功，就是意味带来和平。这的确是值得称赞的。然而另一方面，禁锢个人的创造性和自由、闭关锁国、固步自封的倾向也特别突出。

中国和日本受到来自欧洲的冲击，打碎了和平的美梦。其原因就在于对个人创造性的压制，导致了文化的停滞，因而大大地落后于用自己竞争的方法取得显著进步的欧洲。

现在人类面临的最大课题，倒不是这种进步，而是稳定与和平，在这种情况下，中国式的统一也许是有意义的。但是如果由此个人被禁锢在社会里，自由发挥才能受到压制，那么这种体制到底是否能永远继续下去，就不能不说是一个很大的问题了。

为此，必须考虑这样两个问题，即怎样既实现政治稳定与和平，同时又保证个人能力的自由发展和创造性的发挥，以及为实现上述目的应该建立怎样的体制。博士和我的意见有分歧。我所设想的经济共同体方式即所谓在平等立场上的联合方式，大概可以满足这两方面的要求。

这一问题可以姑且不论。一般地说，世界是由美中苏三国的三极结构形成的。而中国声明说它不作像美苏那样的“超级大国”。然而中国在传统的文化上，其影响力是无法估量的。中国还有跟历来西欧各国根本不同的国家观、世界观和文化观。今后中国一旦在国际社会这一舞台上大显身手，特别是对亚非各国一定会产生相当大的波动。我特别注意的是废除核武器问题。我在期待和注视着中国是否能利用联合国的席位，在裁军委员会等地方大声疾呼，在自己废除核武器的同时，也促进美苏两大国这样做；并且是否能对实现世界持久和平表示热心。

## 中国与世界

**池　田**　博士说过“作为将来的一种可能，中国也许会统治全世界而使其殖民地化”。这有什么根据呢？现在还有这种可能性吗？

我的想法是，与其说中国人是有对外推行征服主义野心的民族，不如说是在本质上希望本国和平与安泰的稳健主义者。实际上，只要不首先侵犯中国，中国是从不先发制人的。近代以来，鸦片战争、中日战争、朝鲜战争以及迄今和中国有关的战争，无论哪一次都可以叫作自卫战争。

博士说，中国人的秉性，进入近代以来，已由世界主义变成民族主义。我认为这种说法是正确的。然而我认为这种转变并不意味着是侵略主义的。中国人的民族主义是对鸦片战争以来，包括日本在内的外国侵略势力，作出的不得已的反应。这样说更好一些。我想所谓民族主义是对外反应的一个方面，基本上还是大力推行着世界主义、中华主义。以前中国采取孤立的外交姿态，一方面可能是为了革命后需要整顿内部；另一方面是所谓中国即世界这种高傲的传统主义的表现。

**汤因比** 对于中国的状况，我基本赞成您刚才的分析。对过去的中国，拿破仑曾说，“不要唤醒酣睡的巨人”。英国人打败了拿破仑，马上就发动了鸦片战争，使中国人觉醒了。

1839 年即鸦片战争爆发以来，您说和中国有关的战争完全是自卫战争，这是完全对的。然而按中国人的解释，自卫的意义也包含着想恢复清朝的鼎盛时期——即乾隆皇帝统治的后半期——帝政中国所达到的国界。

中国围绕喜马拉雅高原上很小的一块领土就跟印度关系决裂。这个地区本身对中国没什么价值，战略上也没有什么意义。尽管如此，我推测对中国来说，这个地区是有某种象征意义的。因为印度主张的国界是在中国衰微、无力争辩的时期由英国决定的。

现在没有任何征兆表明中国要越过 1799 年即乾隆皇帝逝世当年的国界进行扩张。实际上，在阿穆尔河沿岸，最近虽跟苏联发生了冲突，但一点也看不出中国要认真考虑恢复阿穆尔河右岸和乌苏里江右岸的广大地区。这一地区是从 1858 年到 1861 年期间，中国被迫割让给俄国的。但是那里居民的中国色彩，无论当时或现在都是微乎其微的。

然而，鸦片战争以后中国的对外关系中，出现了一些以前中国历史上没有过的新东西。1839 年鸦片战争以前，中国在占世界一半的东亚是名副其实的“中华王国”。虽说只有日本在政治上没有从属于中国，但周围所有国家，也包括日本在内，都在吸取中国文明。从这个意义上可以说，中国是统治着“天下万物”。

中国开始和旧大陆西部其他文明的各国民族接触，是纪元前二世纪的后半叶。然而在近代西欧冲击之前，对中国给以很大冲击的只有一个印度。而来自印度的冲击又采取了传播佛教的和平形式。并且佛教一旦传入中国，就被中国化了。这正和从匈奴到满族这些北方民族几次征服整个中国或一部分中国而最后被中国化了的原理是一样的。

然而，进入十七世纪，代替这些民族而出现的北方的新邻居俄国人，中国没能使其中国化。十六世纪侵略过中国，十九世纪暂时控制过中国的西欧各民族，也没被中国化。西欧短时间的统治虽已成为过去，但其影响至今还存在。像过去来自印度的影响一样，它想把中国变为信仰非中国的宗教国。可是中国已经把佛教中国化了。这次似乎要把共产主义中国化。然而中国化了的共产主义和中国化了的佛教一样，会对中华民族的世界观和生活方式有很深影响，并会使其有很大的改观。

1839 年以前，中国和其他文明世界的关系，除了一个较大的例外即和平地向佛教改宗，这个来自印度的冲击外，一般地说都不过是表面上的东西，没什么重要的。然而在过去五百年里，因为西欧各民族想通过向世界扩张势力，在技术和经济方面把人类统一为一个整体，所以这个以西方为主导的，本来是在西欧范围内统一的过程，也把日本和中国引进到新的全球的文明网中来了。这样，从 1839 年鸦片战争以来，中国在世界的结构中，在军事、经济、政治、文化、技术、宗教等所有人类活动的领域中，加深了国际关系。今天虽然已经摆脱了西方在军事上、政治上、经济上暂时的统治，但已经无法托故再隐居孤立了。由于西方的冲击，世界之于中国，已经从旧大陆的东半部扩展到全球。中国再也不能退回到东亚孤立的“中华王国”了。

**池　田**　想一想国际社会中的中国立场，以前那样推迟恢复北京政府在联合国的代表权，硬使中国陷于孤立，责任完全在以美国为首的自由主义国家。让中国本身负此责任是没有道理的。

不管哪个国家多少都有这种倾向，特别是中国，对自己接受席位的性质极为敏感。由于战后四分之一世纪里遭受到不合理的对待，所以对新获得的席位是否正当地评价了中国的国际地位，中国是极为重视这一原则的。

总而言之，中国大概对作为西欧化结果的美苏两大强国统治世界，感到难以忍受。当然法国或者英国对此大概也抱有强烈的反感。然而这些国家似乎能够顺应现实，采取妥协性外交上的灵活策略。比起这种妥协来，中国似乎坚持原则的色彩更为强烈。

我们从中国恢复联合国席位时表现的态度上也能看到，如果不安排好符合这一原则的席位，中国可能宁作国际社会的孤儿。他们有决心一直等到获得正常的评价为止。尽管如此，随着中国回到国际社会中来，今天对全世界的动向将会产生很大影响。

**汤因比**　中国今后在地球人类社会中将要起什么作用呢？由于西欧各民族势力的扩张和暂时的统治所形成的地球人类社会，已经摆脱了这种统治力量，今后仍会按现在的状况继续存在下去。在最近新形成的地球人类社会中，中国仅仅就停留于三大国、五大国或者更多的强国之一员的地位吗？或者成为全世界的“中华王国”，才是今后中国所肩负的使命呢？

这是全人类所关心的事情，特别是与中国毗邻的苏联，和一衣带水的邻国日本最为关心的。美国可以从东亚大陆沿岸和海上诸岛撤到关岛，再从夏威夷撤退。一旦需要撤回到北美西海岸，美国和中国之间就可以相隔整个太平洋。不过在今天，单纯地理上的距离已经没有什么重要意义。制导火箭的发明，使辽阔的太平洋宛如一条小溪那样狭窄。包括中国在内的所有国家，相互都在对方的直线射程之内。这就是今天的现实。

因此按我的设想，全人类发展到形成单一社会之时，可能就是实现世界统一之日。在原子能时代的今天，这种统一靠武力征服——过去把地球上的广大部分统一起来的传统方法——已经难以做到。同时，我所预见的和平统一，一定是以地理和文化主轴为中心，不断结晶扩大起来的。我预感到这个主轴不在美国、欧洲和苏联，而是在东亚。

由中国、日本、朝鲜、越南组成的东亚，拥有众多的人口。这些民族的活力、勤奋、勇气、聪明，比世界上任何民族都毫无逊色。无论从地理上看，从具有中国文化和佛教这一共同遗产来看，或者从对外来近代西欧文明不得不妥协这一共同课题来看，他们都是联结在一条纽带上的。并且就中国人来说，几千年来，比世界任何民族都成功地把几亿民众，从政治文化上团结起来。他们显示出这种在政治、文化上统一的本领，具有无与伦比的成功经验。这样的统一正是今天世界的绝对要求。中国人和东亚各民族合作，在被人们认为是不可缺少和不可避免的人类统一的过程中，可能要发挥主导作用，其理由就在这里。

如果我的推测没有错误，估计世界的统一将在和平中实现。

这是原子能时代唯一可行的道路。但是，虽说是中华民族，也并不是在任何时代都是和平的。战国时代和古代希腊以及近代欧洲一样，也有过分裂和抗争。然而到汉朝以后，就放弃了战国时代的好战精神。汉朝的开国皇帝刘邦重新完成中国的统一是远在纪元前 202 年。在这以前，秦始皇的政治统一是靠武力完成的。因此在他死后出现了地方国家主义复辟这样的反动。汉朝刘邦把中国人的民族感情的平衡，从地方分权主义持久地引向了世界主义。和秦始皇带有蛊惑和专制性的言行相反，他巧妙地运用处世才能完成了这项事业。

将来统一世界的人，就要像中国这位第二个取得更大成功的统一者一样，要具有世界主义思想。同时也要有达到最终目的所需的干练才能。世界统一是避免人类集体自杀之路。在这点上，现在各民族中具有最充分准备的，是两千年来培育了独特思维方法的中华民族。不是在半个旧大陆，而是在人们能够居住或交往的整个地球，必定要实现统一的未来政治家的原始楷模是汉朝的刘邦。这样的政治家是中国人？日本人？还是越南人？或者朝鲜人？

**池　田**　从两千年来保持统一的历史经验来看，中国有资格成为实现统一世界的新主轴。您这一说法，在考虑今后世界问题时，具有极为重要的启示。汉高祖刘邦对中国的重新统一，作为历史功绩是应该给以高度评价的。

然而从另一方面看，刘邦的成功，大概不能不说是因为有他的前任秦始皇的错误教训。就是说，秦始皇的确在确立长期统治体制上失败了，但是由于秦始皇用强权把在法律和习惯上地区各异的分散的中国统一起来，这就使刘邦确立统一的政权成为可能。没有秦始皇，这一任务要由刘邦自己去完成，那时刘邦的角色也许就要由别人扮演。

不论怎样，中国也是用强大武力完成统一的。后来，虽也有由儒教的伦理和天子这种理念上的象征来维持统一的一面，但中央政府掌握的军事力量一旦削弱时，国内就曾几次陷于分裂危机。

因此，我想说的是，今后世界统一应走的方向，不是像中国那样采取中央集权的做法，可能是要采取各国以平等的立场和资格进行协商这种联合的方式。从这种意义上说，与其说哪里是中心，不如说哪里表现出先锋模范作用。我个人认为欧洲共同体的尝试，大概能成为这样的一个楷模。即或需要时间，我希望还是一定要促其成功，成为全世界的楷模。

## 日本作出贡献的道路

**池　田**　人们常说，日本人在吸收、消化外国文明方面，发挥了卓越的民族天资。众所周知，这种天资的表现方式是随时应变，随机应变，灵活多变的。

例如，在日本古代国家诞生初期，是以中国的体制为蓝本对政治社会机构进行调整的。生产技术和艺术也多是从中国和朝鲜学来的。在飞鸟·天平时期的文化中，可以看出这种浓厚的模仿色彩。到平安时期，停止了对新东西的吸收，而对以前的东西进行消化，并由此创造出自己独特的文化。以后到镰仓·室町时代，又开始吸收外国文化。然而进入江户时代，长期坚持锁国体制，拒绝外来的东西，发展了日本自己独特的文化，并使其深深地植根于一般民众的生活之中。到了明治时期，随着政治体制的更替，日本文化发展的状况又发生了大的变化。明治维新以后，学习欧洲现代的浪潮急剧地高涨起来。从本质上说，第二次世界大战后的今天，日本仍然处于西欧化的潮流之中。特别值得注目的是美国的影响在加强。

只是现在吸收西欧文化的顶峰已经过去，似乎在进入同化、创造的时期。今天在日本看到的混乱状态，可以说是这种转变的表现。不过有些看法认为，急剧地吸收欧洲文明产生了混乱，下一阶段不得不转入同化和创造。

**汤因比** 在西欧，由近代技术所建立的人为环境对自然环境压迫的结果，西欧自己的问题也很多。所以日本人受西欧文化的影响而出现混乱，并不值得大惊小怪。对日本人来说，对近代西欧文化比唐代的中国文化更加难以适应，这是理所当然的。然而日本人作为一个非西欧民族，不是最成功地应付了西欧的问题了吗？比俄国人还成功，比中国、印度、伊斯兰地区的各民族就更成功得多。

迄今，日本人是用四种不同的方法，尝试应付来自西欧的冲击的。第一，十六世纪对西欧的文化、宗教的所谓盲目吸收。第二，随着跟西欧接触的进展，在对策上就来一个一百八十度转变，想要走极端孤立的道路。第三，察觉到德川幕府的锁国政策再也不能坚持下去时，就断然实行了明治维新，想在两个世界、两种不同目的中，同时尝试找出生路。即对现代西欧世界，把目的放在技术经济领域，还有贸易、外交、战争等国际关系领域。另一方面，在日本的传统领域，要在国民生活的文化、精神方面，寻求生存之路。这第三项对西欧文明的对策，1945 年以日本的悲惨结局而告终。在那以后，日本人进行了第四次实验。这次他们想在非军事方面——就是在以前西欧独霸的技术方面，与之展开竞争——战胜西欧，以此来弥补二次大战最后在军事上的失败。

在这次试验中，今天日本人取得了惊人的成功。然而技术不过是社会事物现象的很小一部分，并且不是最重要的部分。人是身心相互关联着的生命体，我认为精神因素比物质因素更重要。我的印象是，日本人也有同样的信念。

**池　田**　是的，这是日本传统的信念。我想现在才正是应该坚持这种信念，不使其丧失的时候。对今后的世界，日本应该作出哪些贡献呢？我想可以举出两点。第一，刚才已经说过，这就是日本民族自己独特的创造性。第二，是在与其他文化融合的精神方面，能够给各民族作出榜样。

**汤因比**　您说得很对。我想从稍微不同的观点上再谈一下这个问题。我猜想，现在日本人可能在作如下的自问："我们以前是否只对技术领域过于倾注精力，而对精神方面却有所忽略呢？虽说战后取得了胜利，不是也太过于片面了吗？我们在技术方面取得的胜利，是否有相应的精神方面的胜利与之相平衡呢？如果没有，取得这种平衡不正是今后要奋斗的主要课题吗？如果是这样，那么日本在现代世界中，在精神方面应该完成的任务究竟是什么呢？"

这终究是只有日本人才能回答的问题。外国人要回答这一问题是危险的。哪怕那个外国人和我一样，很尊敬、很热爱日本民族，也同样不能回答。但我想冒这个危险，提出几点建议。

在近代技术方面，日本人显示出超群的卓越才能。但是这种近代技术，在世界到处都已经处于难以收拾的状态。因为，一方面它带来了物质上的丰富，同时在这个过程中也产生了物质上和精神上的污染。因此对人类来说，有必要对这些技术进行制约——不是排斥而是制约。换句话说，必须限制历史远比技术长的人类本身的欲望。因为欲望的历史和生命的历史是相等的。

日本人是有满足这种需要的精神财富的。日本的传统宗教，佛教也好，神道也好，都主张人与自然之间的协调，这是人伦之道。这和认定人有压迫和统治自然的特权并拥护这一特权的西欧犹太教的传统，形成了显明的对照。西欧的这条道路是导向悲惨结局的。相反，我相信日本民族在人类走向更安全、更幸福的道路上，是能够作向导的。

日本民族虽然完全掌握并可以任意使用西欧的现代技术，但是并没丧失自己固有的宗教传统。这个传统正是适合于治疗污染自然，使人的生活丧失人情味的近代技术的精神解毒剂。因为日本这一传统在拥护人的尊严的同时，也拥护人以外的自然的尊严。

## 从两极时代向多极时代发展

**池　田**　美国和苏联的关系最近有相当大的改善。然而我们必须看到美苏两国在军备上，特别是在发展核武器上，很明显都是互以对方为假想敌，仍然继续处于基本对立的状态。

两大阵营的这种对立状态，如对发展中国家援助武器竞争中所看到的那样，仍然在很大程度上左右着国际形势，威胁着世界和平。美国和苏联的这一对立，以前被理解为所谓资本主义和共产主义围绕意识形态问题上的对立，对这一问题博士是怎样想的呢?

**汤因比** 说是资本主义和共产主义的对立，据我看这不过是一个假象。和自古以来相互争斗的地方国家一样，这种说法无非是掩盖着围绕国家利益和野心而斗争的一个假面具。

在这种抗争中，双方的好战派都使用在思想上特别能引起恐怖和敌意的形容词，把对方说成十足的敌对国家，以此在本国国民中煽起狂热气氛。在旧大陆的最西部，可以举出不少这样宣传的先例。有基督教徒对伊斯兰教徒，伊斯兰教中的逊尼派对什叶派，基督教徒中也有新教徒对天主教徒等，在他们之间开展的斗争，即所谓宗教战争。实际上都不过是相互竞争的地方国家之间敌对斗争的假面具而已。

所谓意识形态上的对立，宗教上的对立的说法，是极其肤浅和虚伪的。这一点可以从被称为铁板一块的两大阵营内部各方的激烈抗争——这种斗争一点也不比两大阵营的斗争逊色——中，得到清楚的证明。今天在共产主义阵营，苏联和中国的对立，也是现代世界上无与伦比的最深刻的对立之一。在资本主义阵营，法国在向美国统治权挑战。印度和巴基斯坦本来都是属于资本主义阵营内部的，而两国对立的激烈程度，并不次于中苏间的对立，甚至已经发展成为战争。

在过去旧大陆最西部的宗教分裂中，什叶派伊斯兰教国家伊朗跟基督教的威尼斯和哈布斯堡王朝结成了同盟，跟逊尼派伊斯兰教国家土耳其相对抗。还有旧教的法国为了和哈布斯堡王朝相对抗，同伊斯兰教国家土耳其以及信奉新教的德意志各国和瑞典结成了同盟。新教徒中的匈牙利人，欢迎伊斯兰教国家土耳其人。因为他们把土耳其人看成是把自己从旧教国家哈布斯堡王朝手里拯救出来的解放者。

总而言之，二次大战共同取得胜利后，美国和苏联的对立，哪怕两国都站在相同的意识形态立场上，早晚也是要发生问题的。因为美苏是战后世界上剩下的两个大国，几乎是自然地被推进争夺世界霸权的潮流中去的。

如您所指，美苏间的对立和由此发生的相互敌视，当然会给世界和平带来不可估量的威胁。这两个对抗的大国，现在双方都有破坏力空前的武器。因此两国的对立也就成了空前的重大威胁。美国和苏联都知道，双方直接进行战争，就都要灭亡，谁也不能获胜。这种认识迄今制止了两国直接开战。但是只要美苏在中东和东南亚继续推行代理战争，不甘退让，不知什么时候也许会卷入直接对抗。

与此有同样危险并且极不合乎道义的，是隶属于美苏的各卫星国之间的军备竞赛。这种军备竞赛不一定限于现在实际处于代理战争状态的卫星国。这给军事和经济两方面带来了坏影响。例如，印度和巴基斯坦都是为贫困而伤脑筋的国家，本来就没有什么余力，可是还得支付武器经费或者至少要为此而背上债务负担。这些武器如果被使用，就是印巴两国相互用于对方，而不会用于供应武器的大国去扩大他们的政策。

**池　田**　的确现实还没有发展到美苏之间会直接发生冲突。两国在各自阵营内部的主导权都在削弱，结果出现了多极现象。中苏对立和捷克事件等，可以说就是这一表现。从某一方面说，这些现象起着防止美苏两大国冲突激化的缓冲作用。

然而如果想一想，虽说多极化带来的摩擦和对抗，从根本上说是起因于各个国家的利己主义和狭隘的国家主义，但它的发生仍然是以两大阵营的对立为背景的。所以我认为，不管怎样，非消除这种对立不可。

**汤因比** 美国和苏联双方都已走投无路。因此对各自卫星国的约束力也在削弱。这样就促进了国际上的多极化。法国在反抗美国。以色列也在成功地唆使着美国。捷克抵抗苏联失败了，而罗马尼亚为反抗苏联，和中国加深了亲密关系。但是卫星国的这些反抗与中国的地位变化相比，只不过是小事一桩。中国共产党开始对全国进行统治的时候，中国不过是苏联的一个卫星国而已。可是现在中国不仅摆脱了苏联的统治，而且自己也跃上了第三大国的地位。美苏两国也不得不承认这一事实。这是战后国际关系结构上的一个革命性变化。美苏间的僵局，为三大国中的两国团结起来，对另一国施加压力这种新的可能性所打破。

还有日本和西德也在经济方面再度变成了大国。在大国间的战争会成为自杀行为的原子能时代，政治力量的关键不在军事力量，而在经济力量。中国的经济力量还没有得到充分发展。虽然如此，它一定能够发展起来。这种可靠性使中国已经成了政治上的大国。

如果从经济力量方面衡量，现在不是两个国家，而是有美国、苏联、中国、日本、西德五个国家。国际关系中的这种结构，越来越像 1914 年第一次大战爆发时八大国的情况。作为对峙的方式，多极化大概没有两极结构那样危险。即或如此，任其发展还是有危险的。

**池　田**　坦率地说，世界分裂成几部分相互对立的原因之一，我想是虽为同一地球的民族，相互之间极其缺乏了解。举个浅近的例子来说，虽然是邻居，但彼此之间没有交往，连对方在想什么都不知道，那就会招致意想不到的误解。并且一个误解会招来另一个误解。这样，误解一旦形成成见，相互之间的对立就很难消除。

因此，这也可能是一个非常平凡的结论，但我认为世界上的人们能够很好地相互了解，是走向和平的最重要的条件。如果实现了这一点，美国人和苏联人就一定会深刻认识到，彼此没有什么不同，都是同样的人类。当人们心里充满这种共同感情时，就会把政治世界中的对立看成是十分愚蠢的。

例如，美中两国在第二次世界大战后的四分之一世纪里，一直处于对立状态。这期间以已故埃德加·斯诺为首的美国记者积极活动。美国学者对中国真实情况的研究，也远比与中国关系很深的邻国日本有进展。像这样，为了消除大国间的政治对立，我想还是要从加强民间人士的大量交流，了解对方国家的真实情况和文化开始。当然，既然彼此都是人，接触和交流的加深也不一定每次都增加友好。但是在相互了解基础上的争论，不会发展成无谓的恐怖和猜疑。没有相互理解就会使憎恶和恐怖无止境地发展下去，最后招致毁灭。我相信把相互理解作为不可动摇的基础确立起来，这是维护和平的最重要条件。

现在由于交通、通讯手段的发达，地球变得越来越小了。因此通向相互理解的道路并不困难。即使政府间不能迅速接近，民间人士的交流可能会取得更好的效果。

这里想听听博士的意见。消除两大阵营的对立果真能实现吗？如能实现，有什么根据呢？以什么形式实现呢？

**汤因比** 关于这个问题，有两个有希望的根据。

第一，现代技术缩短了距离，商务和观光活动都使旅游者的数量大为增加。即或不旅游，可以通过广播和电视得到有关外国的信息也增加许多。第二，我们都是单一人类家族的一员。因此我们有着共同的利害，共同的问题。这种认识在加深。

例如开发宇宙，一方面表现为美苏间的对立和抗争，同时俄国人、美国人、其他各民族都感到这是人类共同的事业。美国政府、苏联政府，都在成功时相互祝贺，失败时互相安慰。

商务旅行、观光旅行、广播、电视等，累积起来会对克服误解、偏见、猜疑，作出很大贡献。在1946年的巴黎和平会议上，西方同盟各国向苏联提出不仅旅游者，还要大规模交流学生、内科医生、外科医生、官吏等男女专家的提案，目的就是要加强了解。但是斯大林拒绝了。有人猜测认为，斯大林的拒绝是证明他想把过去友好的国家变成不友好的国家，这种看法是对的。斯大林虽已逝世，但铁幕还残存着。不过由于今天已经出现了多极体制取代两极体制的国际局势，苏联和另外两个大国大概都会感到，采取孤立主义已经行不通了。这些大国各自都为以前俾斯麦所说的“害怕敌国之间合作的恶梦”所魇住，都会为了赢得别的大国的好意而相互竞争的。

## 统一世界的课题

**池　田** 博士谈到世界被统一在一个政府下的过程时，反复谈到可能会以中国或中国统治原理作为原动力，作为核心；并设想在达到这一目标的过程中，也许需要具有出类拔萃的独裁者发挥作用。您还期待着出现一个新的世界宗教，作为大同世界各国人民的精神纽带。

把博士对不同问题的见解归纳一下，我从中看到贯彻始终的一条线。这就是以儒教哲学为基础，在一个皇帝统治下，壮大永存的“中华帝国”的形象为其规范。

然而在现代世界，使人们接受一人统治的想法有些过于困难。这是因为现代人反对由一个人进行统治、领导的做法。即或作为今天从混乱中产生的一种反动而要求独裁，那就更加危险。

讨论这个问题时，我曾谈过统一欧洲的尝试，大概可以成为将来统一世界的一个楷模。就是说，有独自的个性和不同历史背景的“地方国家”，各自都保持着自己的个性和独立性，在平等的立场上形成一个联合体。这样的西欧方式也许应该成为未来统一世界的基调。这就是我的想法。

需要有一个把世界各民族结成一体的宗教或者哲学，这是我的强烈信念。为了宗教上或理念上的统一，也许还需要一个领导能力很强的人物。但是即或在这种情况下，领导者也没有政治权力，应该是宗教上或哲学理念上的领导者。至于政治权力问题，要由站在平等立场上的各民族代表，公正地协商解决。

正如博士指出的那样，对欧洲来说，分裂一直是它的报应。然而如果欧洲实现统一，不就转变了过去的报应了吗？现代欧洲的经验，不是可以说比中国纪元前三世纪的经验还更有意义，更有成效吗？

以中国作规范的做法，对短时间战胜危险是更有成效的。然而，也许会陷入更大的危险境地，也是在下赌注。欧洲方式也许要花时间，需要顽强的努力，但我想没有大的危险，您看怎么样？

再者，博士谈历史上武力统一的事例，其中是否还包含着一个经验？信长、秀吉、家康统一日本，是在古代形成过统一国家这一传统观念和传统精神的基础上完成的。古希腊同盟也有共同的 Hellunes（希腊人对自己国家的称呼）这一整体感。十九世纪意大利的情况，也受古罗马时代的影响。看来，武力统一只是在动机上起作用。更强大的因素，是否可以说是人们心中的连带感和整体感呢？

况且，在这些事例中，武力还可以算是“较小的罪恶”，而今天行使武力，就必须得看作是“绝对的罪恶”。因此我认为，为了今天的统一，首先应该考虑的，是形成人类在精神上的整体感。在这个基础上，为实现具体的统一而应采取的方式，是自发性的统一。

**汤因比**　您说在今天这个世界上，武力统一世界的尝试，只能是自取灭亡，达不到统一的目的。我也认为是这样的。在战斗方式上，处于一个极端的游击队和另一个极端的核战争，已使武力统一成为不可能的事情。

然而就我所知，在过去的政治统一中——都没有达到全世界的统一——没有一个不是用武力完成的。但是我同意您的见解，即过去用武力统一所取得的成功，也是跟广大群众要求政治统一愿望相结合的结果，没有这种广泛的愿望，只用武力恐怕是完不成统一的。

如您所说，十六世纪日本的统一，十九世纪意大利的统一，都是通过民众的感情和武力相结合而实现的。但是如果没有武力，真的能实现政治统一吗?

古代希腊的例子是最恰当的。希腊各国国民，最晚已在纪元前八世纪，就在文化上有了强烈的整体感了。这或者作为全希腊宗教中心地或作为全希腊祭典等重要的非政治的各项制度中表现出来。然而从纪元前480年开始的三个世纪里，有些城市国家为了避免被波斯帝国合并，暂时也进行了合作。从那以后曾几次力图实现政治上的统一，但始终没有成功。最后希腊被非希腊势力的罗马以武力征服，陷于被迫统一的困境。

看看希腊的历史，我不能不对今天世界自发进行政治统一的可能性感到悲观。虽说如此，如不尽早实现政治统一，人类肯定是不能继续存在下去的。这样看来，我对人类的未来也不能不感到悲观。然而通过宗教方面的革命，使人的思想感情急剧地广泛地发生变化，也不是不可能的。这也许会使事态好转。

**池　田**　我想这也是很难的事情，而要解决这一困难的课题，使人类继续存在下去，唯有依靠宗教热情和宗教理念。

例如，中国统一的基础过去是儒教和道教，现在是毛泽东思想在起作用。欧洲在中世纪的某一时期，比今天更紧密地统一成了一个整体，也是靠基督教的力量。伊斯兰世界的统一，也可以说是靠穆罕默德的力量，靠《可兰经》的力量吧。

在基督教、伊斯兰教、儒教、道教都衰落的现代，赋予世界人类统一以力量的新宗教又是什么呢?这是一个问题。当然宗教不能用权力去推行。没有人们自发的求道心和信仰热情的支持，是没有意义的。现代人所开拓的理性，对不科学的，不合理的教义的强烈反抗是压制不住的。由于不合理只是部分的，所以也许对一些人还有些吸引力，但不能吸引大多数人。如果得不到大多数人的信仰，那个宗教就不能成为时代的潮流。

对这种新宗教——世界宗教——的必要性以及这种宗教应该具备的条件，我想听听博士的看法。

**汤因比** 在过去实现的部分统一中，武力称霸的同时，宗教也是一股强有力的力量。在帝制中国和罗马，武力统一之后，接着就是宗教统一。帝制中国采用儒教作为国教，罗马采用基督教作为国教。在伊斯兰历史上，也是传教和武力征服相辅相成进行的。但是中世纪的西欧世界，既不是宗教统一和政治统一同时进行，也不是二者相继进行的。估计将来在全球规模进行人类自发统一中，总要有一个共同宗教在世界推广，由此来完成这一重要任务的。

人类向宗教寻求关于人生的目的、意义和命运等问题的答案，人的头脑还没有足够的知识和理解力，能对这样的根本问题作出经得起考验的回答。我们对这些问题的答案只能是试验性的，假说性质的。传统的各个宗教对这些问题作出了自己武断的回答。而这些似乎真实可信的地方，恰是这些宗教本来所具有的魅力之一。但是现代人发现这些似乎真实可信的东西，实际上错误百出，对这个宗教教义的幻想破灭了，结果对该宗教本身也都不再相信了。

我想自以为是的宗教是不会再为人们所接受了，倒不如坦率地宣布“我们对人生根本问题的答案，始终不过是一种推测”。这样的宗教，因为它的坦率，反而可能受到尊重。然而仅仅回答关于宇宙本质问题，还不是宗教唯一的任务，甚至也不是最重要的任务。

宗教在揭示宇宙构图的同时，还要给人类的行动指出方向。正是宗教的这种作用，才能满足人们精神生活中的一部分要求。传统的各种宗教的教义，各自都有很大差别。但是有关人类行为的宗教戒律，在很多重要地方都大体上一致。就是说，虽说教义本身已失去信任，可是那些宗教戒律仍然有效。我猜想未来人类信仰的任何宗教，大概都会主张同样的宗教戒律。

宗教主张的最重要的戒律就是“克制自己才是人类的第一课题”。我们必须克制贪欲和自满。并且现在由于技术进步的结果，人把自然环境跟自己的关系给完全颠倒了。而人类这两个决定性的缺点，恐怕也空前地蔓延开来了。最近由于人类征服自然，结果增长了骄傲自满，同时也增强了放纵贪欲的力量。

现代人自满的根源是科学技术上的成就。科学成就虽然解决了一些老问题，但是作为代价也带来了不少新问题。在所谓发达国家中，物质虽然丰富了，但却污染了自然环境，引起了生产者间的财富再分配的社会抗争。

今天，产业革命的结果，证明了现代人虽然在科学技术方面具有卓越能力，但还不能控制自己周围的环境。这一点跟原始人没有什么两样。现代人之所以不能控制环境，原因就在于不能克制自己。克制自我才是避免自己失败的唯一方法。以前的传统宗教也都明确过这条真理。相信将来具有真实性的宗教，也一定要明确这条真理。

自我克制才是宗教的真髓。主张自我克制这一传统宗教戒律的宗教，才是未来能使人类皈依的宗教。因为我相信，我们作为人类享受现世的人生，会面临种种挑战，只有自我克制才是应付人生的唯一有效的手段。

选自《展望二十一世纪》，
国际文化出版公司 1985 年 11 月版。

# 再谈二十一世纪西方文化是否将让位于东方文化

## ——与季羡林等先生再商几个问题

伍铁平

拙文《二十一世纪西方文化会让位于东方文化吗?》在《争鸣》1994年第1期刊出后，感到言犹未尽，故撰此文加以补充，以进一步就正于季羡林等先生与读者。

季老在《“天人合一”新解》(《传统文化与现代化》1993年第1期）中再次重申他的东西方“两大文化体系的关系是：三十年河东，三十年河西”，“东方的思维模式是综合的，西方的思维模式是分析的”等观点。同他过去关于这个问题写的几篇文章相比，他提出了一些新的观点。例如，他说“在处理人与自然的关系方面，东方文化与西方文化是迥乎不同的，夸大一点简直可以说是根本对立的”。他为了证明这一论点，提出了一个新观点：他用三件事情证明西方文化的弊害，并引钱穆的话，证明“欧洲文化近于衰落”。第一件事情是“东方的一些宗教，比如佛教……反对杀牲，反对肉食”，“人吃一些动物的肉，实在是不得已而为之”。对季老的这种说法，我感到很不理解：为什么说肉食是西方文化的特点。《礼记·礼运》：“昔者先王……未有火化，食草木之实，鸟兽之肉，饮其血，茹其毛。”狩猎经济是人类原始社会初期共同经历过的阶段，摩尔根在描绘人类的史前史时指出，在蒙昧时代的高级阶段，“猎物”是人的“日常的食物”（见《马克思恩格斯选集》第 4 卷第 17—18 页），可见绝不能用是否肉食作为区别东西方文化的标准。此外，季老可能还忽略了佛教是公元前六至五世纪中叶才创立，而季老探讨的是“人类全部历史上”的东西文化的对立。至于现代，人们普遍认识到，除猪肉的肥肉外，适量的瘦肉、牛、鸡、鱼、虾、螃蟹等动物的肉，同蔬菜一样，对人的身体都是有益的，人吃肉并非不得已而为之。这种认识东西方人是相同的，我们没有理由把肉食看作是“西方向大自然穷追猛打、暴烈索取”的表现。

第二件事情是季老说“中国固有的思想中，对鸟兽表示同情的表现，在在皆有。最著名的两句诗‘劝君莫打三春鸟，子在巢中待母归’是众所周知的。这种对鸟兽表示出来的怜悯与同情，十分感人。西方诗中是难以找到的”。我不知道季老对西方诗歌是否作过普查；在我的记忆中，英、俄语中对夜莺、百灵鸟、鸽子等不少鸟兽充满感情的诗歌和谚语绝非个别。英语谚语 Love me, love my dog（“爱屋及乌”，字面意义是“爱我就要爱我的狗”）就是一个很好的例证。南丁格尔（1820—1910 年，近代护理制度的创始人，红十字会的创办人）的英文姓为 Nightingale，这个词作为普通名词，意义是“夜莺”，这也说明西方人对夜莺的感情。毕加索画鸽子表示人类对和平的向往；英语俚语中 pigeon（鸽子）引申指“少女”（通常指“妩媚的少女”），这都表现了西方人对鸽子的喜爱。至于童话中所表现出的对鸟兽的怜悯、同情，在东西方都是一样的。此外，众所公认，从总体上说，西方人对鸟类的喜爱绝不亚于中国人，对宠物的喜爱则恐怕远胜过中国人。西方爱鸟协会、爱宠物的协会的数量恐怕也大大超过中国。我去过德国的四个城市、波兰的三个城市、前苏联的两个城市、美国的两个城市，看见那儿广场上鸽子成群，有时还有松鼠出现在树丛间，在我国城市却很少见到这种现象。西方人保护某些野兽的工作做得也比中国好。可见不能将爱鸟和爱小动物、保护某些濒临灭绝的动物看作是中国人优于西方人的特点，把西方人描写成一群似乎只会对大自然（包括鸟兽）“暴烈索取”的人。

第三件事情是环境污染严重和生态平衡遭到破坏，季老把这些弊害说成是“非同西方文化挂上钩不行”，以此证明“西方文化行将衰落”。这种论断是不符合事实的。诚然，现代工业发源于欧洲，因此大规模的环境污染的确开始于欧洲；但是正是西方人最早重视这个问题，pollution of the enviroment（环境污染）、enviromental protection（环境保护）这些概念和词语最早都是出现在西方；环境科学和环境监测系统等也都是由西方人首创。我国是在实行改革开放以后，向西方学习先进科学技术，才大量引进上述科学和系统，大量引进西方和日本等发达国家这方面的各种设施（我国电视和报纸有不少报道）。我去过的上述西方城市中，到处都是面积相当大的草坪。他们的绿化工作以及包括排除空气污染和噪音污染在内的各种环保工作做得比我国不少城市要好得多。英国的泰晤士河由浊变清更是西方人从不重视环保转变为重视的典范。我们实在没有理由像季老那样，笼统地责备西方人只会“向大自然穷追猛打、暴烈索取”。如果我们在这方面不引进西方的先进科学技术，而是照季老提出的挽救办法：“以东方文化的综合思维模式济西方的分析思维模式之穷”，我国的环保工作只会更加落后于西方先进国家。何况即使在我国，在没有引进西方现代工业技术以前和现在的某些乡镇企业中，土法的印染业、冶炼业、纺织业等也同样带来了环境污染，只不过严重的程度不如工业化社会，所以过去没有被人们广泛注意，也很少有人从事这方面的研究和采取保护措施。

我完全同意季老在该文所说："我们决不应妄自尊大……也不应妄自菲薄……认为西方一切都好，我们自己一切都不行。"我想接下去最好加一句话："认为东方一切都好，西方一切都不行，把不属于西方文化固有的上述环境污染之类的弊病怪罪于西方文化本身。"因为这种说法西方人看了可能会很反感，不利于全世界人民的大团结。

季老在该文中还说："有一位语言学家讽刺我要'东化'。他似乎认为这是非圣无法、大逆不道之举……我完全不理解：既然能搞'西化'，为什么就不能搞'东化'呢?"我不知道他这儿所说的语言学家是谁。如果是指我，我不得不说明，我的原话是"我们万万不可因批判要将中国全盘西化的观点错误就提倡将世界全盘东化"（见我和我的研究生范俊军合写的论文《评申小龙部分著述中的若干问题》，刊《北方论丛》1992年第2期）。我们根本没有说季老的主张是"非圣无法、大逆不道之举"。《现代汉语词典》没有收"西化"一词，对其同义词"欧化"的解释是"模仿欧洲的风俗、习惯、制度等"。如果这儿的制度是指整个资本主义制度（不是指其先进的科学技术和管理制度），我没有见到现在我国大陆有谁说过"能搞西化"。上述词典也没有收"东化"一词，如果照"欧化"的定义类推，"东化"指"模仿东方人的风俗、习惯、制度”。如果要将这种东化强加于西方人（季老并没有这样说），恐怕是不能“搞”的。

西方文化同东方文化一样，其中既有精华也有糟粕。当今我国一小部分人中的拜金主义和性自由等现象显然与西方文化中的糟粕有关。我们对季老的上述说法提出异议，绝非要全盘肯定西方文化。

季老在《文艺争鸣》1992 年第 4 期所发表的《东方文化与东方文学》中对他过去所说的“到了二十一世纪西方文化就将让位于东方文化”做了一些修正。他说：“西方文化或西方文明已经繁荣昌盛了几百年，在很多方面已经呈现出强弩之末之势，看来是面临衰微了。代之而起的必然只能是东方文化或文明。我之所谓‘代’，并不是完全地取代，更不是把西方文化消灭。那是不可能的，也是完全没有必要的。我的意思是，在西方文化已经取得的成就的基础上，矫正其弊病，继承它的一切有用的东西。用综合思维逐渐代替分析思维……”季老在上引《天人合一”新解》中再次重申他的这一观点。我认为我划横道的那几句话是基本正确的，是对他自己所说的“让位说”或“取代说”的重大修正。然而他又同时笼统地说“西方文化或西方文明……在很多方面呈现出强弩之末，看来是面临衰微了”，前后是完全矛盾的。《现代汉语词典》（商务印书馆）对“取代”的释义是“推翻别人或排除同类的事物，自己来占有这个位置”。“取代西方文化”的提法不像“扬弃”，其中不可能包括“继承西方文化之精华”这层涵义。在进行学术讨论时，修正自己原有的偏颇是值得欢迎的，对此我已在拙文《讨论语言和文字问题要有严格的科学态度》（《北方论丛》1993年第3期）注㉙用“值得敬佩”表示了赞同。

在此我还想针对季老的上述说法补充一点看法：从总体上说，西方国家（大多数是发达国家）的科学技术（这是文化的主要内涵之一）比东方国家（除日本外，大多数是发展中国家）要先进得多，并未面临衰微，也非强弩之末。

上面我之所以说季老的话“基本正确”，是因为在我看来那话仍有片面性，因为东方文化或文明也不是十全十美的。西方文化固然有其弊病需要矫正，这个道理也同样适合于东方文化。至于季老主张“用综合思维逐渐代替分析思维”，我在上引拙文《二十一世纪西方文化会让位于东方文化吗?》中已经分析了综合与分析两种思维方式是不可分割的，因此不存在代替的问题。在此我还想补充一点：不仅对人的思维来说，综合与分析不可机械地分割开来；对动物来说，也是这样。恩格斯在《自然辩证法》中指出：“对未知对象的分析（一个果核的剖开已经是分析的开端），综合（动物的机灵的动作）……是我们和动物所共有的。”（《马克思恩格斯选集》，第3卷第545页，着重号属原文。）

季老在上引《再谈东方文化》中说“中国的东方（人）的思维方式从整体着眼，从事物之间的联系着眼，更合乎辩证法的精神”。作为例证，季老说“中医在这方面……胜过西医……中医……是全面考虑，多方照顾……较西医更合乎辩证法”。这涉及一个问题：季老说的中医从什么时候算起？我没有查到中医（汉医）究竟起自何时。就拿比较早的名医扁鹊来说吧，《辞海》说他是战国（公元前五至三世纪）时的医学家，也有人认为他只不过是古代良医的总称。战国时代中医的辩证法恐怕只能算是朴素的辩证法，离现代意义的唯物辩证法还相差很远。恩格斯 1875 年指出：“辩证的思维……只对于较高发展阶段的人（佛教徒和希腊人）才是可能的，而其完满发展则更晚得多，在近代哲学中才达到。”（《自然辩证法》，中译本，第 185 页）由此可见朴素的辩证法思想是东方人和西方人所共有的，科学的唯物辩证法思想则产生于西方。我们没有理由把辩证法思想说成是中国或东方人的独有的思维特点。周志良在《是取代还是融合？——与季羡林先生共商》（《争鸣》1992 年第 6 期）说得好：“当今世界格局”呈现“明显的多极化趋向”，“取代说（指季老的上引‘让位说’——伍）的后果，只能导致‘自我中心主义’‘自我安慰主义’等等”。

季老在《文汇报》1992 年 3 月 10 日所刊文的标题是《二十一世纪：东方文化的时代》。我认为这种提法同“取代论”一样，未必符合未来的事实，不符合我在上引拙文《二十一世纪西方文化会让位于东方文化吗?》所引党章对二十一世纪世界形势的分析，有可能伤害西方人的民族自尊心，是不利于世界人民大团结的。在我国对外交流日益频繁的今天，认真斟酌每一个提法在世界上可能产生的影响，我想是十分必要的。这种提法同有些人所说的“二十一世纪是中国的世纪”同样不科学，同样带有民族或东方自大狂。对这种提法的批评见拙文《世界语言文字的研究中心有可能转移到中国来吗?》（刊《语文建设》1993 年第 8 期，此文批评了袁晓园、徐德江的这种转移说），恕不赘述。

季老在他的不少文章中一再谈论东方文化的优点、西方文化的缺点或衰微时，显然忽略了一件重要的历史事实：科学社会主义和共产主义思想恰好发源于西方的马克思和恩格斯，他们学说中的三个组成部分（德国的古典哲学、英国的古典经济学和法国的空想社会主义学说）都是西方文化的组成部分；毛泽东思想是来自西方的马克思主义同中国革命实践相结合的产物。

通观我所读到的季老讨论东西方文化的几篇文章，我们可以看出，他在谈论东西方文化和人类文化发展史时，只字未提社会形态和社会意识形态问题，包括马列主义的问题。然而，这却是不可回避，而是必须首先探讨的问题。季老在上引文《“天人合一”新解》中全文转刊了台湾国学大师钱穆1991年的一篇文章，并说钱“认为‘欧洲文化近于衰落’，将来世界文化‘必将以中国传统文化为宗主’，这一点也同我的想法差不多”。钱说的偏颇我不拟在这儿分析，但有一点是肯定的，钱不是马克思主义者，他并没有用唯物辩证的历史观一分为二地分析东西方文化，不足以用来证明季说的正确性，尽管我并不否认钱在学术上的巨大成就。

关于东西方文化的关系，上引周志良的文章说得很好：“让世界走向我们，让我们走向世界，互通有无，互补短长。我们要下定决心在兼收并蓄一切世界优秀文化中傲立于世界民族之林，但也不反对不害怕别的民族和国家强盛壮大。我们欢迎世界文化屋脊上站着不同肤色不同语言的文明巨人。”不过，在我看来，周文也有两点值得商榷：一、周文说“世界文明走到今天这一段路，已到了东西方文化两大支流真正大融合的时候”，周文的题目也是“是取代还是融合？”《现代汉语词典》对“融合”的注释是“几种不同的事物合成一体”。在语言学术语中，“语言融合”指的就是不同语言合成为一种语言。东西方文化不仅在今天和二十一世纪不可能融合为一体，在可见的未来也未必会或未必有必要融合为一体。这同未来世界民族及其语言是否会融合为一体[1]是同一性质的问题。不过，这或许是周文表达上的漏洞。

二、周文在正确地指出："综合离不开对具体细节的分析证明，两者不能割裂开来，说谁优谁劣"，却又不无矛盾地说"东方人的思维特点是直感、顿悟、综合……这是宋代以前中国文明所以领衔世界的一个原因。但近代以来，西方的分析思维和实证方法取得了长足的发展，它较之东方的思维方式显现出独特的优势，这恐怕又是近几个世纪来中国科学技术落伍的原因之一。"在我看来，这一论断恐怕也同样割裂了综合与分析。我在《中国传统语言学在两个方面曾领先于欧洲》（《百科知识》1991 年第4 期）曾根据罗伯特·坦普尔所著《中国的天才·中国三千年来的科学、发现和发明》指出，西方文化今日的成就应部分归功于中国，因为西方现代科学诞生于十七世纪，十七世纪以前的中国有近三百种发明和发现都归功于中国人，而且比西方早若干世纪。由此可见，中国文明领衔世界并非如周文所述只是"宋代以前的事情"。至于十七世纪以前中国科学技术为什么领先于西方，而十七世纪以后又大大落后于西方，恐怕主要应归因于十七世纪以后西方和中国的经济基础及其上层建筑，特别是中国十七世纪以后没有从封建主义上升为资本主义，推行闭关锁国的政策，而不能归因于东西方人的思维特点；因为很明显，如果说东方人有什么思维特点的话，这些特点不应既导致十七世纪以前中国文明的领先，又导致"近几个世纪中国的科学技术落后"。至于十七世纪以后西方实证方法的长足发展，恐怕也同西方十七世纪以后经济、政治、科学、技术的发展有密切关系，而不应归因于什么“西方的分析思维方式”。

贺麟在为《译名论集》（西北大学出版社1990年版）所写的序（第5页）说道：“翻译的哲学基础，即在于‘人同此心，心同此理’，心同理同之处，才是人类的真正本性和文化创造之真正源泉；而同心同理之处亦为人类可以相通、翻译之处，即可用无限多的语言去发挥表达之处。”这句话说得很有道理。“心同理同”就是列宁反复强调的人类具有共同的思维，语言才有民族特性。“萨丕尔—沃尔夫假说”的错误之一就在于将民族语言的特性搬到思维中去了。关于这一点，我在刊于《哲学研究》上的“语言决定人的思维吗?”[2] 有详细的论述，恕不重复。

根据历史唯物主义的观点，是存在决定思维，而不是相反；社会的进步和发展首先应到社会的经济基础中去寻找，而不应到思维方式中去寻找。关于这一点恩格斯在《反杜林论》中说得好：“一切社会变迁和政治变革（这些自然都属于广义的文化的范围——伍）的终极原因，不应当在人们的头脑中，……而应当在生产方式和交换方式的变更中去寻找；不应当在有关的时代的哲学中去寻找，则应当在有关的时代的经济中去寻找。”[3]

张岱年教授在《国学大师丛书》（百花洲文艺出版社1992年版）总序中引陈寅恪的话“在吾国思想史上，……其真能于思想上自成系统，有所创获者，必须一方面吸收输入外来之学说，一方面不忘本来民族之地位”。李慎之教授在《中国哲学的精神》（《传统文化与现代化》1993年第2期）也正确地指出“多种文化已开始在……共进”。不过他说“西方文化现在已进入一个衰落期”，“东方也不例外”，恐未必正确。文化的涵义十分宽泛，包括科学和技术。世界的科学技术正在蓬勃地向前发展，并未进入衰落期。从理论上说，科学技术的发展是无止境的，永远也不会衰落。

谢冕教授在《文艺争鸣》1992 年第 4 期《多层建构中的中国文学与汉语文学》中有一节谈到“文化交流的对向效应”：中国文化“昔日的辉煌并不能掩盖近世的落伍；那种久远的辉煌理所当然地包蕴了有碍发展的消极因素；对于传统文化的弱点和保守性的持久批判，仍是改造和增强民族精神不可或缺的任务……文化的交往是双向的。外国从中国得到启发，中国也从外国得到启发，这是真正平等的‘互惠’。……汉文化圈的历史和现实以及它具有世界性的影响和意义，与我们经常谈论的向着西方‘盗取火种’和‘寻求药方’这些命题是并行不悖的”。《语文建设》1993 年第 1 期曹念明的文章《超越感情、冷静研讨》指出：“随着社会的发展、人们交往的密切，各种不同类型的文化不是统统变成某一种类型的文化，而是弘扬各种文化中的优秀成分，互融互补，共同发展。”这些言论恐怕比“让位说”更合乎实际，更少片面性。不过谢冕教授这篇精采的论文也有两点纰漏：一、第九页说畲族跟回、满一样，通用汉语，不妥。毛宗武、蒙朝吉编著的《畲语简志》（民族出版社 1986 年版）明确指出：“过去，几乎所有提到畲族语言的论述，都认为畲族和回族、满族一样，没有本民族的语言，通用汉语。其实，畲族是有自己的语言的。”二、谢文说“汉语言文字是世界上历史最悠久的最古老的一种语言文字”

（第10页），欠妥。这里应严格区别开语言同文字[4]。汉字的确是世界上最古老的一种文字；但是世界上的语言，只要是留传至今的语言，抛开那些在其演变过程中同别的语言融合为一种新的语言的某些例外，都具有同样悠久的历史，只不过有些没有文字，或没有留下书面记载，或其记载埋藏在地下，还没有发掘出来罢了。

季老在上引《东方文化与东方文学》中说“鸡声茅店月，人迹板桥霜”“用西方的语法来衡量，连个句子都成不了”。这是不对的。我在钟敬文、何兹全教授主编的《东西方文化研究》第4辑所刊《论语言的比较和文化的比较》（《语言文字学》1991年第10期全文转载）的第一部分（香港《语文建设通讯》第34期［1991年10月］转载）曾指出，英、俄、德、法语都有类似的无动词的主格句。季老在该文中还说“东方语言，比如说汉语，是无法被西方所接受的”。这也不符合事实。我们在上引文《评申小龙部分著述中的若干问题》中已经指出，申小龙说“汉语具有独特的难以为西方民族所理解的面貌”，这种错误论点“早已为不少西方人精通汉语的事实所驳倒；这种错误结论的传播，既不利于西方人学习汉语，也不利于中西文化的交流”。在此我们还想强调指出，要严格区别于语言和它所表达的思想内容。语言只不过是思想的载体，用汉语所写的绝大部分科学论文和文学著作都能翻译成西方语言，完全能被西方所接受，否则中西方文化的交流就不可能进行。《中国社会科学》的许多文章已经译成英文，刊登在该刊的英文版，我国外文出版社出版了很多中国文学作品的外文译本，就是明证。比较难译成西方语言的主要是用汉语写的古代哲学、医学等著作，这是因为中国古代哲学和医学等学科有许多特有的概念系统，而不是因为汉语本身无法被西方所接受。至于诗歌（恐怕主要是古代的诗词曲赋）难译，这倒的确是由于汉语与西方语言相比，有其特有的格律系统，但其内容却是完全可以译成任何语言的。当然诗歌内容的美同其语言形式紧密相连，经过翻译以后，其美感有时会大大削弱甚至完全丧失，但由此似乎也不应得出判断，说“汉语无法被西方所接受”。季老说“美国近代诗人 Ezra Pound 曾模仿过中国诗歌的创作方法……影响也不十分显著……用分析性的语言模仿综合性语言的诗歌，恐怕是有不可逾越的鸿沟吧”。其实，众所周知庞德（1885—1972 年）所用的英语和他模仿的中国诗歌所用的汉语都是分析型的语言。

季老在该文中还说“物质文明容易输出，也容易被接受……精神文明则较为困难”。诚然，他接着谈到“绘画、音乐、建筑风格等等容易被接受”，但是他没有谈到，同属精神文明的意识形态，如发源于西方的资产阶级自由、平等、民主思潮，资本主义的各种学说和马列主义学说不是照样曾先后被许多东方人，包括中国人所接受了吗。

季老在其《对于〈评申小龙部分著述中的若干问题〉的一点意见》（香港《语文建设通讯》第 37 期）说“对于在某一个学科内敢于提出新见解的人，最正确的态度应该是鼓励，而不是指责”。我们对申小龙部分著述摆出了那么多事实加以评述，是不是指责，读者自有公论。我们在《北方论丛》1992 年第 2 期所刊《评申小龙部分著述中的若干问题》第 47 页曾说：“我们寄厚望于申。”我 1989 年就在《论语言的比较和文化的比较》（香港

《中国语文建设》第34期第58页）一文中指出："现在上海以申小龙为代表的一些青年语言学工作者提出文化语言学，就是对当前某些中外语言学家长期把语言研究仅仅局限于微观分析的一种反响或者说反动（reaction）。这种倾向是值得鼓励和赞赏的。"这大概是老年人中对申的较早的鼓励。问题是他的《中国文化语言学》（吉林教育出版社1990年版）辜负了大家的期望（当然，这不等于他今后不会写出好的著述），尤其是不该出现抄袭现象和那么多知识性的错误。有些错误只要动手查一下外语词典就可以避免。学术观点尽可各抒己见，但基本事实不应出错。陀思妥耶夫斯基说过："在批评中反映出当代社会论断和信念的全部力量和精华。"（见《俄罗斯作家传记词典》第1卷，莫斯科1990年版）作为老年人，对已经四十岁的人的这种不严谨的学风提出善意的、严厉的批评，恐怕不能称之为"指责"吧。英国出版的《宏观语言学》杂志的常务副主编潘文国在该刊1993年第3期第137页说："对申小龙的这种语言观，语言学界大多数人持保留态度，有些人则提出了激烈的批评。"苏金智在《语言文字应用》1992年第3期著文指出："申派目前面临着学术界褒贬不一，尤其是贬多于褒的不利局面，应该认真反思，对别人的批评持冷静的态度，并对自己的理论进行调整和修改，以求得学术界的理解和承认。"这些没有偏袒、公正的评论，更有利于申的成长。在我国目前语言学界批评文章极少的情况下，对正确的评论恐怕也应加以鼓励吧。我们最近发现申小龙的《语言的文化阐释》（上海知识出版社1992年版）大段大段地抄袭桂诗春的《心理语言学》（上海外语教育出版社1985年版）、兹维金采夫的《普通语言学纲要》

（商务印书馆 1981 年版）、岑麟祥的《语言学史概要》（北京大学出版社 1988 年版）、姚小平关于洪堡特的数篇论文、徐志民的《欧美语言学简史》（学林出版社 1990 年版），祝畹瑾编的《社会语言学译文集》（北京大学出版社 1985 年版），统统未注明出处（见拙文《八十年以来我国理论语言学的回顾和反思》［上］，刊《湖北大学学报》1994 年第 3 期），就更应加以严厉批评了。

**注释：**

1 拙文《充分发挥汉字在文化学习中的巨大作用》（《汉字文化》创刊号，1989 年）阐述了未来世界的语言未必会融合的问题。

2 收入《语言与思维关系新探》，上海教育出版社 1990 年增订第 2 版。

3 我根据德文原文对译文做了订正。即将人民出版社 1972 年版的《马克思恩格斯选集》第 307 页的误译“经济学”改正为“经济”；很明显，经济学同哲学一样，属上层建筑。关于这个问题我曾在《经济学动态》1979 年第 9 期发表了一篇文章《在讨论“实践是检验真理的唯一标准”时应该澄清的一条语录》，批评了上述错译文。马恩列斯著作编译局看到该文后来信告我，他们将在新译文中去掉“学”字。

4 拙文《讨论语言和文字问题要有严格的科学态度》（《北方论丛》1993 年第 3—4 期）批评了一些人将语言同文字混为一谈的错误。请参看。

**原载《北方论丛》，1994 年第 5 期。**

# 古今东西之争与中国现代文化的发展

汤一介

文化的发展大体总是通过“认同”与“离异”两个不同的阶段来进行的。“认同”表现为与主流文化的一致和阐释，是文化在一定范围内向纵深发展，是对已成模式的进一步开掘，同时表现为对异己力量的排斥和压抑，其作用在于巩固主流文化已经确立的界限与规范，使之得以巩固和凝聚。“离异”则表现为批判和扬弃，即在一定的时期内对主流文化的否定和怀疑，打乱既成的规范和界限，对被排斥的加以兼容，把被压的能量释放出来，因而形成对主流文化的冲击乃至颠覆，这种“离异”作用占主导地位的阶段就是文化转型时期。

在文化转型时期对传统文化往往并存着三种力量：即文化的保守主义派、文化的自由主义派和文化的激进主义派。这里我们使用“保守主义”、“自由主义”和“激进主义”仅仅是就其对过去传统文化的态度这个意义上说的，并无其它意义，因此对这三派都不包含褒或者贬的意思。在文化转型时期，这三种力量并存于同一框架中，它们之间的张力和搏击正是推动文化以及社会前进的重要契机。而在相当一个时期，许多人往往认为，在文化转型时期只有“激进主义”对文化的发展才有推动作用，而“自由主义”特别是“保守主义”则是阻碍文化向前发展的。这个看法，我认为是不正确的，或者说至少是值得我们再重新讨论的。

二十世纪以来，中国社会一直处于剧烈的动荡之中，从文化上看它也正是一个重大的文化转型时期。从 1919 年五四运动前后（或者说更早一些，从十九世纪末）一直到今天，中国文化由于种种原因一直处在转型时期。这个文化转型时期由于社会的剧变和动荡，因此使中国文化呈现为极其复杂，甚至可以说是难以理清的局面。但是我们大体可以说，五四时期以李大钊、陈独秀等为代表的激进主义派，以胡适、丁文江等为代表的自由主义派，先是以严复、杜亚泉，后是经梁漱溟、张君劢、《学衡》为代表的保守主义派，无非都是面对中国社会的急剧变化和世界文化的大动荡这同一问题，而显示出不同的反应和不同的思考层面。这些问题不外是“如何对待传统文化（中学）”、“如何接受西方文化（西学）”、“如何建构自己的新文化”等等。这样就在激进主义派、自由主义派和保守主义派之间在文化问题上引起了激烈的争论，这就是中国文化百年来存在的“古今中西”之争。

五四时期的激进主义与自由主义派曾一度联合举起“反传统”的大旗，提倡“科学与民主”，向传统的正统文化（主要是儒家文化）开火。在五四运动前，李大钊就说过：“简单一句话，Democracy 就是唯一的权威，现代的时代就是 Democracy 的时代。”陈独秀说：“近代欧洲之优于他族，科学之兴，其功不在人权论下，若舟车之两轮焉。”自由主义的胡适也说：“我很不客气的指摘我们的东方文明，热烈的颂扬西方近代文明……我们必须承认我们自己……不但物质机械上不如人，不但政治制度不如人，并且道德不如人，知识不如人，文学不如人，音乐不如人，艺术不如人，身体不如人。”陈独秀、胡适等如此激烈地反对传统文化，主要是有见于当时中国社会之落后，政治之腐败，长期受西方列强之欺辱，而又有见于西方各国国势之强盛，社会之稳定，所以他们认为，中国要富强必须学习西方，发动一次启蒙运动来彻底批判旧的文化传统。这就是说，当时的激进主义和自由主义派认为所谓“中学”都是古代的（或前现代的）过了时的东西，而只有“西学”是适合现代社会需要的“今学”。我们可说，这实质上是一种“全盘西化”论，如果把它和十九世纪后半期张之洞等人提出的“中学为体，西学为用”相比，陈独秀等人所主张的可以说是“西学为体，西学为用”了。陈独秀等人的这种全盘反传统思潮在当时无疑对打破旧传统的束缚起着极其重大的冲击作用，为中国社会的“启蒙”奠定了基础。尽管它有着某些负面的作用(如绝对化的思想倾向、“科学万能”的科学主义、“文化决定论”的成分等等)，但它在历史上的积极意义则是应充分肯定的。

但未经几时，1920 年梁启超自欧洲归来，发表了《欧游心影录》，认为经第一次世界大战后西方文化已陷入绝境，而东方文化或者可以拯救世界。他对近世以来以“科学”为代表的西方文化进行了猛烈的抨击，说：“欧洲人作了一场科学万能的大梦，到如今都叫起科学破产来，这便是最近思潮变迁的一个大关键。”梁启超《欧游心影录》的发表，无疑是对五四运动“反传统”和鼓吹“西化”的反动。它无异于是“中学”向“西学”的挑战，为五四运动后东西文化的论战拉开了序幕。(注)

1921 年夏，梁漱溟作《东西文化及其哲学》的演讲，这可以说是保守主义派对五四运动以来“反传统”、提倡“西化”的第一次认真的反思。在他的《东西文化及其哲学》中，梁漱溟认为，中国应该引进西方文化，让“科学与民主”也在中国得到充分发展，他说：“（科学与民主）这两种精神完全是对的，只能无批判无条件的承认……怎样引进这两种精神实在是当今所急的；否则，我们将永远不配谈人格，我们将永远不配谈学术。”所以他反复申明：“我们提倡东方文化与旧头脑的拒绝西方文化不同”。但梁漱溟同时对西方文化进行了批评，并主张把中国原有文化精神拿出来。他认为，在不远将来是中国文化的复兴，它如同西方文化在经过漫长的中世纪之后的复兴一样。因此，梁漱溟的文化观的重点当然不在“反传统”，而是考虑在西方文化的冲击下，如何重新把中国文化精神恢复和发扬起来。

稍后，有《学衡》派，该派的主要人物大多是二十世纪二十年代初从美国哈佛大学回国的留学生，如梅光迪、吴宓、汤用彤、胡先骕等，他们受到当时在哈佛大学流行的新人文主义思潮的影响，提出“昌明国粹，融化新知”的口号。这批留美学生当然不能说他们对西方文化不了解，甚至正是通过他们才把西方文化中某些极有意义的思潮介绍到中国来。不过我们也要看到这些学者大都同样有着中国传统文化的素养。

梁漱溟和《学衡》派都不是盲目反对西学者，但他们都反对新文化运动的“反传统”，而且颂扬中国传统文化，并认为人类文化发展的前途是东方文化（中国文化）的兴起。因此，他们与新文化运动中的激进主义、自由主义的争论从一个方面看包含“中学”与“西学”之争。在当时的情况下，他们或者不能算是创造中国新文化的主流派，但也决不能认为他们对中国的新文化，只起负面作用。照我看，当时的保守主义派至少起了对一味“反传统”思潮的牵制作用，使得激进主义特别是自由主义派不能完全贯彻他们的“全盘西化”论。

1923 年发生了“科学与玄学论战”，它是五四新文化运动以来东西文化论战的继续，是一次新文化运动的主流派与非主流派文化的大冲突。这次论战仍是激进主义和自由主义与保守主义的对垒。以张君劢为代表的玄学派似乎失利，但这次论战却给人们留下许多应该认识思考的问题。例如，“科学”是否有其限制，“科学”成为一种“主义”即“科学主义”，是否与科学精神相违背？“人生观”的含义如何，是否与“科学”全无关系？但这场争论就其性质说仍然是“东西古今”之争，张君劢主张复活“新宋学”，而丁文江则主张西方的“科学方法是绝对不受限制的”，并且批评张君劢所主张者无非是“中体西用”的翻版。这次论战参加者甚广，除张君劢、丁文江外，主要人物还有自由主义派的胡适和激进主义派的陈独秀、瞿秋白等。经过这次论战，其结果新文化运动的两主流派也宣告分裂了。原来新文化运动的两主流派——激进主义与自由主义派——虽在反对专制主义的旧文化与旧道德，提倡“科学与民主”上是一致的，但他们的思想基础却都不相同。特别是自由主义派主张用改良的方法，而激进主义则主张用“大破坏”即“革命”的方法。因此，自二十年代中期后，在中国文化界就出现了三方鼎立的局面。

从二十年代中期到三十年代中期，在中国思想文化界各种论战不断，有哲学问题论战，有中国社会性质和社会史论战，有东西文化论战（即“全盘西化”与“本位文化”论战）等等。哲学问题论战是1927年后发生在张东荪与叶青等之间的论战，它反映了自由主义派与激进主义派的矛盾和斗争。中国社会性质与社会史论战是发生在1929年至1935年之间，这次论战，激进主义、自由主义、保守主义各派均有人参加。东西文化论战是由1935年萨孟武、何炳松等十教授发表《中国本位文化建设宣言》引起的，它主要反映了自由主义派与保守主义派的争论。在《宣言》发表后，接着各地学者召开了一系列的“中国本位文化建设座谈会”，从而引起一场本位文化与全盘西化的大论战。五四运动时期的激进派和自由派的代表人物实际上都有“全盘西化”的倾向，而这一思潮一直发展到三十年代，当时有陈序经更为系统地阐明“全盘西化”的立场，他说：“不能不承认中国文化无论哪一方面，都比不上西方文化，故不能不彻底全盘西化。”胡适此期间提出可以用“充分西化”或“充分世界化”来代替“全盘西化”，但在他对“本位文化”批评时，仍可看出他的“全盘西化”的立场，他还写了一篇《我是完全赞成陈序经先生的全盘西化论》。十教授《宣言》中说：“中国在文化领域中消失了，中国政治形态、社会组织和思想的内容与形式已经失去它的特征……要使中国能在文化领域中抬头，要使中国的政治、社会和思想都具有中国的特征，必须从事于中国本位文化的建设。”他们并且说，他们的“本位文化建设”是“不守旧，不盲从，根据中国本土，采取批判态度”云云。这些话看起来平实公正，但它的矛头无疑是指向“反传统”的“西化派”的。所以胡适在其《试评所谓“中国本位文化建设”》中说：“我们不能不指出，十教授口口声声舍不得那个‘本位文化’，他们笔下尽管宣言‘不守旧’，其实还是他们守旧心理在作怪”，“正是‘中学为体西学为用’的最新式的化装表现。”从当时“本位文化”和“全盘西化”的争论看，他们仍是“古今中西”之争：“本位文化”派所强调的是民族文化的特性，而忽视了当时文化发展的时代性；而“全盘西化”派又只是把眼光盯着文化发展的时代性，而全然忘记了文化的民族性和文化的继承性。或者是把东西之争看成是与古今无甚关系，或者是把东西之争等同于古今之争。因此，这一讨论并没有能对中国文化的发展起多大的推动作用。

从以上论战，我们可以看出，无论是激进派、自由派或保守派都还没有能在创造中国新文化上作出重要的贡献，同时这三派也还没有哪一派在中国社会中取得公认的支配地位，因而中国文化仍然处在多元对峙的格局之中。这样一种情况，当然和当时中国社会的客观环境分不开，但是否也可以使我们得出这样一个看法：这些论战的意义虽然不能否定，可是由于当时各派并没有来得及对一些争论的问题作深入研究，而难免陷入为争论而争论，或者受着当时某些政治势力所左右，所以虽然提出了一些应受到重视的问题，但并没有能为中国文化的发展提供较大意义的资源。

从三十年代中期到四十年代中期，这十多年可以说是中国学术发展的一个重要的时期。在这时期中产生了一批对中国学术文化有深远影响或者是建构出比较有影响思想体系的代表人物。例如激进主义派方面有郭沫若、侯外庐等：郭沫若对甲骨文、金文和中国社会史的研究，侯外庐对中国社会和思想史的研究都作出了一定程度的贡献。自由主义派方面有胡适、陈序经、张东荪、金岳霖等：胡适这一时期在美国，因此在学术文化上贡献较少，但他的《说儒》纠正了他过去对儒家的偏见，在禅宗研究上也多少有所贡献；陈序经的“全盘西化”理论就是这一时期完成的，可以说对“全盘西化”作了全面的论证；张东荪完成了他的“多元认识论”体系，他是中国现代哲学家中最早建立知识论体系的学者之一；金岳霖写出了相当严密的《论道》和《知识论》，前者是他的形而上学，后者是他的知识论。保守主义派方面有熊十力、冯友兰、贺麟等：熊十力完成了他的哲学体系《新唯识论》，他的学说为中国现代新儒学奠定了基础；冯友兰不仅写出了颇有影响的《中国哲学史》，而且用西方哲学新实在论的方法完成了“新理学”体系，写出“贞元六书”；贺麟利用他的有关德国哲学的知识来解释中国哲学，对陆王心学有重要发挥，他的《近代唯心论简释》、《知行合一新论》表现了其学贯中西的特点。另处还有一批学者可以说他们是现代中国的国学大师，他们与过去的国学大师不同，他们不仅是熔铸古今，而且能会通中西，因此他们的著作可以说是划时代的，现在人们研究他们所涉及的领域，还必须通过他们研究的成果，才可能有所前进。他们的一些著作已为海内外学术界公认为权威性著作，例如陈寅恪关于南北朝和隋唐史的研究；陈垣关于传入中国的外来宗教史和文献的研究；汤用彤关于中国佛教史和魏晋玄学的研究；董作宾关于甲骨文和殷商史的研究。此外还有钱穆在中国历史和中国文化史的研究上同样为中外学术界所瞩目。因此，可以说这十多年是中国学术文化发展的最有成绩的时期之一，是一个出了许多有价值的学术文化成果的时期，是一批学者企图创造中国哲学新体系的时期。究其原因或可归为以下数点：一、各种思想（激进主义、自由主义、保守主义派的各种思想）能在较为平等的基础上自由发挥；二、由于民族危机，使许多有良知的学者们不得不关心自己国家民族的命运，故而对中国文化自身建构有着强烈的责任感；三、从五四新文化运动以来，经过各种论战，使一批学者逐渐意识到，要解决中国文化发展问题，创造新文化，必须对中国文化的各个方面作深入研究，形成体系，而不能只抓住一两个问题争论不休；四、从五四以来，西方文化大量输入，中国已有一批学者在国外作过长期研究，因此对西方文化也较以前有更深的了解。同时又受到西方文化的影响而使一些学者有了“为学术而学术”的要求。但是，我认为最重要的一条则是学者们能在比较自由的条件下和较少的受政治干扰的环境下从事他们的创作。“自由”是创造力。学术自由是发展学术文化最根本的条件。同时我们也可以看到，在这十年中，中国学术正在朝着中西结合的方面发展着。许多学者在努力寻求打通中西文化的道路，那些把“中学”看成是完全过了时的对现代社会无甚价值的观点和认为继承传统就要绍述“周公之兼三王，孔子之集大成，孟子之拒邪说”的盛业的国粹主义思想虽不能说已绝迹，但是影响不大了。因此，我们或者可以说，半个多世纪以来的“中外古今”之争或者可因此而走上健康、合理发展的道路。

1949年后，中国大陆社会发生了巨大变化，随之中国大陆的文化也发生了非常大的异乎寻常的变化。当时有所谓“一边倒”全盘倒向苏联的“全盘苏化”的指导思想，这实际上也是一种“全盘西化”的变种。在文化领域里可以说是激进主义独领“风骚”的时期。当时要求学术文化以斯大林的《辩证唯物主义与历史唯物主义》为经典；以马克思、恩格斯《共产党宣言》中的两个“决裂”为指导，即“共产主义革命就是要同传统的所有制关系实行最彻底的决裂；毫不奇怪，它在自己的发展进程中要同传统的观念实行最彻底的决裂”。在此同时，对人文学科又特别要求认真学习和领会日丹诺夫三个报告的精神，即《关于西方哲学史座谈会上的发言》、《在联共（布）中央召开的苏联音乐工作者会议上的谈话》、《关于〈星〉及〈列宁格勒〉两杂志的报告》。因此，一切文化领域都受到来自苏联极左思潮的严重影响。在哲学中特别强调唯物主义和唯心主义的斗争，唯心主义是反动的，唯物主义是进步的，从而把孔子、孟子、老子、庄子等等一些对中国文化作出重要贡献的哲学家都作为批判对象。在历史学中提出“以论代史”或“以论带史”，先验的规定一些条条框框，再片面地找一些个别历史事实来作歪曲的证论，违背了历史理论应该根据历史事实的原则；文学艺术则强调文学的“党性”原则，从而使文学艺术成为图解政策的工具。文化上的激进主义派成为中国大陆学术文化界的统治力量，并发动了一次又一次的学术文化批判运动，一大批在学术文化上作出过重要贡献的学者都遭到过批判。自由主义派被作为资产阶级思想的代表人物受到批判，保守主义被作为封建思想的代表人物受到批判。这样的结果，造成了中国大陆的文化与世界文化的隔绝，同时也使中国文化出现了断层。这种学术文化的批判运动往往随着政治形势有时激烈些，有时缓和些。1966 年，发生了“无产阶级文化大革命”，它一方面摧毁着对人类文化曾经作出积极贡献的精神宝库，大搞所谓“破四旧”；另一方面又对某些封建专制主义的东西大加提倡和颂扬，例如对法家专制思想的颂扬。但是，无论如何，从 1949 至 1976 年虽然是文化上的激进主义一统天下，而在文化问题上“古今中西之争”并未解决，无非是“西学”的一种和“中学”的一种激进主义相结合依靠政治力量把自由主义派和保守主义派作为批判的对象罢了。但是，在那种历史条件下文化上的激进主义在学术文化上是不可能有重大的突破性的建树的。如果说，在学术文化上尚有可说者，我们可以看到仍有某些学者坚持学术自由的立场，而使中国文化传统不至完全断绝；或者因一些学者的努力，而能在文献的整理与发掘上作出贡献，这些方面我们也应给以肯定。另外也还要注意到，虽然这一时期激进的极左教条主义占据统治地位，但是仍然有些学者由于直接阅读马克思、恩格斯的著作，而对“唯物史观”的重要原理有了正确的了解，从而对中国历史和社会的分析作出有意义的结论。

1976 年秋，结束了如一场噩梦般的“文化大革命”。1978 年冬破除了两个“凡是”，提出“实践是检验真理的唯一标准”，接着中国共产党召开了第十一届三中全会，会议提出了“破除迷信，解放思想，实事求是，向前看”的口号。在这种条件下，学术文化界开始对封闭人们思想的极左教条进行冲击。激进主义一统天下的局面开始被冲破了。

与此同时，中国共产党提出“以经济建设为中心”、实现四个现代化的纲领，和“改革开放”的方针，它无疑是针对“以阶级斗争为纲”和“闭关自守”的一个路线上的大转变。学术文化界当然是拥护这一方针和路线的。但同时鉴于历史的经验，只把“现代化”限于工业、农业、科学技术和国防层面，是否又会使我们再一次失去实现全面现代化的时机呢？于是不少学者提出，“现代化”除了科学技术和经济管理的现代化外，还应包含政治的现代化和思想观念的现代化，以求得中国大陆的社会由“传统”走向“现代”。这里所说的“传统”既包括几千年形成的“旧传统”，也包括几十年形成的“新传统”。这样从 1985 年起，在中国大陆出现了以讨论中国文化走向为主题的“文化热”。在整个“文化热”中，有三个学术团体或者可以说代表三种不同对待“传统文化”的思潮：一是二十一世纪研究院。它的前身是《走向未来》丛书的作者和编者们，这批学者是属于“反传统”的激进主义派，他们不仅批判几千年的旧传统，而且特别着力批判几十年来形成的新传统，并认为这两种传统的结合形成了统治的意识形态。二是《文化：中国与世界》丛书编委会的学者们。他们适应改革开放的要求，主张引进西方的人文主义，提倡自由思想，以破除几千年来的专制主义。为此他们出版了《新知文库》和《学术文库》，翻译和介绍西方当代的各种学术文化思想。三是中国文化书院。中国文化书院同仁的思想颇不一致，有属于激进主义派的，也有属于自由派的，但更多的学者则是维护几千年来的传统，对传统文化抱着同情理解的态度，他们虽不是“反传统”派，但也决不是没有看到几千年来的传统文化对中国社会的负面作用。我们可以发现，对“文化热”起着推动作用的三派仍然是分为激进主义、自由主义、保守主义，他们讨论的问题仍然是“古今中外”之争，争论的焦点是如何对待“传统”的问题，不过这个“传统”不仅包括“旧传统”，同时也包括“新传统”。正是由这三派形成的文化上的张力，把中国文化推上了一个新的发展阶段。特别是这三派对文化问题的观点虽然在走向上不同，但却能比较理智地进行讨论，并在批判几十年来形成的教条主义上有着共识，因此也就形成了前所未有的在推动中国文化发展上的合作关系。1989 年后，“文化热”告退，一些学者对一个多世纪来中国文化走过的道路进行反思。到 1993 年，“国学热”在中国大陆悄然兴起。反观 1979 至 1989 的十年间，或者可以说是二十世纪中国学术文化发展的又一取得重要成果的时期，它打破了多年来的教条主义极左思潮的束缚，推动了中国文化朝着适应世界文化多元化发展的总趋势的方向发展。

九十年代悄然兴起的“国学热”如何走向，可能还得有一段时间才能看清。照我看，可能有两种不同的走向，一是能真正把中国传统文化放在整个世界文化发展的总趋势中来考察，使得中国文化的真精神和现时代的时代要求接轨，这将是中国文化走出困境唯一的出路。但是，从历史的经验和目前发展的趋势看，也有另外一种可能，这就是“国学热”离开学术的轨道而意识形态化，从而背离某些学者热心弘扬中国民族文化的初衷。我是比较早提倡“国学”的，但我是在这样一个背景下提倡“国学”，即在全球意识的观照下提倡“国学”。第二次世界大战后，随着“西方中心论”的消退，整个世界文化呈现出多元化发展的趋势。如果孤立地、盲目地提倡国学，很可能使中国文化游离于世界文化发展的潮流之外。当然我们要考虑我们自己文化的特点，因为我们的文化是多元中的一元，这是没有问题的。可这种考虑必须在全球意识背景下来考虑才有意义。如果不这样，我们就又会自己封闭了自己，重新滑入狭隘的民族主义、国粹主义的陷坑，拒绝一切，排斥一切，又错过一次进入现代的机会。

一百多年来，在中国文化的发展问题上一直存在着“古今中西”之争，也就是说中国的知识界一直都关注着中国社会如何走向现代、如何使中国文化重振辉煌。我们从已走过的这段历史中是否能得到某些有益的经验呢？我认为或者可以归为以下三点：

一、在文化转型时期，在学术文化领域，学术文化的发展往往是多元的，正是由于有激进主义、自由主义和保守主义并存，在这三种力量的张力与搏击的推动下，学术文化才得以发展。正是不同趋向的文化合力推动着文化的进步。在文化的激进主义、自由主义和保守主义并存的情况下，由于具体形势的不同就不能用一种凝固的教条的价值标准判断他们的高下，特别是不能用某种外加的意识形态的标准来判断他们的高下，这样学术文化才能比较健康发展。也就是说，我们应对这三种力量在不同情况下对中国文化发展的不同作用作客观的不带偏见的评价，这样才可以对一个世纪以来的中国文化发展的历史作出合理的、合乎实际的分析。我们应该看到，激进主义派在文化转型时期的一定阶段往往起着打破已僵化的旧传统开创文化发展的新局面的作用；而保守主义派则可以起着使传统不至于断绝，而使民族文化传统有得以继往开来的可能的作用；自由主义派是可以起着为文化的发展提出新的问题，而有利于文化朝着多元化方向发展的作用。所以对这三派的功过都应根据具体历史条件作出实事求是的分析。同时，我们还应注意到，文化转型期决不是一个短的时期，春秋战国到西汉儒家思想成为正统，定于一尊，是经过了三四百年；魏晋到隋唐也经过了三四百年；从十九世纪末到现在不过一百多年，因此可能还得有一个相当长的时期中国文化才可以走出转型期，形成适应世界文化发展趋势的新的文化传统。

二、百多年来中国文化所存在的“古今中西”之争。我认为这个问题存在着两种偏向：一种观点认为“中西”之争都是“古今”之争，全盘西化派大都持此种看法；另一种观点认为“中西”之争都不是“古今”之争，国粹派大都持此观点。在当时的争论中，“中西”之争确有“古今”的问题，例如要不要“科学与民主”的问题，“三纲五常”、“三从四德”等是否适合现代社会的要求以及维护专制制度的礼乐制度等等，这些问题是要不要走出“前现代”。它是“古今”之争的问题，是属于时代性的问题。但并不是“中西”问题，都和“古今”问题有关，例如孔子的“性命与天道”的问题，“天人合一”、“知行合一”、“以德抗位”等等，这些问题并不因其与西方文化不同，也不因时代的变迁而失去其意义，它们完全可以随着我们民族文化的发展而“苟日新，日日新，又日新”。因此，我们可以说，正是中国文化中有这些深远意义的哲学观点和对这些观点的新的诠释，我们的民族文化才可以在现时代文化发展的总趋势中发挥特殊的积极作用。今日之世界联系非常密切，无论哪一个国家或民族都不能不关注当今人类社会所面临的共同问题，这就是“和平与发展”的问题，所以世界文化的进程只能是在全球意识下文化多元化的发展。“全球意识”，这是个时代性的问题，这是一个文化发展的“共性”问题；“文化的多元化发展”是个各民族文化所表现的民族特色的问题，这是一个文化发展的“个性”问题。在现今任何民族文化的发展都应体现“共性”与“特性”、“时代性”与“民族性”

的结合。百年来中国文化的“古今中西”之争很可能都是由于没有正确解决文化发展的时代性与民族性、共性与个性引起的。

三、从中国百多年来的文化发展史上，“古今中西”之争也常常表现为把“启蒙”、“救亡”与“学术”分割开来，或者认为由于“救亡”压倒了“启蒙”而妨碍了文化的启蒙；或者认为“启蒙”、“救亡”影响了“学术”的自由发展；或者认为“为学术而学术”对社会进步起着消极作用等等。我认为这些观点都只是看到了问题的一面，而中国学术文化的发展不仅需要“启蒙”，而且必须关注现实社会问题和国家民族的命运，同时也应允许“为学术而学术”、“为艺术而艺术”。中国知识分子自古以来对自己的民族和文化都抱有一种社会责任感和历史使命感，无论是希望由“边缘”进入“中心”，还是远离“中心”而甘愿“边缘化”，只要对民族文化的发展有意义都应肯定。现在，我希望中国知识界应该有更广的胸怀，在发展中国文化的过程中，既可以坚持自己选择的发展方向，也应尊重别人选择的发展方向，可以“和而不同”，这也许更符合中国文化的“中庸之道”的精神，为中国学术文化界树立一种新的风尚。

**注：**五四运动前已有多次东西文化的论战，最典型的是发生在1915年后的以杜亚泉为首的《东方杂志》与以陈独秀为首的《青年》（后改为《新青年》）之间的论战。

原载《文化的回顾与展望》，

北京大学出版社1994年12月版。

# 辨同异　合东西

## ——中国文化前景展望

李慎之

## “天人合一”与“天人相分”：东西文化的同异

自从“二十一世纪是亚洲世纪”的说法流行以来，东方文化将在二十一世纪居于主宰或领导地位的言论也开始流行起来了。它可能起源于日本。五年前我曾应邀赴东京主持过一次“东亚知识人会议”，就听到过彼邦名流的这种说法。近年来，它似乎也已引起中国人的共鸣。对我们亚洲人来说，听到这类的话，是都会感到心头发热，脸上有光的。但是作为一个研究中国哲学的学生，却又不能不对此作一番考察。

首先是，所谓东方与西方文化究竟何所指，就很难弄清楚。西方文化比较好说，大概指的是希腊罗马的传统加上后来整合进去的基督教传统，又经过文艺复兴、宗教改革与启蒙运动而在近几百年来大盛于西欧北美的文化系统。现在的西方国家学校中，大抵有“西方文化要义”这么一门功课，大体上就算可以概括了。对我们中国人来说，感受最深的应当就是其实证的、逻辑的科学精神及其技术成果，然后才是市场经济和民主政治。至于东方文化是什么却似乎不大好说。如果以亚洲为东方，欧洲为西方，则基督教即起源于亚洲，可是它却盛于欧洲。也有人以阿拉伯文化、印度文化、中国文化合在一起都算作东方文化的，这三者差别悬殊，除了以西欧人自以为居于天下之中的地理观念来划分外，实在无法归为一类。单以阿拉伯文化被等同于伊斯兰文化这一点而言，伊斯兰教本来就衍生自被视为西方文化的犹太教与基督教，要分清东西，大非易事。另外，从本源言，印度人（至少其上层种姓）与欧洲人同种同文，其文化与希腊、波斯的文化有亲缘关系，而与中国人、日本人的渊源却要浅得多。要把印度文化同欧洲拉开而与中国、日本捏在一起，也只能是一笔糊涂账。

分析我所听说的东西文化盛衰论的主张，可以比较有把握地猜测：所谓东方文化主要是，或者实质上是指中国文化。中国人口占世界五分之一，地域占东亚大陆的主要部分，其文化一向以统一性与连续性为世人所艳称，而且几千年来一直向周边地区辐射，迄今有汉字文化区（或筷子文化区）之称。研究中国文化与西方文化之异同，往长里说，有四百多年的历史；往短里说，也有一百多年的历史。它确实是汉字文化区各国人民共同关心的课题。因此，把东西文化盛衰论缩小为中西文化隆替说来研究，虽然不能包举全球，也已有足够的普遍意义与现实意义了。（事实上，在这个世界上，还很难找到能兼通西方文化、伊斯兰文化、印度文化、中国文化来作比较研究的人。即使有，如果不把美洲印第安文化、太平洋岛屿文化与黑非洲文化包括进来，也还算不上是全球性的研究，难免遭到在当今世界上越来越得势行时的多元文化论者的严厉谴责。）

除了东西文化的范围而外，还有一个内涵问题。日本学者的说法是：西方文化的特征是“要素还原论”和“分析相加论”，这种认识的方法已经走到了尽头，今后应该走整体主义的道路，而这正是东方文化的优越之处。在中国学者方面，我见到的说法是：西方的学问是分析得来的；东方的学问是综合得来的。现在分析之技已穷，综合之道应盛，因此得出结论：“苍天已死，黄天当立”——东方文化将代西方文化而兴。

再推敲一下，不论是分析还是综合，也不论是深察细部还是通观全局，都是人类认识世界和认识自己必用的方法。在这方面，东方人与西方人没有，也不可能有什么原则区别。一般来说，综合与分析既不能分割，也不能对立。至于仔细研究综合与分析的差别，似乎还只有西方人下过那么大的功夫，例如康德就是一个，而且恰恰就是这个西方人特别强调“综合比分析更为重要，更为根本”。再说，正是希腊的亚里斯多德早在两千三百年前就道出了“全体大于部分的总和”这种听起来简直是充满了“东方式智慧”的话。这样看来，以综合、分析来区别东西文化似乎也并不能搔到痒处。

因为看不到比较系统、精确的论述，我只好以自己的意思来推测这东西异同兴衰的论据。看来还是以“天人合一”看作东方文化的源头，以“天人相分”看作西方文化的源头比较合乎成说。当然，上面已经说过，这里的所谓“东方”指的仅仅是中国，不过，百多年中国人和其他汉字文化区的人对此并不细加区分，也就不妨马马虎虎了。

从“天人合一”入手理解中国文化并不缺乏根据。中国人历来相信“天地与我同根，万物与我一体”，“乾称天，坤称母……

民吾胞也，物吾与也。”哲学上是如此，直到典章文物、艺事美术也都体现这一精神。至于西方人，很难说热心探索宇宙奥秘的古希腊哲人就一点没有“天人合一”、“神我同源”的思想，但是自从罗马人皈依了基督教以后，就确实在神与人、人与自然之间划了一个界限，而使人的精力更多地表现在向外探索上。因此，当欧洲人航海东来与亚洲人相遇的时候，随身带来的自然科学就与中国人的性理之学形成了鲜明的对比。

中国文化与西方文化相遇的历史是一部复杂曲折的历史。开头两百年的情况大体上是，中国自命为天朝上国而视西洋为蛮夷之邦，并不把它放在眼里。虽然西洋人一来就积极传教，而且也很吸引了一些信徒，但大多在社会下层，并没有在根本上影响到中国的政教（用现代话也可以叫“意识形态”）。在中国的朝廷看来，西洋人不过会测天文，算历法，做自鸣钟和“西洋水法”，有些奇技淫巧可资利用而已。倒是西洋的传教士把中国的哲学文化看得相当高，认真地介绍了一些经典到欧洲去。在那里又引起了当地的一帮革新派出于“东为西用”、“托华改制”的目的而大加渲染，还引起了一阵未必也不必名实相副的“轰动效应”。可是以后两百年的情况就不同了。特别是1840年的鸦片战争，欧洲人以火轮快艇、洋枪洋炮打开了中国的大门以后，中国人在赔款割地、丧权辱国之余对自己的传统文化产生了自卑心理，崇洋媚外之风弥漫上下，百年不已，成了一段不堪回首的伤心史。转机发生在半个世纪以前。当时中国人打败了西洋和东洋的帝国主义，重新直起了腰来。但是极其奇怪的是，中国文化却并没有因此而扬眉吐气。中国重振雄风靠的不是更新再生的中国文化而是靠的来自西方的一种哲学，一种意识形态。而在这种意识形态的主导下，中国传统文化连同西洋传统文化一起，不分青红皂白，统统被称为“四旧”而定为革命的对象，被认为若不予以彻底破除中国就无法前进的障碍。为了要与“传统的所有制关系”与“传统的观念”实现“两个彻底决裂”，它受到了人类历史上最为猖狂的攻击，但是，文化大革命结束不过十来年，中国已经有人在呼唤东方文化将代西方文化而兴，这不能不说是文化大革命的发动者始料所不及的。

## “拿来主义”与“超越对立”：中国文艺复兴之梦

我是一个一直做着“中国文艺复兴之梦”的人。我希望而且相信，中国文化首先是中国哲学会在下一个世纪有一个大的发展。不过我认为要做到这一点，中国文化自己必须要下一番去腐生新、推陈出新的功夫，要能吸收其他文化的长处，首先是要能包容、消化、以至超越与自己对立了这么些年的西方文化。

所谓民族文化，无非是一个民族在其存在过程中发展出来的一种认知世界的方式与成果。因此，各个民族由于其起源的不同与环境的不同而各有各的文化是自然的事情；也因此，各种文化各有其存在的价值。事实上，不但是广义的文化，连任何一种语言也都是人的一种认知和沟通的特殊手段。世界上当初每增加一种语言，现在每消失一种语言，也就是人类增加或者消失了一种认知和沟通的手段。

不过，虽然各种文化各有自己的价值，却并不是不可比较、无分优劣的。比如西方人就自己说，如果他们墨守拉丁人的记数方法而不接受阿拉伯的数字符号的话，也许他们的数学就不可能发展到今天这样的程度。不过，人类的各种文化系统，有的短于此而长于彼，很难说哪一种就绝对地、全面地优于或劣于其他文化系统。事实上，即使是被我们断然认为低于人类的动物甚至植物也各有其感知世界、交通宇宙的独特的方式，其中有一些是我们确知为人类所万万不能及的。人类之所以可以认为自己比它们高明，主要是因为我们有一个其官在思的“心”，有进行理性思维的能力。人类利用这种思维能力可以制造各种工具，以至建立所谓“仿生学”，以间接取得其他生物所有而我们没有的能力。既然如此，被分隔于各种社会的、民族的、文化的、地理的疆界之内的人类也就更有必要彼此交流学习，以期有所进步，有所提高了。

作为中国文化之本的中国哲学从“天人合一”出发，把整个宇宙看成一个有机体，使人在大化流行、生生不已的生命之流中安身立命。这是一种完全摆脱了神话与迷信的哲学，一种完全与当代的广义进化论相契合的哲学。正是这种哲学引起西方科学家的惊叹，被认为是神奇的“东方神秘主义”。但是，我们的先人是通过冥想、参悟、亲证而达到这样“极高明”的境界的，中间并没有经过足够细密的验证与推理的过程。

所以梁漱溟先生在本世纪初就判定中国哲学是“早熟的哲学”，这实在是了不起的真知灼见。既然是“早熟的哲学”，就正如“早熟的人”一样，缺少了一个充分发育的阶段，理性并没有完全展开就达到了悟性。正因为如此，中国哲学也就没有能为科学的发展开辟道路。虽然聪明的中国古人曾经有过许多可贵的发明创造，中国的技术曾经在世界上长期处于领先地位，却并没有开创出体大思精的科学理论体系来。陈寅恪先生以为中国人“偏重实用而不究虚理”，可谓是一针见血之谈。

正如早熟的人可以通过后天的营养与锻炼补足先天的欠缺一样，早熟的哲学和文化也可以通过“拿来主义”与自我努力而补足自己的欠缺。有几千年文明史的中国在不足百年的时间内已经学会了从制造火车轮船到核弹导弹的技艺，我们引为同道的东邻日本则经过百多年的努力已经在科学技术的许多方面骎骎然欲驾西方而上之。这都是可以使我们感到扬眉吐气的事。但是，也要看到“重实用”本来是我们的传统，“究虚理”却是我们的弱点。制“器”易而学“道”难，我们要掌握人家整套的科学思维方式，还得继续不断地努力。现在可以预言的是：大不了再花上一个世纪，这是一定可以做到的。因为，中国哲学的核心在“仁”与“诚”，本来讲的就是“穷理尽性”，“尽心知天”。不过过去一直只把功夫用在砥砺道德上，现在把功夫也用到穷究自然上来，是没有多大障碍，也没有多大困难的。过去一百年向西方学习的经验已经完全证明了这一点。

当然，我们中国人还应该对自己提出更高的要求，要求自己对世界文化作出超越于当今西方文化的贡献。这在道理上是当然的，因为它出于人类力求知天、同天的本性。不但我们要这样做，西方人、南方人、北方人也要这样做。问题只在于我们还得努力，而且首先得虚心。

中国人常常说，别人也常常说“中国人聪明”。这很可能是事实。但是，中国人到底是怎么个聪明法？为什么这样聪明？我们是怎样应用这种聪明的？又怎么能把这种聪明与别人分享？在我们能把这些问题以世界上任何民族都能接受、理解的语言、符号、逻辑系统表达清楚以前，这种“聪明”是很难成为对世界文化的贡献的。不论当代西方的科学家如何因为发现了最新的宇宙发生论与生命起源论而倾倒于老子所说的“有生于无”；也不论他们如何从湿婆神永恒的舞蹈中悟到存在着“振动宇宙”的可能；也不论他们在探索到“至大无外”与“至小无内”的时候，因为感到古典物理学的概念与定义归于失效而惊叹“东方神秘主义”的玄妙；他们要把自己的研究工作继续下去，还得靠他们自己的那套科学方法。事实上，就科学而言，当代的系统论、混沌论……已远超出所谓“东方神秘主义”之上。而且，说到底，神秘主义之所以为神秘主义正是因为理性思维还不够发达。

中国哲学的悟性是极其可贵的。它教导人们立诚推仁，“一点真疑不间断，打破砂锅问到底”，以“明心见性”达到“与天地合其德”的境界，也确实是“极高明”的。但是，中国哲学还要求人能“赞天地之化育”，而其前提是“尽人之性”与“尽物之性”，这可是一个远远要繁难得多，复杂得多的任务。“善未易察，理未易明”，要察要明，就非得努力研究西方人叫做“自然科学”与“社会科学”的学问不可。光讲“第一义不可说”或者“悟后六经无一字”，也许可以启发少数利根上智，却无法使多数人明白人在宇宙中的位置与作用，只有通过由自然科学发展出来的广义进化论才能做到这一点。就社会科学而言，仅仅把社会看成是“天之生民久矣，一治一乱”，或者“君臣、父子、兄弟、夫妇，始则终，终则始，与天地同理，与万世同久”，也是不够的。中国人历来讲“通经致用”，但是今天的经已决不可能，也不应该是“尧典禹谟”、“仪礼周官”、“公羊谷梁”……了，而是非得穷研现代的经济学、政治学、社会学……不可了。拿眼前的例子来说，为什么搞人民公社就会搞到饿饭、死人，而搞市场经济却很快就能由温饱而奔小康，这中间的道理，都不是不学经济学就能明白的。因此，无论哪一门学问，中国人都还大有向别人学习的余地。可以相信，在学到学透以后，中国人应当能够发挥自己的聪明才智对世界作出更大的贡献。

从又一个方面说，中国哲学的精神是“和”而不是“争”。虽然实际上大化流行的过程中不可能没有竞争以至断杀，但是中国人从来追求的是“和”，而且总是从“争”中看到“和”。因此，就是到了中国文化确实足以领袖群伦的那一天，它也只能是促进世界上各个民族、各种文化互相包容，互相吸收，互相学习，以求得共同超越，而不会是因为受了一百年“西风压倒东风”的气非要再来个“东风压倒西风”不可。只有“世界大同”、“天下为公”才是中国文化的真精神。

## “全球化”与“现代化”：各种文化的融合

不要仅仅看到今天的世界上还充满了对抗与争夺、征战与杀戮，事实上，人类已经到了全球化的时代，各种文化的融合已经在开始了。根据现在已有的各种知识推断，人这个物种应该是起于同一个源头的，但是在以后若干万年的过程中却由于求生存而散布到地球上各个角落，一群一群地在相互隔离的情况下发展自己的文化。这种情况大概就是《庄子·天下篇》所说的，“道术已为天下裂”了。但是它却并不就是“往而不返，必不合矣”。随着交通能力的进步和生存条件的改善，分散的人群又慢慢地会合起来了。到距今整整五百年以前哥伦布发现新大陆的时候，各地的人类总算又互相知道了彼此的存在，但是交往的程度仍然只能是慢慢地增加。一直到五百年以后的今天，我们才可以认真地说，全球化的时代开始了。人员、物资、能量、信息现在是在全球范围内交流，规模越来越大，速度越来越快，这样的交流必然要带来各个民族与各种文化之间的冲突与融合。所以，裂了的道术还是要合的。钱锺书先生说“东海西海，心理攸同；南学北学，道术未裂”。这才是通人之言，见道之论。

如果我们相信当代自然科学所已达到的宇宙发生论与生命起源论，相信这个宇宙已经有一百五十亿年的历史，再如果我们把一百五十亿年浓缩为相当于地球上一年的三百六十五天，那么我们就可以看到，人类的出现是在 12 月 31 日的下午十点三十分，文化的出现是在此后最后十秒钟之内的事情，人类的重新会合，并且作为一个整体而创造自己的历史不但刚刚开始，而且以宇宙尺度而言还不足一秒钟。中国哲学的最高信念是“人者天地之心也”，也就是说，人是秉承着神圣的使命而出现在宇宙中的，蜗牛角上的蛮触之争不过是过眼烟云，创造今后万代继起之生命才是“大事因缘”。从上个世纪起，“中学为体，西学为用”还是“西学为体，中学为用”的问题，在中国争得个不亦乐乎。其实从中国哲学来看，只有全人类的共性、全人类的发展才是真正的“体”。把这样的观点贡献给未来的世界，才是中国传统文化所可能作的最大的贡献。

从长远看，文化的特殊性（民族性、地区性）终究要融合到文化的普遍性（人类性、全球性）中，这就是所谓“现代化”。但是就当前来说，中国文化还有一项专属于它的特殊任务，那就是在中国文化长期凋敝之后重建中国人的价值系统。这一百年来中国社会变动规模之巨大与程度之激烈可以说是人类史上空前的。人与人之间的许多关系处于失序状态。旧的价值标准已经破坏而新的价值标准又还未建立。如何摆脱目前这种“上无道揆，下无法守”的状态，是中国走向未来，走向世界的首要问题。尽管人类的价值标准本来应当有极大的共性，但是那是相当遥远的将来的事情。任何民族的社会道德都要受到历史背景和民族感情的制约，对于每一个个人来说，就是自己从小到大“社会化”的过程不能不受到邻里乡党的良风美俗、往圣前贤的嘉言懿行的濡染熏陶。因此数典忘祖、求礼于野是不行的。十多亿人民，如果自己不能立，又谁能立之？这是非得继承中国传统文化中最本源、最精华的东西不能为功的。中国人历来还认为知识的东西必须以道德为根基，所以孔子说“知及之，仁不能守之，虽得之，必失之”。这也是中国文化的一点真精神。我们如果能依靠中国传统，结合当代学术，求得一点真知，使中国十多亿人民人人能在道德上卓然自立，那就可以说已经给东方文化争了气了，也就可以说给目前这个道德普遍低落的世界作了很大的贡献，而给东西文化的融合共进打下了一个坚实的基础了。

原载《东方》杂志，1994 年第 3 期。

# 全球化与中国文化

李慎之

世界已经进入全球化时代。

自从1492年哥伦布远航美洲使东西两半球会合之时起，全球化过程已经开始了，为什么现在才说世界进入全球化时代呢？这是因为在过去五百年中，我们看到的还主要是国家力量的伸张，民族利益的碰撞，宗教的传播、文化的渗透，……总之，还只是局部力量的会合而引起的冲突和融和。而现在，我们已经可以清楚地看到了超国家的、超国界的、全球性的力量在行动，全球性的问题在蔓延。

从1989年柏林墙的坍塌到1991年苏联的瓦解，到1993年欧洲统一市场的形成和1994年建立信息高速公路的倡议的纷纷出台，可以说是这样一种转折的分界线。

世界上人口最多、领土最广的国家——中国、印度和前苏联各共和国几乎同时卷入了市场经济全球化的大潮，至少在经济上，主动地开始"照国际惯例办事，与国际惯例接轨"了。

经济也许还应该算作物质层次的现象，而在思想的领域，就在这几年，信息的传播已经可以以无间隔的速度到达地球上任何一个角落，几乎可以不留下任何死角。1989年到1991年所发生的事情，事实上可以解释为信息的力量冲破了封闭的壁垒。而现在，世界上许多国家又提出了要在下世纪初建成信息高速公路的计划，到那时，世界上千千万万的普通人几乎都可以随时取得他们所需要知道的任何信息。叫了二三十年的从工业化时代向信息化时代的转变，看来就要在公元二、三千年之交实现了。

市场经济的全球化和信息传播的全球化应该说是全球化时代最重要的标志，还有许多其他的标志：环境污染的全球化，人口爆炸以及由之而来的移民问题的全球化，核武器以及其他大规模毁灭武器扩散所造成的对全人类的威胁，恶性传染病、毒品买卖与犯罪活动的全球化……甚至垃圾处理都成了全球性的问题。正因为如此，联合国秘书长加利在1992年联合国日致辞时说："第一个真正的全球性的时代已经到来了。"时间正好离1492年五百年。

全球性的时代已经到来，全球化的过程方兴未艾。

从进化论（不但是生物进化论而且是宇宙进化论）的立场来看，全球化是值得欢迎的。而且毋宁应该说，不论你欢迎不欢迎，它都是必然要到来的，既无可反对，也无法回避。然而，只有未来的（比如说，二百年后）的人类才能简单地作这样"价值中立"的判断，对于我们这些活在今天的世界上而且被"裹胁"进入"加速全球化"（以区别于过去五百年间慢吞吞地全球化）时代的人来说，全球化过程带来的决不仅仅是愉快欢乐，而是还要带来许多的烦恼痛苦，因为它不但会带来融和与和谐，还会带来磨擦与冲突，在许多情况下，甚至是血与火的斗争，是生与死的抉择，虽然世界大战的惨祸也许可以避免。

"话说天下大势合久必分，分久必合。"这是《三国演义》开宗明义的话，也是中国多数人信奉的历史哲学。用这话来观察全人类的历史，同观察中国历史一样贴切。自从几百万年以前地球上出现了人类以来，总的说来是分的趋势。出于求生的需要，人们越走越开，越走越远。然而地球是圆的，到了距今五百年前，这种趋势倒转过来了，人类又走到一起来了。不过正如从汉的“分”到晋的“合”一样，中间不知经历了多少残酷的场景：殖民主义与帝国主义，第一次世界大战与第二次世界大战，只是其中最突出的几场而已。因此全球化过程决不会是太太平平的，这是我们必须看到的第一点。

我们必须看到的第二点是，加速全球化的最大推动力从来就是市场经济。就其本质来说，市场的力量是决不承认任何界限的。只要有利可图，它就会像水银泻地那样无孔不入。它在过去已经冲破了许多部落的、民族的藩篱；今后它还要冲破更多国家的、地区的、种族的、宗教的、文化的界限。对于那些比较适应了市场经济的国家，困难当然可能小一些；而对于那些新近才引入市场经济的国家来说，痛苦就会很多，抵制也不难想见。正因为如此，西方才有一些忧时兼自忧、警世兼自警的理论家预测：我们这个星球上会发生所谓“文明的冲突”。这种冲突范围的广度与激烈的程度还要走着瞧。总之，全球化的过程将冲破文明的界限是没有问题的。它将证明人类社会不是一个拼盘，而是一个系统。

还要看到第三点。市场经济就其积极面讲，它的伟大的作用就是解放了个人的主动性与创造性，因而大大促进了财富的增殖；而就其消极面讲，它利用的正是人原始的利己心，是人对物质享受似乎永远不会满足的贪欲。正因为如此，它提高了人们的生活水平，增加了个人可能得到的自由度；它也把牛仔裤和可口可乐、迪斯科和摇滚乐……同海洛因和爱滋病一起传播到全世界。它打破了自古以来多数人已经习惯而且视为当然的生活方式，却还来不及给他们带来应有的新秩序。

就这样，随着全球化进程的加速，今天的世界陷入了价值观念空前的大失落和大混乱之中。

在所谓的西方（也就是发达国家)，新思潮层出不穷。现代主义还没有热闹够，就出现了后现代主义。曾几何时，后现代主义又像已不时行，恨不得再玩玩后后现代主义了，思想的模糊和语言的贫乏使人们只能诉之于后X、后Y、后Z，可是这既解救不了世界，也解救不了自己。

这个世界上一方面固然并不缺少各色各样的后X、后Y、后Z，一方面却又出现了原教旨主义的勃兴，不但有广为人知的伊斯兰教原教旨主义，也有印度教的原教旨主义，以至东正教的、天主教的、耶稣教的、儒教的原教旨主义……。虽然人们大多只注意到这种现象存在于发展中世界，但事实上它也以各种极端主义的形式、还有亚宗教的形式在发达国家中蔓延。

人的灵魂在过去与未来，在前进与后退之间彷徨、挣扎、熬煎。

这就是人们现在都已看到而且感到的全球文化大危机。这个危机之所以是大危机，是因为它不仅表现在诸如教育事业的衰败、出版行业的不景气、文学水平的低落、画家画不出好画、音乐家作不出好曲子，科学碰到了逻辑的和实验的限界等等，而是表现为所谓“文化”的核心之核心——道德水准的持续下降上。传统的价值失落了，能够维系人心、安定社会的新的价值标准还不知在哪里。

世界上不少先识之士已经意识到了这个问题。仅以美国而论，保罗·肯尼迪是一个，阿瑟·小舒莱辛格又是一个，预言“文明的冲突”的塞缪尔·亨廷顿也算一个。不过他们大多不肯明言问题的症结，也开不出救治的药方来。大胆的狂人当然也并不缺少，欧洲的新法西斯分子和新纳粹分子就是，然而听了他们的话，世界只会更快地堕入更深的灾难。

历来重视自己的文化的中国人，从上个世纪起就深刻地意识到自己国家的文化危机了。这是因为大体上从1840年的鸦片战争以来，中国碰到了李鸿章所说的“三千年未有之变局”，指的是传承了三千多年的中国文化——包括经济、政治与生活习惯在内的广义的文化——要向一种全新的文化转变，本来还只要向工业化时代的文化转变，现在还要加上向信息化时代的文化转变。中国人都知道这是一个多么激烈而痛苦的过程，真的是交织着光明与黑暗，前进与后退，成功与失败……

可以使我们欣慰的是，我们现在可以有把握地预言，中国的转型期将在鸦片战争大约两百周年的时候底于完成。因为中国已经义无反顾地走上了市场经济的道路，而且已经取得了举世公认的成就。

这是了不起的成就，——用两百年的时间走完人家走了四五百年的道路。

但是，不能忘记两百年间多少仁人志士以至广大民众所经历过的希望与失望；不能忘记我们所付出的代价，而且还有困难在前面，还有代价要付出。

回过头去看，许多先行者提出的方案，不论是维新还是救亡，不论是三民主义还是社会主义，也不论是搞世界革命还是与国际接轨，统统都为的是走上全人类都要走的必由之路——全球化之路。

我们相信中国由传统社会走向现代社会的转型期即将完成，只是好比说，我们在打通一座大山的时候，知道我们离出口已经不远了。但是隧道尽头的光明不但不能使我们歇脚停手，更不能使我们忘记前面还有塌方的危险，流沙的危险，洪水的危险……。“行百里者半九十”是中国先哲有益的告诫。事实上现代化仅仅靠市场经济是远远不够的，我们还必须建立民主与法治，还必须建立现代化的道德秩序，而现在我们看到的却是一种礼崩乐坏，上无道揆，下无法守的情况。人们可以把这认为是转型期的自然现象，但是如果不加救治，后果只能是“不堪设想”。

人类的价值观念历来是有变化的，但是最核心最基本的要素总是普遍而永恒的。中国人历来追求的郅治都要求“淳风俗，正人心”，可是现在的普遍心理是“向钱看”，为了钱什么都可以不顾，什么都可以不管。中国古人历来鄙视为机会主义者的“弄潮儿”，现在居然成了时代英雄。所谓痞子文学，其精义无非是鼓吹“何不游戏人间?”，“何不潇洒走一回?”。“什么价值标准，什么仁义礼智信，什么温良恭俭让，什么恭谨勤劳，什么艰苦朴素，统统见鬼去吧!”“什么立诚推仁，什么居敬主静，什么希圣希贤，你算老几?”然而难道中国人在失去了所有这些传统的价值观念之后，真的就能实现现代化的目标么？难道十二亿中国人能就这样稀里哗啦地走向全球化的世界么?

“不能”，答案只能是否定的。如果中国人不能继往开来，建立上承旧统而下启新运的道德秩序，我们就将既不能实现现代化，也没有资格在全球化的未来世界上占有一个尊严的位置。

尤其值得我们警惕的是：在中国即将完成自己的转型期的时候，世界也正在进入一个更大的转型期——由工业化时代转入信息化时代的转型期。换言之也就是中国的价值观念大混乱的时期刚好与世界的价值观念大混乱的时期重合。有道是：“过了一关又一关，山外还有山连山！”

幸乎不幸乎？我们以两点论来看问题：它既是坏事，也是好事。可是我们致力的方向只有一个：尽力尽快把坏事变成好事。

全球价值观念大失落，大混乱的原因，从最根本处说，其实是跟中国价值观念大失落、大混乱的原因一样的，它同样出现在历史大转弯的关头。远的不说，即将过去的二十世纪虽然给人类带来了两场惨痛酷烈的世界大战，它毕竟把全球工业化的时代推向最后阶段，把市场经济普及到了全球，把科学技术推广到全球，把人类财富的总积累提高到只要使用得当就可以迅速改变一个或者几个国家面貌的程度，把生产力发展到确有可能满足全人类基本需要的程度，把个人的自由度提高到空前未有的程度。但是它也给世界留下了文化堕落、道德败坏。贫富差距扩大，霸权主义与民族利己主义同时存在，种族主义以及文化磨擦在世界范围内和各个国家内部同时凸现，人口膨胀与环境破坏的矛盾看来竟像是一个打不开的死结……。面对这种新的局面，人类感到茫然不知所措。他们既不知如何解决现实中的问题，也不知道如何正确地利用新开辟的可能性。七八十年代曾在中国大陆引起强烈关注的“三信危机”，现在遍及于全世界。首先突出地表现在历来自以为富裕繁荣、文明先进的西方：社会涣散，家庭破裂，儿童失教，青年放纵……。美国和其他国家的统计数字表明，犯罪率、自杀率、精神病发生率与失业率一起持续上升，人们（首先是世界前途所系的青年人）失去了信仰，对政府和社会权威缺乏信任，对前途没有信心。

正因为如此，最近去世的美国前总统尼克松在他身后发表的文章中说：“今天美国是世界上唯一的超级大国，也是最强大和富裕的国家。……然而，虽然我们在物质上是富有的，但是我们在精神上是贫穷的。”（美国《新选择》月刊1994年5月号）

发达的国家是如此，不发达的国家呢？在最贫穷的非洲大陆，一位当地的学者哈桑·巴认为当前非洲战乱不止的一个原因是：“这些社会已经在殖民化和现代化期间丧失了他们原有的传统价值标准，它们已不再拥有本国本土能调节各种冲突的机制，已不再有精英人物来考虑教化对立的各方。……人们忘记了人文的准则首先是由一个社会在其历史过程中的民族价值观念的形成的浓缩物。”（法国《解放报》1994年4月25日）

再听听前联合国秘书长德奎利亚尔的话：“发展决不能理解为仅仅限于物质享受方面的增长。它还需要精神方面的补充。”“我们现在的以不断扩大物质消费为主的发展方式，既不是行得通的，也不是可以无限延伸的。它们不仅在破坏文化的结构，而且还对生物圈构成了威胁，因而也就是对人类的生存构成了威胁。”（法国《世界报》1994年2月25日）

一切迹象都指陈，发生了文化危机，或者（就其本质来说是）

价值危机。旧的道德秩序崩溃了，新的道德秩序还没有能建立起来。

危机是全球性的，这种认识使我们感到沉重，因为在八面来风的情况下，要解决中国自己的文化危机会更加困难。但是也可以给我们以希望，因为在着手解决我们自己问题的时候，我们可以得到全球大趋势的助力。

上面引证的德奎利亚尔的话是他在 1992 年年底才成立的世界文化发展委员会在今年年初召开的第二次会议上讲的。这个委员会的任务是“重新考虑文化的概念本身，应当深化文化和发展之间的联系。”据他说，“以前从来没有在世界范围内作过这件事。”他问道：“为什么不可以设想在全球范围内搞一个文化发展方面的马歇尔计划呢?”

把现在的西方社会称做“病态社会”的美国《未来学家》杂志说：“西方现代文化正在危害我们的精神健康。这使我们有足够的理由建立一整套新的价值标准和信仰体系。西方现代文化与西方社会所面临的其他严重问题之间的关系，使得这件事情显得更加迫切。”（1993 年 11—12 月号）

我们中国人应当欢迎，应当支持这种努力，但是，我们不应当等待或者单纯依赖他人而不首先自己从事这种努力。中国人不能做“待文王而后兴”的人。

在这方面，我们中国人是有优越的条件的。

孔孟之道历来被认为是一种政治——伦理哲学，它可以成为我们重建道德秩序的精神支柱。（俄国人就羡慕地说“要是俄罗斯也有自己的孔夫子就好了。”［《新时代》1993 年第 39 期］）中国的多数哲学流派——不论是儒家、道家、佛家都强调人与自然的和谐，人与人的和谐，都要求个人把社会责任置于一己的私利之上，它们都可以帮助我们从今天的各种各样的矛盾与混合中自拔自立。

康德这样的思想家认为自己毕生的奋斗的目标就在于提高人的地位，然而正是中国的先哲把人的地位看得最高。《孝经》上说“天地之性人为贵”；《礼记》上说“人者天地之心也”。这就是说，人是宇宙的自我认识、自我觉悟、自我发展。人的尊严，人的价值来自于天地，来自于宇宙：人当然有能力拯救自己。

去年夏天，我在美国看到一本专门从事中国研究的杂志，上面有一篇文章说，“在中国面临的各种危机中，核心的危机（The Core Crisis）是自性危机（Identity Crisis），“中国人正在失去中国之所以为中国的中国性（Chineseness）”。我为这种观察的深刻与批评的尖锐所折服。然而我相信，“我们中国不会永远这样下去的”。(注) 我们一定会找回我们迷失的“自性”的。

不可否认，这是一个极其伟大也极其艰巨的工程，我们甚至不敢说是不是已经有人在着手了。外国人看到了我们的问题，然而在我们自己的土地上呢？四顾茫茫，旷野里偶然传来几声微弱的呼喊，却听不到多少回声。“物极必反”是古训，是天道，难道事情还没有到“极”，因此也还不会“反”么？我怀疑……

奇怪的是，虽然重建中国文化的事业还说不上什么成就，我们的社会风气和道德水准还在继续滑坡，但是随着中国经济的振兴，虽然还有少数几个人手里有了几个钱，一种虚骄之气已经在冒头了：“中国《易经》天下第一”，“中国气功举世无双”，“二十一世纪是中国人的世纪”，“三十年河东，三十年河西，以后是咱们的天下”。

今年春节电视台的迎春晚会的节目中，有一位刚刚装上了电话的农村老大娘喜孜孜地跟她在大洋彼岸求学的孩子打电话。做娘的心疼孩子为筹措学费而不得不打工，怜惜地说：“等你学好了，把咱国家建设好了，让他们也给咱们洗盘子洗碗来。”

这是极其粗鄙的民族主义，是完全违反全球化的趋势与精神的，也是违反中国的传统的。孔子说“己所不欲，勿施于人”，又说“己欲立而立人，己欲达而达人”，这才是咱们中国的精神！

去年年底（1993 年 11 月 23 日），新加坡前总理李光耀在香港举行的世界华商会议上说：“海外华人在取得成功的时候，必须提防华人沙文主义。……在中国趋向繁荣和强大的时候，这一点更为重要。”李光耀告诫的是海外华人，难道在大陆上的本土中国人就不该加倍警惕吗？

同年早一个星期（11 月 16 日）美国前总统布什也在香港发表演说，题目叫《大中国的发展对世界的冲击》，最后一段说：“我知道我们美国人经常会强调你们可以向我们学习什么。我们经常大谈我们的自由市场和民主制度，因为我们相信它们的作用。但是事实上，世界在变，当力量和财富扩散以后，我们可以也必须向你们学习，而这可能是我们的时代最有希望的一点。”“在西方世界，我们一直只谈权利，但是你们在亚洲，在香港这里以及其他地方，提醒我们繁荣和和平都有赖于个人的责任。”

西方人现在也要向中国人学习了。这些话听起来确实可以使人飘飘然。但是，我们也该扪心自问：难道我们真的已经把市场经济正确运行的规则和民主法治的真谛学到手了吗？学到可以从心所欲进行再创造的地步了吗？难道我们真的已经把列圣先贤教导我们的把社会责任置于个人利益之上的道德规范践履躬行，“无丝毫亏欠”了吗？

民族主义是孙中山先生为使中国摆脱帝国主义、殖民主义的侵略压迫而提出的伟大目标。但是中国传统的理想却是“天下主义”而不是“民族主义”。所以孔子说：“大道之行也，天下为公。”子夏说：“四海之内皆兄弟也。”后人如顾炎武、王夫之特别区分“国”与“天下”的差别，置天下于国之上，以为国不过是指政权，而天下是指文化。所以美国汉学家列文森认为中国人的“天下主义”就是文化主义，因为中国人古来并不重视异民族的肤色容貌，而只重视它的政教礼乐，所谓“进于夷狄则夷狄之，进于中国则中国之”。中国的“民族主义”是到十九世纪末在列强环伺欺压下才产生的。因此，它只能是民族解放主义，而不能是民族扩张主义。在这个加速全球化的时代，在中国复兴而取得与世界列国平等的地位以后，中国的文化应该还是回复到文化主义与天下主义——在今天来说也就是全球主义。

当然，在今天这个世界上，虽然科学、技术、经济、以至某些生活习惯、行为方式的全球化已经灼然可见。但是文化是仅次于体质形貌而区分人类各个族群的最后标志。哪怕世界上已经有许多先识之士相信物质生活的全球化必然要导致精神生活的全球化，例如1983年在蒙特利尔召开的第十七届世界哲学大会就十分强调“人类统一和世界文化统一的最高价值”。但是我们毕竟离这个阶段还相当遥远，这正是《文明的冲突》这样的文章得以在今天这个时候出笼的原因。(虽然可以合理地希望不用再化上五百年的时间了。)

如果我们不以虚幻的愿望来代替切实的行动,那么当务之急就是要振兴各民族的民族文化,并且从中发掘其最本质的,也必然是与其他各民族文化共同的价值观念,并且加速和加深使本民族文化与其他民族的文化的交流融和,从而促使各民族文化的特殊性逐步融入全人类文化的普遍性之中。

在这个加速全球化的时代,这本来是各民族都要做的工作。但是对中国人来说,这件事情特别紧迫,特别重要。道理是再简单不过了,就因为中华民族是世界上最大的民族,中国文化是世界绵延最久而又辐射甚广的文化。如果中华民族不能促进全球由混乱走向有序这个伟大的历史过程,它就必然要延迟甚至促退这个过程。是非利害,洞若观火。事实上,上面提到过的美国前总统布什在其演说中就曾提到:“人们想要知道……对世界其他地区而言,亚洲的兴起是祸是福?而其中最重要的就是,中国在这些问题中将产生什么样的影响?”布什对这个问题作了十分干脆的回答。他说:“有些人在听到我上面说到亚洲的经济增长,并且举出了许多惊人的数字以后,会问这样的增长会使美国受害吗?答案当然是否定的。亚洲的伸张和中国的发展反而会使美国蒙利。”对外界的各种疑惧与期待,我们也可以作一断语,中国经济和文化的振兴,如果走的是沙文主义的道路,那就一定是中国之祸;如果走的是全球主义的道路,那就一定是中国之福。还可以再加上一句:“中国之祸肯定是世界之祸;中国之福肯定是世界之福。”

在历史上,在亚洲的范围内,中国文化对比起周边国家来曾是一种强势文化，因而曾长时期博得它们“向风慕化”。但是，不容讳言，从近代以来，中国文化对比起西方文化来，变成了一种弱势文化，因而中国人曾有过一百五十年向西方人（包括俄国人）学习的经历。这期间曾由于胡适说过一句“全盘西化”的话而引起一场轩然大波，即所谓“‘全盘西化’与‘中国本位文化’之论战”。后来胡适承认“全盘西化”一词有语病，“全盘西化”是不可能的。应当改为“充分世界化”，这场论战才告停息。在六十年以后的我们看来，“充分世界化”应当进一步发展为“全球化”。这不是一个咬文嚼字的问题，而是因为在提充分世界化的时候，人们心目中的世界实际上仍然是西方的强势文化统治的世界，所谓“彻底世界化”还是逃不了向所谓“先进的西方”学习的实质。而今天则不但世界的“力量平衡”已经发生了变化，而且事实上出现了超国家、超国界的全球性的要求。根据这种新的共同的要求，提出新的解决办法，这不是哪一个国家的任务，而是所有国家的任务，也就是要由全球性文化来解决的任务。

这样的一种形式与要求实际上已经被当代世界各国所意识到了。上面引证的布什所谓向亚洲、向中国学习的话以及蒙特利尔哲学家大会所谓建立全球统一文化的话就是证明。我们的邻国日本近二十年来一直以“国际化”作为“贸易立国”与“技术立国”的出发点与归宿点，离我们更近的韩国近年来也大力倡导“国际化”。日本《产经新闻》今年3月底就韩国总统金泳三访华发表的报道就明确标出“韩国正在朝着‘全球’转换思路”。《产经新闻》指出，韩国已经认识到，在今天的世界上，一个国家的外交仅仅着眼于这样那样的双边关系是远远不够的，多边关系已经越来越重要，而多边关系就是一种全球机制。

中国人只要回想二十多年前恢复在联合国的席位给我们带来的欣喜与因此而来的巨大变化，就不能不更加感到恢复我们在关贸总协定（马上就要变成世界贸易组织了）席位的迫切性。不过也许很多人没有理会到，参加这样的国际经济组织，事实上也就是参加正在形成中的全球文化的创建。

上面说了许许多多的话，目的只是为了要说明中国文化的现代化必须以传统为基础，以全球化为目的。不以传统为基础，十二亿中国人将失其统绪而又成为一盘散沙，那样也就无法参加已经开始的加速全球化的进程；不以全球化为目标，那么中国文化的建设又会走到我们刚刚在十多年前批判过的“闭关自守，夜郎自大”的老路上去。

这样一来，讨论了一百多年的体用之争也可以解决了：以全球化的普遍规律为“体”，以中国特色为“用”。中国能够根据自己的经验、自己的长处，参加为全球化的过程明道立法，制礼作乐也就是确立规范的大业，也应当可以算是明体达用了。

我们上面提到日本和韩国都已提出以“国际化”为民族目标，而许多西方大国却似乎还未见有这种提法。看来它们也许自以为主宰世界多年，已经够“国际化”的了，然而就今天世界形势发展的速度与规模来看，实际上还是大大不够的，谁不能顺应历史的潮流，谁就要受到历史的惩罚。哪个民族能“先天下之忧而忧”才是真正的“先进民族”。

中国在这方面有比较好的条件。一部上下五千年的中国文化史事实上也就是以中原文化为核心与中国大地上各种各样文化通过各种各样的矛盾冲突达到协调融和，终于形成今天的中华民族的历史。世界上的其他大国如印度、美国、俄罗斯以至德、英、法、西、意……大体上也都经过类似的形成过程，即使是比较小的国家，也无不经过类似的部族、民族协调融和的过程，不过范围大小不一，历史长短不一，结果生熟不一而已。可以设想，开始于五百年之前，必将完成于五百年之内的全球化也会重复类似的经历，不过由于成分更杂、范围更大，因而在一体化之中，必然会具有更多的多元化的特征。

中国文化由于上述特别丰富的经验而应当对全球化作出更大的贡献，这是我们应尽的责任。不过我们也要明白，我们的经验主要属于近代以前，也就是工业化以前的时代。对近代的国际社会我们还是一个后来者。就以联合国组织和关贸总协定而论，中国虽然都是创始国之一，然而其创意主要还不是来自中国。因此为了积极参与全球化的进程，我们一方面要努力总结继承自己的文化传统中的精华，一方面还要加倍学习外域文化传统中的精华，也就是两者之中有利于建立全球秩序的成分。

所谓文化，固然可以作广义的理解，把人所创造的一切，从饮食衣服到音乐图画统统包括进来，但是必须明确，其核心还在于规范人与自然的关系和人与人的关系的最基本的准则，而要处理好人与自然的关系，其前提又是必须处理好人与人的关系。因此文化的核心之核心就是要确立人类社会的道德规范。就这方面而论，中国文化是有其优长之处的。因为中国文化历来以“天人合一”为最高境界，中国文化追求人与自然的和谐，而且追求通过人与自然的和谐以至冥合这样的最高境界（即所谓“同天境界”）来实现生活中人与人之间的和谐。这正是同当前的全球化的大趋势完全一致的。

作为一个中国人，我原则上相信作为中国文化的核心的中国哲学能够给当今中国的文化危机和全球的文化危机开出一条最好的解救的道路来。但是回到现实生活中，我们又不能不看到我们自己还正在危机中挣扎，我们还远远不能说已经看到了此岸与彼岸之间的桥梁，我们甚至不能说我们已经找到了迷失的“自性”，我们又如何能在全人类面前夸口呢？是好样的，只有自己作出榜样来。

面对堆积如山的问题，我们有时候真会感到不知从何着手，如果还是拿山来做比方，那就是要开凿打通大山的隧道，还不知从哪里下第一铲。（这里是指建立全球道德秩序而不是上面所说的与全球经济秩序接轨了。）然而中国哲学教导我们，只有从自己本身先下手。《大学》说：“物有本末，事有终始。知所先后，则近道矣。古之欲明明德于天下者，先治其国；欲治其国者，先齐其家；欲齐其家者，先修其身；欲修其身者，先正其心；欲正其心者，先诚其意；欲诚其意者，先致其知。致知在格物。物格而后知至；知至而后意诚；意诚而后心正；心正而后身修；身修而后家齐；家齐而后国治；国治而后天下平。”所谓“天下平”就是指的全球化的经济、政治、法律、道德秩序的确立。

要达到这个目的，除了人人都来树立自己的道德人格外，别的捷径是没有的。

“重新估定一切价值”这是一百多年前尼采提出来的口号。其影响不可谓不广，后果不可谓不深。但是，时移世易，现在又到了重新估定这一百多年来所重新估定的一切价值的时候了。

在我们要重新建立道德秩序的时候，中国不会是孤独的，因为这正是全世界又要重新估定一切价值的时候。我们只希望中国自己的道德秩序能够建立得比较早一点。能够对人类史上第一次建立的全人类的秩序——全球秩序作出比较大的贡献。

不管任务多么困难，我有三点信心：一、我相信：天地生人，或者说宇宙用几百亿年的时间进化出人类来，不是为了要毁灭他。二、我相信：既然连最低级的细胞都有自组织的能力，人类社会也一定有自组织的能力。孟子说：“天之生民久矣，一治一乱。”顾炎武总结了中国历史上风俗由敝坏而转为淳厚的经验，得出结论：“则知天下无不可变之风俗也。”实际上历史已经多次证明这一点了。三、虽然追根究底起来，人类发展出的科学与技术是产生今天的文化危机的重要原因，但是我相信：科学技术还会继续发展，最后能给人以力量来解决它自己造成的问题。

因此，还是一句老话，道路是曲折的，前途是光明的。

地球只有一个，人类本是一家。“一致而百虑，殊途而同归”的日子总是要到来的。

到了那个时候，人类还有真正伟大的任务要去完成呢！

**注：**1987年我访问日本时，有一次与当时的公明党委员长竹入义胜谈话。他告诉我他在七十年代文化大革命最黑暗的时期第一次访问中国时受到中国总理周恩来接见。当接见结束，周恩来已送客转身，竹入一行也已经走到楼梯口的时候，周恩来突然又折回来，走到竹入跟前说了一句：“竹入君，我们中国不会永远这样下去的。”说罢转身就走。竹入义胜告诉我，他当时分明看到周恩来的眼里噙着眼泪。我也分明看到竹入告诉我这句话的时候眼

里闪着泪花。今生今世，我永远不会忘记这句话。

1993 年 12 月在海口“现代中国文化走向”讨论会上的发言

1994 年 5 月 31 日改定于北京

原载《太平洋学报》，1994 年第 3 期。

# 中国传统文化对现代世界的启示
## ——从“天人合一”谈起

〔德〕卜松山*撰　国刚**译

八十年代在中国兴起过一场关于传统文化的热烈讨论。讨论的焦点是，在学习西方追求现代化的过程中，能不能和该不该保有中国自己固有的东西？这个问题自十九世纪中叶，亦即鸦片战争后西方列强用坚船利炮撞开中国大门以来，就尖锐地摆在中国人面前。一百五十多年间，时代不同，答案也迥然有异。十九世纪后半叶，人们鼓吹要坚持以儒家传统为“体”，师从西方技术为“用”。而在中国现代思想史上具有划时代意义的五四运动期间，中国传统思想，特别是儒家思想却成为众矢之的。人们指责它是导致中国落后挨打的罪魁祸首。于是抨击传统、呼唤西方科学和民主的声浪不断高涨，结果马克思主义作为当时最激进的西方先进思想被引进中国。

物换星移。现在我们就不会感到奇怪了：为什么在开放时期的中国，当人们在激进地拒绝传统之后，又会出现对传统文化的新评价，儒家人文主义传统作为中国的精神支柱重又受到人们的

* 卜松山（Karl-Heinz Pohl），德国特里尔大学汉学系主任、教授。
** 国刚，南开大学历史系副教授，现任德国特里尔大学汉学系教授。

关注。人们深入地讨论，究竟传统中的哪些因素具有保持和发扬的价值？它们不仅对于正在进行的中国的现代化有利，而且面对一个完全照西方模式现代化的世界，能够在对“生命意义的解释”这个根本性的问题上，赋予中国自己独特的意义。更进一步提出的问题是，具有数千年未曾中断的人文主义文化传统的中国，是否还能为整个人类在人道主义原则下的和睦共处继续有所贡献呢？

以下将就中国传统对现实世界的解释模式作一个提纲挈领的描述，这个描述实际上是我们与中国文化进行的一场不同文化之间的对话。通过对话，消除陌生感，才能使我们之间的某种共同点——伦理上的基本一致性变得清晰起来。迄今为止，西方世界几乎只是在唱文化上的“独脚戏”，鉴于世界范围内的大多数冲突是因为世界观的不同而引起的，鉴于当前紧迫的全球性环境问题，（更不用说最近在我们国家由于无知和缺乏宽容而频频发生的严重的排外事件），超越我们自己观察世界狭隘眼光的限制和功利的影响，开展一场文化之间的对话，乃是求得生存的必要，是对全球负责。

中国传统思想大体指儒、道、佛三家。在中国，这三种世界观或宗教并不互相排斥，而是互相补充。尤其是十世纪后，中国人至少是知识分子在观念和实践上一般对三者采取兼容并蓄的态度。这样做不会被斥为异端，不会有被革出教门之虞，也不会被绑在焚烧异教徒的木材堆上，如同中世纪的欧洲屡见不鲜的那样。单单这一世界观上的宽容性和包容性，就足以成为帮助我们解决全球性问题的一个积极因素。关于这一点，在此不作进一步的讨论。

中国传统思想中儒家思想是决定性的精神力量，就一般意义而言，它也并不是宗教。因此，我们这里把它作为主要讨论对象。讨论的中心问题是，中国传统是怎样看待人与人、人与世界、人与自然、人与宇宙的关系的？这里应该讨论的关键问题有如下三点：

一、“天人合一”，即人与自然统一的思想。

二、这种统一的伦理的和形而上学的基础——“仁”。

三、达到这种统一的道路——自我修养。

## 一 关于“天人合一”的诠释

中国传统“天人合一”思想从最纯粹的形式看。主要表现在宋明理学中。[1] 当然其渊源可以追溯到先秦以及西汉儒道两家绝然对立的时代，诸如《礼记》的《中庸》篇、《孟子》和西汉哲学家董仲舒（公元前约179—公元前104年）的著作。

在此首先提出的问题是，究竟什么是“天”？[2] 古典文献中对此没有一个统一的看法，归纳起来大体有下列含义：（一）物理意义上的天空；（二）君王和上帝；（三）天命；（四）自然；（五）伦理原则。

追溯起来，“天”本来具有宗教性，周朝的王敬“天”为神，是“天”的儿子（后世也只有皇帝具有祭天权）。后来俗世的儒家把它超度出了宗教的范围。一方面它发展成为伦理和玄学的结合（如在孟子那里）；另一方面，它逐渐自然化（如在荀子那里），后者与道家对“天”的理解也有些相似。在理学家那里，由于受《孟子》和《周易》的影响，伦理原则（道德的本原）和创造力原则（原动、生生、变化的力量）两个方面都具有重要地位。理学大师程颐（1033—1107 年）以下辨“帝”、“天”之别的答问表现了理学家们对“天”的宽泛的理解：

> 或问天帝之异。子曰：以形体谓天，以主宰谓之帝，以至妙谓之神，以功用谓之神鬼，以情性谓之乾，其实一也，所自而名之者异也。夫天，专言之则道也。[3]

撇开这样一个宽泛的“天”的意义不谈，我在这里暂时只从两点讨论“天人合一”问题：一个是普遍性的、道家的、外在的天然的统一，“天”被理解为自然，另一个是儒家的、内在的本质的统一，“天”意味着道德和创造原则。

（一）“气”——天人合一的自然基础

我们先从自然的“天”谈起。古代的中国人（道家和儒家）把自然和宇宙看成一个各个部分互相关联的有机体。什么是其间的联系呢？这就是一种万事万物共有的原能，一种原始的、活动的和物质性的力，被称之为“气”。对“气”的理解，千百年来经历了无数的演变和发展，其概念的演变史在此无法加以追述。它的思想基础，阴阳五行说认为：这种原能“气”存在于一切物体中，由于对立的阴阳两极的作用和金、木、水、火、土五个不同元素的五个不同阶段（如金克木、木克土、土克水、水克火、火克金之类）的变化，各种物质和生命因此而互相区别。从这个意义上说，“气”乃是上天创造万物的实施力量，正如《周易》上说的：“天地之大德曰生。”（《周易·系辞下》）这种创造过程通过“气”的聚散而生生不息。

在被“气”充塞的自然中，人不止是整个自然的一部分，而且是其中被赋予灵魂和精神的那一部分，人“可以赞天地之化育”，并因此“与天地参矣”（《礼记·中庸》）。因此人们对自然的态度就不应该是伤害和肆意利用，而是要爱护和谨慎从事。

总之，“天人合一”也就意味着自然与人的统一。人从鸿蒙之初即与自然构成一个整体，在自然造物过程中又被赋予化育赞助的作用。[4]

（二）“仁”——天人合一的伦理基础

天人合一的另外一个方面即伦理道德方面，最早可以在孟子那里找到。如他说，要通过道德行为来培养浩然之气，使之充塞于天地之间（《孟子·公孙丑上》）。这就引起我们对第二个问题的讨论，即天人合一的伦理基础与前提问题。

首先要讨论的是人际关系和规定这种关系的“仁”的概念。在我们西方，“仁”与已经被用滥了的“道”相比，[5]还是一个较陌生的词汇。但它却是儒家甚至整个中国传统的一个关键性的概念。“仁”字曾经并且仍将有种种不同的译释，但其语源上的解释也许最中肯形象。“仁”由“人”和数字“二”构成，也就是说，人不是孤立存在的，而是存在于与他人的关系之中。人们用一系列词语（这里列举的只是其中的一部分）如爱、善、博爱、同情心、慈善、利他等等来诠释它。[6]这些不同译释并非误解所致，实因“仁”的概念内涵十分广泛的缘故。《论语》里有不少关于“仁”的例子。如“仁”被比做“黄金定律”：“仲弓问仁。子曰……己所不欲，勿施于人。”（《论语·颜渊第十二》）孟子则把“仁”同与生俱来的同情心联系起来。他最有名的例证是，当一个小孩掉到井里去时，我们内心本能地要去救助他（《孟子·公孙丑上》）。《论语》对“仁”下的最简明的定义是：“仁者爱人。”（《论语·颜渊第十二》）综合起来看，“仁”乃是关怀他人的一种道德，是一种特殊的人性。孟子称之为“人心”（《孟子·告子上》）。因此我在下面使用“人类之爱”这个词来解释它。因为，从经典文献中的大量有关段落看，“仁”较少被当做诸种道德的一种，更多的是被视为道德整体（全德），是总体意义上的道德规范。[7]

虽然在儒家之前就有“仁”的概念，但那只限于帝王对臣下的一种善意，有一个特定的贵族身份界限。把“仁”赋予宽泛的伦理意义是孔子的功劳。是他使“仁”适用于所有人，真正成为“人”的特性。

关于“仁”的广泛包容性，常会有人提出异议。他们强调儒家的爱是有限制有等差的爱，是亲疏有别的爱。这种批评在孔子时代就有人提出过，比如哲学家墨子（公元前约479—公元前438年）就批评儒家是“爱有等差”。墨子宣扬“泛爱众”，然而却是建立在一种“利”的基础上的。我们对此的看法是，“仁”诚然是一种广泛的爱，但是“仁”的应用，亦即人类之爱的实践，却要从我们最近的地方做起，从父母和孩子之间的关系开始。在家庭和亲属之间，我们学会“人类之爱”并发扬光大之，使之能进一步发展为普遍的道德品质。这是符合中国传统与实际的。中国思想家考虑得更多的向来是实践，而不是抽象的原则和理论。正如孟子所说：

> 老吾老以及人之老，幼吾幼以及人之幼，天下可运于掌。(《孟子·梁惠王上》)

可见“仁”在孟子那里并不限于亲族。我们若想想最后一句话，其本质上是具有震撼性的世界意义的。

（三）“仁”——也是天人合一的形而上学的基础

我们以上勾画的“仁”如果说是实用的和伦理的话，那么在《孟子》和《中庸》里也还有对“仁”的另外的意义，它被宋明理学家抽象为形而上学的表述。这种“仁”等同于“人”。[8]换言之，“仁”乃是天赋的一种秉性，也就是孟子说的“性本善”的“性”。[9]人的向善的天性，人的与生俱来的良知，在本质上是与“天”一致的。于是“仁”成为一种形而上学的存在。相反“爱”则被看作一般的感情。对理学家们来说，“仁”作为人的本性和原善是“体”，是形而上学的实在。爱作为人的感情是“仁”的“用”，但是，在这里体和用不是互相分离的，它们互为一体的关系就像水与浪花一样，是一种事物的不同形式而已。

假如有人把天的道德原则作为“仁”、作为天生的良知来秉承，那么他就与天有了内在的、本质的联系。因此，对自我的认识，如孟子所说的，就是“知天”（《孟子·尽心上》）。亦即人与天在本质上构成了一个统一的实在，其间的联结成分就是“仁”。

理学家对人与天的“合一”问题的第二种解释，就是通过把

"仁"理解为一种生命力（Lebenskraft）。这一解释的根源可以追溯到前述对"天"的理解的第一个方面，即天的自然性方面。因为这一生命力是由天的本质产生的，按《周易》中的名言"天地之大德曰生"，天以化育万物为本。既然生生是天之德，既然人的本性与天是一致的，那么就必然会得出结论，"仁"也应该是一种生命力。

综上所述，我们看到的不仅是一个外在的、原始的，而且是一个内在的、基于天的道德和生生本性上的"天人合一"。这些不同的意义是怎样总合在一起的呢？这应该归功于继孔、孟之后的最大儒学思想家朱熹（1130—1200 年）。是他集诸家学说之大成，把"仁"归结为形而上学的实在、终极的本体和人所特有的本质。在他看来，"仁"不仅是一切道德的总汇，而且是一种原动的活力，它使所有道德在人们身上得到体现，并且发挥社会作用。他说：在"仁"起作用的地方，人类之爱也会得到实现。"仁""如谷种、桃仁、杏仁之类，种着便生"。[10]

至此我们从宇宙学、形而上学和伦理学的联系中论述了"仁"作为一种伦理的和形而上学的力量。这种力量的活跃，就会生发出人道精神，帮助造成人与人之间、人与外部世界之间的和谐相处。做到孔子所说"四海之内皆兄弟"（《论语·颜渊第十二》）。或更进一步，达到如理学家们所称道的：人与天地万物为一家。

## 二　"天人合一"的实现——修身

在中国我们称之为"中国哲学"的东西（有人说只是一种虚

构)[11]，从来就不是一个理论化的、认识论的或有因果关系的学科，它更多的是以实践为旨归的。如明代心学大师王阳明（1472—1529年）特别强调的“知行合一”就是中国哲学的一个重要特征。中国人的思想往往注重个人作为人类社会整体的一员的行为，注重人际关系和人与外部世界关系的和谐。中国最早的哲学学派像儒、道、法、墨等等都曾探讨过这样一个问题：怎样才能达到个人的安乐与和谐而有秩序的社会？有的鼓吹严刑峻法和君主的绝对权威（法家）；有的则主张政治上的自由放任，所谓清静无为，垂拱而治（道家）。儒家则与此相反，强调的是“人之初，性本善”。通过自我修养，把亲族之爱，发展成人类之爱。也就是说，达到一个变化和谐的社会，应该从个人的改变开始，从个人自身的道德品质修养做起。圣贤在这个修养过程中发挥着榜样的教育作用。《礼记·大学》篇是中国思想史上的重要文献之一，这篇短文的中心思想就是自我修养问题：

> 古人欲明明德于天下者先治其国，欲治其国者先齐其家，欲齐其家者先修其身，欲修其身者先正其心，欲正其心者先诚其意，欲诚其意者先致其知，致知在格物。格物而后知至。知至而后意诚，意诚而后心正，心正而后身修，身修而后家齐，家齐而后国治，国治而后天下平。自天子以至于庶人，壹是皆以修身为本。其本乱而末治者否矣。(《礼记·大学》)

这里我们也接触到儒家的修身“八途”，但是它迥然不同于佛家的彻悟出世。相反，它是入世的，追求治国平天下的目的。再者，它是个人日常行为中的修养，不是道家遁避山林屏气练功，也不是佛家的隐居避世禅坐冥想。如歌德所言，它是个人在时间的长河里，在日常生活中的性格的造就和培养。

“八途”中的最初两个步骤是认识了解外部世界（格物致知）。这是指正确的知识和正确的学习。[12]接下来的三个步骤是个人内在的修养（意诚、心正、身修）。

自身的伦理道德的完善虽然重要，但是并不是修身的目的。它只是造成了承担社会和政治责任的必备条件。换言之，个人的修身要用于使他人完善，用于公益事业。这就是最后三个步骤的内容（齐家、治国、平天下）。这里讲的是把个人德行（圣贤）推及于其他人，或者如引文前面的句子说的“明明德于天下”。因此自我道德完善和他人完善之间的必要性关系乃是儒家修身的基本思想。正如《论语》上说的：“夫仁者，己欲立而立人，己欲达而达人。”（《论语·雍也》）

《大学》中所强调的“意诚”的“诚”，也见之于《中庸》，而且被看成是达到自我完善和他人完善的一个必不可少的重要特性。在此“诚”被称做天所具有的德行，即所谓“天道”（“诚者，天之道也”）。[13]天运作于“诚”中，就像它的外部所展示的那样，它的内部也是如此。它造物的完美无缺，决不是轻妄之举。相反，“人道”是在自我完善以及他人的完善中实现“诚”，实现“合内外之道”。如《礼记·中庸》所云：

诚者非自成己而已也，能以成物也。成己，仁也；

成物，知也；性之德也，合内外之道也。

《大学》中有一段与此处的论辩方式相似的段落：

唯天下至诚为能尽其性；能尽其性，则能尽人之性；能尽人之性，则能尽物之性；能尽物之性，则可以赞天地之化育；可以赞天地之化育，则可以与天地参矣。

理学家们尤其喜爱这一段文字。他们提出自我完善和他人以至万物完善的双重要求，其典型的表达方式是“内圣外王”。于是个人的修身便成为达到社会秩序和天下太平的根本保证。

著名新儒家代表人物哈佛大学教授杜维明认为，修身就是最大程度地成为“人”[14]修身作为人对善的最高形式的追求看来完全是以此岸世界为目标的，不需要离开或超越人类世界（比如说考虑绝对的神，或死后彼岸世界的报应）。从这点来说，修身构成了与宗教仪式类似的形式，具有了宗教的作用和意义。因此现代新儒家把天和人的内在的一致性称之为“内在的超越”。[15]新儒家代表人物唐君毅写道：“我认为，人有一个道德的自我，一个根本的精神基石，它既存在于自身，又超越了自身。”[16]人的生而有之的良知，表现为对至善的追求，同样也是一种超越自然的因素，它使个人——通过“仁”的修养，与所有人、与宇宙万物联为一体。

宋代理学家张载（1020—1077年）的一篇文字，在近千年来的儒学中国产生过重要的影响。它甚至可以说是人类的一篇伟大的宗教哲学文献。这就是著名的《西铭》（据说是作者在其书斋的西窗下写就的，故名）。《西铭》以其人与宇宙统一的思想，“仁”可以扩展及于一切人的思想，以及修身作为达到这种统一的手段的思想，使得十分世俗的儒学的宗教形态以无比的方式洞悉可见：

> 乾称父，坤称母；予兹藐焉，乃浑然中处。故天地之塞，吾其体；天地之帅，吾其性。民吾同胞，物吾与也。大君者。吾父母宗子；其大臣，宗子之家相也。尊高年，所以长其长；慈孤弱，所以幼吾幼。圣其合德，贤其秀也。凡天下疲癃残疾、茕独鳏寡，皆吾兄弟之颠连而无告者也。于时保之，子之翼也；乐而不忧，纯乎孝者也。违曰悖德，害仁曰贼；济恶者不才，其践形，唯肖者也。知化则善述其事，穷神则善继其志。不愧屋漏为无忝，存心养性为匪懈……富贵福泽，将厚吾之生也；贫贱忧戚，庸玉汝于成也。存，吾顺事，没，吾宁也。（《张子全书》）

这里我们接触到这样的思想，“仁”的充分扩展，能使家庭中的爱不仅及于人类，而且及于万物。为此，需要个人的德行修养，以达到人与天地万物共为一体。

## 三　中国传统的世界性价值

中国传统中有一些具有世界性价值的因素，能够成为全人类的共同的基本伦理的一部分。特别是“仁”即人类之爱（人道主义）的思想，它既是天赋的条件，又需要后天的修养，以达到人与人、人与万物为一家的目的。这种观念在中国不仅儒家有，佛教中也有，只是表现为另外一种形式而已。因此它在整个中国文化中具有极为重要的意义。

从“仁”的思想、“修身”的思想、“诚”的思想来看，中国传统思想是以他人为着眼点的。自我实现（在我们西方是一个时髦的目标，尤其是在莫测高深的、主要受到东方思想激励的“新世”〔newage〕信徒那里）的意义不仅是自我伦理道德修养的成功，而且是他人的成功，所谓“赞天地之化育”。由于修身是置于更高的非个体的目标之上的，于是在修身的实践中我们看到的是一个世俗形式下的具有宗教本质的内容，即在日常行为中追求一种至善。当代中国著名哲学家冯友兰（1895—1990年）就说中国哲学的一个主要传统，是“追求某种至上的生活形式。而这种至上的生活形式又不是脱离于人们的日常生活的。因此它既是此岸世界的又是彼岸世界的”。[17]我们称之为“极高明而道中庸”（《礼记·中庸》）。

一个更具有世界性重大意义的问题，因为时代的关系才能被提出来，这就是注重对我们的行为价值的判断。我们现在生活在这样一个时代，即我们痛心地发现，自己无法控制技术的进步。而我们在大学里的伦理学研究却无可奈何地被置于象牙之塔，束之高阁。与此不同，中国的思想家过去和现在都一再强调知行合一，强调知就是为了用。知识的追求也被置于道德的考量之下。中国传统从来没有什么为知而知的意念。

“天人合一”思想是带有中国特点的人与自然统一的思想，同样是一个具有世界性的思想。在我们西方的文化形态中，古希腊人也有这种思想。可是，随着时代的推移，加上犹太——基督教的影响，便产生了一种认为自然、宇宙即“天”，是供人类任情利用和征服的。由于西方思想的错误蔓延及其带来的令人震惊的后果，我们现在面临的是全球性的冲突。同样，中国近百年来，“天人合一”的思想也不太时兴了（在中国旅行的人首先映入眼帘的常常是灾难性的环境污染）。如今在对传统文化的评价中，许多知识分子，不仅有新儒家，而且还有正统的文化干部，又重新强调“天人合一”是中国传统的核心内容，是通向现代化的一种思想。[18]

“天人合一”完全是一个经典的思想。其经典性的表现在于，它一代一代地被赋予新的解释，数百年来不断地给世人以各种各样的启迪。应该承认它有理想色彩，难以在现实世界中坚持下去。但是难道人们因此就应该抛弃它吗？追求和现实之间有差距，比如基督教的博爱与和平道德理念，也许从耶稣诞生时就与事实存在着巨大的鸿沟。这种相似性提示了我们要用同样清醒的、考虑历史与现实背景的态度来对待中国人的人类之爱的理想观念和人与自然统一的思想。中国人在现代化的道路上给传统的“天人合一”思想赋予新的内容，在现代的意义上对它作出人与自然的和谐统一的新诠释，重新认识到其自身传统中的人道主义内容。[19]我想，这应该视为一个全球性的好兆头。如果这个地球上人口最多的国家（约占世界人口的四分之一），真正把这一思想付诸实践，尝试着在迈向现代化的道路上避免西方的一些重大失误，那么，国际政治地位日益提高的中国，假如不偏离发展的正道的话，也许将是我们这个星球的希望所在。

**注释：**

1 参见张岱年《中国哲学大纲》，北京 1982 年版，第 167—177 页。

2 关于“天”的语源，参见艾努（Robert Eno）《儒家天的世界——哲学和礼制的辩护》，阿尔本尼 1990 年版，第 181 页；罗兹（Heiner，Roetz）《古代中国的人和自然——论中国古代的主客体对立》，法兰克福 1984 年版，第 114 页。

3 《二程集》，北京中华书局 1981 年版，第 1225 页。

4 参见余英时《从价值体系看中国文化的现代意义》，收入余英时《中国思想传统的现代诠释》，台北 1987 年版，第 23 页。

5 参见斯洛特狄基克（Peter Sloterdijk）《政治动力学批判》关于“欧洲道教（Eurotaoismus）”的论述，法兰克福 1989 年版，第 8—9 页。

6 关于“仁”的概念的解释参看陈荣捷《仁的概念的开展与欧美之诠释》，收入《陈荣捷哲学论文集》，香港 1969 年版，第 3—19 页。关于“仁”的早期意义见罗兹《轴心时代的儒家伦理学》，法兰克福 1992 年版。

7 前引陈荣捷文。

8 《礼记·中庸》：“仁者，人也。”

9 这一点与基督教的“原罪”思想形成鲜明的对比。

10 《朱子全书》卷四十七；《朱子语类》卷六，北京中华书局 1986 年版，第 112 页。

11 见傅敏怡《虚构的中国哲学——关于现代新儒家》，1991 年 6 月 29 日蒂宾根“近百年中国知识分子”学术讨论会上的报告。

12 学习在儒家传统中享有很高的评价，《论语》的开头一句话就是：“学而时习之，不亦说乎。”

13 《礼记·中庸》第十九节：“诚者，天之道也。”

14 杜维明《仁和修身——儒家思想论集》，伯克利1979年版，第22页。

15 参见杜维明《论儒学宗教》，阿尔本尼1989年版。

16 唐君毅《中国文化的精神价值》一书“序言”，1951年版，第2页。

17 冯友兰《中国哲学的精神》，伦敦1962年版，第3页。

18 前引余英时书，第22—27页；李泽厚《试谈中国的智慧》，收入曹月堂主编《论中国传统文化》，北京1988年版，第37页。参见笔者的李泽厚《美的历程》德译本“序言”，德国富莱堡1992年版。

19 关于这个问题的最早文献是1958年牟宗三、徐复观、张君劢、唐君毅签署的《为中国文化敬告世界人士宣言——我们对中国学术研究及中国文化与世界文化前途的共同认识》，见张君劢《新儒学思想史》，弘文出版社1985年版，第621页。

原载《传统文化与现代化》，1993年第5期。

# 中国文化与中国哲学

张岱年

中国文化经历了长期的发展演变的过程。文化是随着社会经济基础的演变而演变的。文化的演变与哲学思想的演变有密切的联系。想了解中国文化，必须了解中国哲学。

## 一　哲学是文化的思想基础

文化的范围很广，包括哲学、科学、文学、艺术、教育、风俗等等。哲学可以说是文化的核心，是在文化整体中起主导作用的。科学、文学、艺术、教育等等莫不受哲学思想的引导和影响。

文化有时代性（历史性），也有民族性。每一民族都有“表现在共同文化上的共同心理素质”（斯大林《马克思主义与民族问题》）。一个民族的“共同心理”是怎样形成的？是在占统治地位的哲学思想的熏陶之下形成的。而所谓“共同心理”的基本内容就是占主导地位的世界观和价值观。

## 二　中国哲学主要学派的分合与消长

先秦时代，哲学思想主要有六家：儒、墨、道、法、名、阴阳。其中最重要的是儒、墨、道三家。名家资料散佚，法家主要是政治思想，阴阳家也仅有片断的资料。儒墨并称显学。道家是隐士的思想，虽非显学，而影响广远。

儒家尚仁贵中，“仁”的本义是承认别人也是人，这可以说是古代人道主义的开端。“仁”又是差等之爱，承认等级差别。“中”反对“过”与“不及”，承认事物的发展有一个适度的问题。“中”要求维持现有制度，有保守的倾向。但在日常生活中，在一定范围内，确定“中”还是必要的。

墨家提出“兼爱”、“尚贤”等十大主张。其中最突出的是“非命”、“非乐”。墨家的特点是尚“力”，贵“用”。尚力，故非命。贵用，故非乐。在阶级社会，人们不能掌握自己的命运，所以非命之说很难被人接受。非乐，完全否定艺术的价值，既不符合统治者的要求，亦不能满足劳动者的愿望。虽然如此，墨家“尚力贵用”的思想，仍有一定的价值。

道家提出自然主义（自然主义一词，混淆了唯物主义与唯心主义的界限，但在一定范围内，还是可用的），对于本体论有重大贡献。但是道家的消极无为思想，虽然有批判专制制度的意义，而无助于保卫国家主权、维护民族独立。道家反对知识文化，宣称“文灭质、博溺心”，但事实上却比较注意探索自然规律。

汉代“罢黜百家，独尊儒术”，于是诸子之学转入两汉经学。从两汉到明清，儒学虽有盛衰，但始终居于统治地位，而道家思想亦流传不绝。从两汉到明清，中国哲学思想的基本形势是儒道交融，墨学中绝。墨家“尚力贵用”的精旨湮没不彰了。汉末佛教输入，后来流传渐广，到隋唐时代，形成儒佛争胜、三教鼎立的形势，亦出现三教合流的趋向。中国的佛教徒接受中国固有思想的影响创立了中国佛学。儒家学者也吸取了道家、佛教的若干观点。到宋代，理学继承、宣扬孔孟的基本思想，采纳了道家、佛教的若干思想资料，开辟了儒学的新阶段。明清之际的进步思想家又突破了理学的局限，达到中国古典哲学的高峰。

到近代，西学输入，进步思想家开始接受西方的自然科学知识与哲学观点。顽固派则盲目守旧，拒绝新知。这样，出现了新旧对立、中西争胜的形势。大势所趋，新学终于战胜旧学。随着革命形势的发展，马克思主义哲学的传播日益深入人心。三十年代也有部分学者企图建立融会中西的体系。新中国成立，马克思主义哲学取得领导地位。现在的任务是研究新情况、解决新问题，在马克思主义为普遍真理的指导之下，进一步推动哲学的发展。

## 三　中国哲学的基本观点与基本倾向

中国哲学有一些基本观点，表现了一些基本倾向。

（一）天人合一与天人交胜

孟子讲：尽心、知性、知天（《孟子·尽心》），这是天人合一观点的开端，但孟子没有直接提出天人合一。

孟子认为性的内容就是“恻隐之心、羞恶之心、辞让之心、是非之心”，所以尽心就能知性。孟子以为“心之官则思，思则得之，不思则不得之，此天之与我者”（《孟子·告子上》）。心性是天所赋予，所以知性也就知天。孟子此说，简而未明。

《易传》提出“与天地合德”的理想：“夫大人者，与天地合其德，与日月合其明，与四时合其序，与鬼神合其吉凶，先天而天弗违，后天而奉天时”（《乾卦·文言》），又提出“后以裁成天地之道、辅相天地之宜”（《泰卦·象传》）及“范围天地之化而不过，曲成万物而不遗”（《系辞上》）的原则，都有重要的理论意义。

荀子强调“明于天人之分”（《天论》），以为“天有其时，地有其财，人有其治，夫是之谓能参。舍其所以参而愿其所参，则惑矣”（同上）。但是荀子也不否认天与人的联系，认为“礼有三本：天地者生之本也，先祖者类之本也，君师者治之本也”（《礼论》）。

董仲舒宣扬“天人感应”、“人副天数”，讲“天亦有喜怒之气，哀乐之心，与人相副。以类合之，天人一也”（《春秋繁露·阴阳义》）。这是天人合一的粗陋形式。

王充全面批判了“天人感应”思想，断言：“天本而人末也”，“天至高大，人至卑小。”（《论衡·变动》）天与人是不能相提并论的。唐代刘禹锡进一步批判天人感应，提出“天与人交相胜”的学说，以为“天之道在生植，其用在强弱；人之道在法制，其用在是非”。强者胜弱，“力雄相长”，是“天之能”；建立规范，“右贤尚功”，是“人之能”（《天论》）。刘禹锡比较明确地肯定了自然规律与人类道德的区别。

到宋代，天人合一思想得到进一步的发展。张载明确提出了“天人合一”的命题，但也承认天之道与人之道有分别。张载强调“天人合一”，旨在批判佛教，他认为佛教“以人生为幻妄，以有为为疣赘，以世界为荫浊”，是根本错误的，“以人生为妄，可谓知人乎？天人一物，辄生取舍，可谓知天乎？”（《正蒙·乾称》）天和人都是实在的，“天地之塞吾其体，天地之帅吾其性”（《西铭》）。充满于天地之间的气，构成了我的身体；作为气的统帅的天地之性也即是我的本性。天与人是统一的。张载亦承认天与人的分别。“老子言天地不仁，以万物为刍狗，此是也。圣人不仁，以百姓为刍狗，此则异矣。圣人岂有不仁？所患者不仁也。………鼓万物而不与圣人同忧，则于是分出天人之道。……圣人所以有忧者，圣人之仁也。不可以忧言者，天也。盖圣人成能，所以异于天地”（《横渠易说·系辞上》）。天是“鼓万物而不与圣人同忧”的，人则不能无忧；天地可以说“不仁”，圣人则以仁为最高规范。

程颢以“与物同体”讲天人合一，他说：“学者须先识仁，仁者浑然与物同体，……天地之用皆我之用。”（《程氏遗书》卷二上）“医书言手足痿痹为不仁，此言最善名状。仁者以天地万物为一体，莫非己也，认得为己，何所不至？若不有诸己，自不与己相干，如手足不仁，气已不贯，皆属不己，故博施济众，乃圣之功用。”（同上）天地万物和我属于一体，如果不认识天地万物与自己属于一体，就是麻木不仁。程颢又说：“人与天地一物也，而人持自小之，何耶？”（同上书卷十一）不承认万物一体就是“自小”。

程颢不讲“与物同体”，而强调天道人道的同一性，他说：“道未始有天人之别，但在天则为天道，在地则为地道，在人则为人道。”（《程氏遗书》卷二十二上）南宋以后，朱熹继承程颐的观点，王守仁继承程颢的观点，王夫之继承张载的观点。王夫之明确宣称“天人合一”是“圣学”异于佛老的特点（《张子正蒙注》卷一）。程朱、王守仁属于唯心主义，张载、王夫之则是唯物主义，但都肯定天人合一。就中张载、王夫之也承认天人的区别，他们的基本观点是天人既统一而又有别的。

中国哲学中天人合一观点具有复杂的涵义，主要包括两层意义，第一层意义是，人是天地生成的，人的生活服从自然界的普遍规律。第二层意义是，自然界的普遍规律和人类道德的最高原则是一而二、二而一的。这第一层意义是正确的，而第二层意义混淆了事物的层次区别，是不正确的。近代西方有一种流行的观点，认为原始人没有把自己与自然界区别开来，后来文明进步，人们才将人与自然界区别开来，这标志着人的自觉。可以说原始人的意识表现了天人不分的倾向。但是，应该指出，如果把中国哲学所谓天人合一看作是一种没有达到人的自觉的思想，那就大错特错了。应该承认，原始人不分人与自然，是原始思想，后来区分了人与自然，是原始思想的否定，而中国哲学所谓天人合一，则是否定之否定。张载以天人合一批判佛学，程颢强调“人与天地一物也，而人持自小之，何耶?”这些都明确表明，中国哲学家认为肯定天人合一才达到人的自觉，这可谓高一级的自觉。把人与自然界区别开，是人的初步自觉；认识到人与自然界既有区别也有统一的关系，才是高度的自觉。

（二）知行合一与知行相资

中国哲学有一个基本要求，即认识与行为、思想与生活必须相互符合、相互一致。孔子说：“知之者不如好之者，好之者不如乐之者。”（《论语·雍也》）不但要知之，而且要好之、乐之。乐之即实行所知而感到一种乐趣。孔子又说：“笃信好学，守死善道。”（同上书《泰伯》）既要好学求知，又要坚持真理，“宁为善而死，不为恶而生”（皇侃《疏》）。孟子一方面要求知道，另一方面更要求行道，他说：“行之而不著焉，习矣而不察焉，终身由之而不知其道者众也。”（《孟子·尽心上》）又说：“居天下之广居，立天下之正位，行天下之大道，得志与民由之，不得志独行其道。”（同上书《滕文公下》）有些原则是任何人所不能违背的，但许多人并不自觉。有些原则是一般人不易做到的，更须坚持实行。荀子论知行的轻重说：“闻之不若见之，见之不若知之，知之不若行之。学至于行之而止矣。行之，明也。明之为圣人。”（《荀子·儒效》）唯有实行，才能达到“明”的境界。

程颢、程颐肯定知对于行的指导作用。程颢说：“学者须先识仁，……识得此理，以诚敬存之而已。”（《程氏遗书》卷二上）从事仁的修养，须先“识得此理”。程颐说：“须是知得了，方能行得，故人力行先须要知。”（《程氏遗书》卷十八）又说：“除非烛理明，自然乐循理。”（同上）二程更认为最高的认识和最高的精神境界是一致的，理论学说应是精神境界的表述。《程氏遗书》中“二先生语”云：“有有德之言，有造道之言，有述事之言。有德者止言已分事。造道之言，如颜子言孔子，孟子言尧舜，止是造道之深，所见如是。”（卷二上）又载程颐说：“有有德之言，有造道之言。有德之言，说自己事，如圣人言圣人事也。造道之言，则知足以知此，如贤人说圣人事也。”（卷十八）有德之言即是修养境界的宣述，表达了最高的认识，也显示出知行的高度统一。

王守仁提出“知行合一”之说，他所谓知行合一，其涵义比较复杂而含混，既含有知行相互依存的意义，又有混淆知行界限的倾向。王夫之批评王守仁所谓知行合一，指出那是“销知以归知”、“以知为行”（《尚书引义》卷三）。这个批评是相当深刻的，但是王守仁讲所谓知行合一之时也还强调知行的相互依存。

王夫之提出“知行相资”的命题，比较明确地说明了知行相互依存、相互转化的关系。知行合一，如果加以正确的解释，还是可讲的。

在中国哲学中，天人合一与知行合一的观点占有主导地位，这对于中国文化的发展有广泛的影响。讲天人合一，于是重视人与自然的调谐与平衡，这有利于保持生态平衡，但比较忽视改造自然的努力。讲知行合一，而所谓行主要是道德履践，于是所谓知也就主要是道德认识，从而比较忽视对于自然界的探索。这其间的复杂关系值得我们进一步研究。

（三）中国哲学的价值观

中国哲学学说中与文化发展关系最密的是价值观思想。古代哲学中，儒、墨、道、法各家都有自己的价值观，可惜多年以来中国哲学史研究中对于价值观思想论述较少。儒家“义以为上”，把道德看作最有价值的，同时又肯定人的价值，宣称“天地之性人为贵”。墨家比较重视功用，把道德与功用结合起来。道家否认一切人为的价值，以自然而然为最高价值。法家专讲富国强兵，完全否定道德文化的价值。

价值观的争论集中在两个问题上，一为义与利的问题，二为力与德的问题。

孔子主张“义以为上”（《论语·阳货》），要求“见利思义”（同上《宪问》），认为道德才是最高价值，但也不是完全排斥利，在重义的同时，也要求“因民之所利而利之”（同上《尧日》）。孟子肯定生命和道德都是有价值的，“生亦我所欲也，义亦我所欲也”（《孟子·告子上》）。但是，如“二者不可得兼”，则应“舍生而取义者也”。孟子把“利”与“仁义”对立起来（《梁惠王上》），把“为利”与“为善”对立起来（《尽心上》）。董仲舒提出“正其谊不谋其利”的命题，明确地表达了儒家的观点。宋代二程、朱、陆都强调“义利之辨”。所谓义利之辨有两层涵义，一是反对私利，二是肯定道德理想才具有最高的价值。孔孟所反对的利都是指私利而言，所谓“上下交征利，而国危矣”（《孟子·梁惠王上》）。但又认为公利也还不是最高价值，最高价值是道德理想的实现。这也就是说，人们不但有物质利益，而且有精神要求，提高精神境界才是最重要的。

墨家肯定公利就是最高价值，强调“国家百姓人民之利”（《墨子·非命上》）。墨家肯定义利是统一的，《墨子·经上》云：“义，利也。”同书《大取》云：“义利，不义害。”国家百姓人民之利就是最高价值，就是道德的最高准则。墨家所谓利指公利而言。

后来儒家中也有肯定义利的统一的。如宋张载说：“义公天下之利。”（《正蒙·太易》）清初颜元改董仲舒“正其谊不谋其利”为“正其谊以谋其利”（《四书正误》），强调必须兼重义利。

义利问题包含个人利益与社会利益，物质需要与精神需要的关系问题。

力与德也是一个重要问题，儒家把力与德对立起来，孔子说：“骥不称其力，称其德也。”（《论语·宪问》）骥是千里马，日行千里是其力，孔子以为骥的价值更在于性情善良。孟子区别了“以力服人”与“以德服人”，认为“以力假仁者霸，霸必有大国；以德服人者王，王不待大”（《孟子·公孙丑上》）。儒家忽视力的价值。

墨子强调力的重要，认为人类生活的特点是“赖其力者生，不赖其力者不生”（《墨子·非乐上》），必须用力才能维持生活。墨子把力与命对立起来，他说：“昔桀之所乱，汤治之；纣之所乱，武王治之。……天下之治也，汤武之力也；天下之乱也，桀纣之罪也。若以此观之，夫安危治乱，存乎上之为政也，则夫岂可谓有命哉？……今贤良之人，尊贤而好道术，……遂得光誉令闻于天下，亦岂以为其命哉？又以为其力也。”（同上《非命中》）墨家认为力与命是对立的，而力与德是统一的。

法家韩非子以为崇德尚力因时代而不同，“上古竞于道德，中世逐于智谋，当今争于气力”（《韩非子·五蠹》）。上古时代讲道德就可以解决问题了，到战国时代只有靠力量战胜别人。韩非的观点与孟子相反，但也把德与力对立起来。

王充批评韩非的“偏驳”，提出德力并重的观点：“治国之道所养有二，一曰养德，二曰养力。养德者养名高之人，以示能敬贤；养力者养气力之士，以明能用兵。此所谓文武能设，德力具足者也。事或可以德怀，或可以力摧，外以德自立，内以力自备。……夫德不可独任以治国，力不可直任以御敌也。”（《论衡·非韩》）王充关于德力问题的观点是深刻的、全面的。

儒家崇德轻力的思想影响深远，墨家王充德力并重的观点没有引起足够的重视。西方有所谓“力之崇拜”，在中国则无其痕迹，这也是中西文化的相异之点。

## 四　中国文化的基本精神与主要缺点

中华民族屹立于世界东方五千多年，创造了中国文化。中国文化虽然经历了盛衰变迁，但始终延续不绝。这就足以证明，中国文化必然有其优秀传统。从十六世纪十七世纪以来，中国的科学技术落后了，中国没有能够自力创造出近代实证科学。这也足以证明，中国文化必然具有一定的缺点。中国文化在近代的落后有其经济、政治的原因，也必然有其思想根源。中国文化的基本精神如何？其主要缺点何在？这都是值得研究的问题。

（一）刚健自强的基本精神

过去有一种流行的观点，认为中国文化是柔静的文化。应该指出，这是从表面看问题。道家宣扬柔静，周敦颐提倡“主静”，固然都有一定影响，但这不是中国文化的主流。仅仅推崇“柔静”，是不可能创造出灿烂的文化业绩的。作为中国文化的基本精神，应是刚健有为、自强不息的思想态度。孔子重视“刚”，他的生活态度是“为之不厌”（《论语·述而》），“发愤忘食、乐以忘忧”（同上），这是一种积极有为的态度。孔子的这些思想，《易传》有进一步的发展。《彖传》提出“刚健”观念，赞扬刚健精神，“刚健而文明”（《大有》），“刚健笃实辉光”（《大畜》）。《象传》提出“自强不息”的原则：“天行健，君子以自强不息。”（《乾卦》）《易传》倡导的“自强不息”精神在中国历史产生了深远的影响，激励着古往今来进步的政治家、思想家、科学家奋勇前进。现在多数哲学史工作者都认为《易传》是战国时期的作品，但在历史上，从两汉以至近代，多数学者认为《易传》是孔子撰写的著作，所以“刚健”学说是以孔子的名义在历史上起作用的，成为中国文化发展的一个重要原则。

儒家的刚健思想与道家的柔静思想并行对峙，但刚健思想占有主导地位。王弼注《易》，以老解孔，释《复卦》“复其见天地之心乎”说：“凡动息则静，静非对动者也，语息则默，默非对语者也，然则天地虽大，富有万物，雷动风行，运化万变，寂然至无，是其本矣。”这里把寂静看作绝对的。程颐注《易》，矫正王弼的观点，他说：“一阳复于下，乃天地生物之心也。先儒皆以静为见天地之心，盖不知动之端乃天地之心也。非知道者，孰能识之?”（《周易程氏传》）这肯定了动的重要性。

墨家的生活态度比儒家更积极，“日夜不休，以自苦为极”（《庄子·天下》）。墨家的苦行主义难以普遍推广，汉代以后，墨学中绝了。在中国文化发展中起主导的还是孔学。

（二）以德育代替宗教的优良传统

孔子学说还有一个精湛的观点，即“务民之义，敬鬼神而远之，可谓知矣”（《论语·雍也》）。这可以说是以道德教育代替宗教。《论语》又载：“季路问事鬼神，子曰：未能事人，焉能事鬼？敢问死！曰：未知生，焉知死?”（《先进》）“事人”、“知生”是道德修养问题，“事鬼”、“知死”是宗教家的问题。孔子不愿谈论鬼神和死后的问题，显示了对于宗教的冷淡态度。孔子以后，孟荀以至宋儒都继承了孔子的这种观点，从而形成了中国传统文化的一个特点。

（三）德力分离的不良倾向

孔子鼓吹道德教育，但不能认识德与力是相辅相成的。墨家强调“竭力从事”（《墨子·天志上》），把“力”看作实行道德的一个条件。在这一问题上，墨家是正确的。墨学中绝，墨家尚力的学说没有得到发展。中国传统文化，偏重道德的提高，忽视力量的培养。事实上，物质生活与精神生活是相成互济的，如果物质力量虚弱不实，精神境界也就难以提高。以力压人，以势凌人，是不文明的现象。没有物质基础的道德说教也是起不了实际作用的。

（四）继往与创新的关系问题

孔子自称“述而不作，信而好古”（《论语·述而》），这种学风对于保持历史遗产起了积极作用，但是也引起了因循守旧的不良倾向。墨子主张述而且作，“古之善者则述之，今之善者则作之，欲善之益多也。”（《墨子·耕柱》）这种态度较孔子“述而不作”为进步。但墨子又说：“吾言足用矣，舍吾言革思者，是犹舍获而拾粟也。”（同上《贵义》）主张自己创新却反对别人创新，这就不好了。

汉代独尊儒术以后，经学占据了统治地位，束缚了人们的独立思考，阻塞了探索未知领域的前进道路。除少数学者之外，多数人都缺乏创新精神。在西方近代初期，不打破神学的统治就难以革新；在中国，不打破经学的束缚也难以前进。中国近代学术远远落后于西方，因循守旧的习气窒息了创新的生机也是一个重要的原因。

创新即是发现新情况、揭示新规律、发明新器具，从而开拓发展的新阶段。文化的发展离不开创新。但是创新仍应以前人已经取得的成果为基础。

## 五　文化系统的分析与综合

每一民族的文化形成一个文化系统。每一民族的一定时代的文化也形成自己的系统。任何文化系统都包含若干要素，可称为文化要素。要素是近代的名词，如用中国旧名词来说，可称为节目或条目。

不同的文化系统包含一些共同的文化要素，也各自包含一些不同的文化要素。前者表现了文化的普遍性，后者表现了文化的特殊性。一个文化系统所包含的文化要素，有些是不能脱离原系统而存在的，有些则可以经过改造而容纳到别的文化系统。

不同的民族文化各有其独立性，但是也可以相互吸收相互融合，这是常见的历史事实。

同一文化系统或不同的文化系统所包含的文化要素之间有相容与不相容的关系。有些不同的文化要素，虽然似乎相反，实际上却是相辅相成，相互补充。如果仅取其一而排斥另一个，就会陷于偏失，引起不良的后果。

古代儒家强调道德教育，不重视法治；法家则专重法治，完全否认道德教育的价值。事实上，道德教育和法律制度是相辅相成，缺一不可的。孟子说："徒善不足以为政，徒法不能以自行。"（《孟子·离娄上》）这句话是对的。但孟子对于法还是重视不够。韩非强调"不务德而务法"（《显学》），"仁义爱惠之不足用，而严刑重罚之可以治国"（《奸劫弑臣》），宣称："夫贤势之不相容亦明矣。"（《难势》）事实上，德与法是相辅相成的，贤与势更非不相容。

文化的内容是多方面的，愈丰富就愈繁荣，万紫千红胜过孤芳自赏。

但是也有一些文化要素，各属于不同的时代、不同的地域，不能脱离原来的系统，不可能勉强拼凑在一起。清初王夫之曾论古今的不同说："一代之治，各因其时，建一代之规模以相扶而成治，故三王相袭，小有损益，而大略皆同。未有慕古人一事之当，独举一事，杂古于今之中，足以成章者也。……举其百，废其一，而百者皆病；废其百，举其一，而一可行乎？"（《读通鉴论》卷二十一）又说："郡县之与封建殊，犹裘与葛之不相沿矣。……封建也，学校也，乡举里选也，三者相扶以行，孤行则踬矣。"（同上书卷三）船山的这番议论确实精湛。古今差别如此，中外的差别亦有类似情况。

例如清末有"中学为体西学为用"之说，企图把三纲五常的旧伦理与近代的科学技术结合起来，事实上君主专制和封建道德是与近代科学的发展不相容的。

那末，不同的民族文化只有各自独立，或者只有"全盘西化"才是出路吗？这又不然。不同民族文化的融合，扬长补短，历史上不乏实例。保持自己的良好基础，学习先进文化的最新成就，以促进自己民族文化的发展，不仅是必要的，而且是可能的。这就要发现文化要素之间的相容与不相容、可离与不可离的关系。有些文化要素彼此不能相离，有些则是可以相离的。

我们进行实际考察，就可以发现，不同的民族文化包含的文化要素有许多是并行不悖、甚至是可能相得益彰的。

举例来说，中国医学与西方医学各自具有自己的系统。西方医学已经发达到非常精密的程度，超迈前古。但是中医的一些优点仍为西医所不具备。中国医学确有实效。中医的一些理论至今仍令人感到神秘难解，可能只有进一步运用最新科学才能予以明确的诠释。中西医结合前景是十分光辉的。

中国绘画、中国音乐、中国建筑都有其独具的特色。西方绘画、西方音乐、西方建筑也都是应该学习的，但能够否认中国绘画、中国音乐、中国建筑的优越价值吗？关于音乐，有些人称中国音乐为民族音乐，似乎西方音乐是音乐的正宗，这种民族自卑的作风，还是半殖民地的遗风。现代西方建筑采取了现代技术，确有古代中国不能及之处，但是建筑的民族形式仍有可取的优点。

最根本的问题是语言。以前殖民地的人民大多放弃本民族的语言而采取殖民主义者的语言，这是一种奴才作风。全盘西化论者是否也认为语言要西化呢？学习外语是必要的，废弃自己的民族语言，也就要丧失民族的独立性了。

应该承认，中西医学、中西艺术，都是并行不悖的。而且可以达到新的结合。

近代西方科学的发展有其经济政治以及哲学的基础。应该承认，近代科学的发展与封建专制是不相容的，而与民主制度、学术自由是不相离的。科学的发现与发明只能产生于学术自由的环境中，只能存在于鼓励独立思考的气氛中。

西方近代科学与西方的宗教、艺术、教育、风俗等等共同构成一个文化系统。但是，科学是在与宗教斗争中发展的，科学和同时的艺术、风俗等也没有不可分离的关系。我们没有必要把近代西方的宗教、风俗都移植过来。

现在的中国已达到社会主义时代，我们的历史任务是创造具有中国特色的社会主义物质文明和精神文明。我们必须：（一）坚持并发扬马克思主义的普遍原则；（二）学习并赶上近代西方的科学技术；（三）考察、分析、选择、继承中国固有文化的优秀传统。我们必须慎重考察古今中外不同的文化系统所包含的文化要素之间的相容与不相容的关系以及可离与不可离的关系。从某一系统中选取一定的要素，应以是否符合客观实际、是否适合社会发展的客观需要为准则。任何系统都是可以剖析的。黑格尔哲学是一个相当严密的系统，而马克思、恩格斯却看出黑格尔哲学系统与其方法的矛盾，在批判其哲学系统的同时却剥取了黑格尔辩证法的合理内核。哲学思想的批判继承往往如此。一切符合客观实际的正确思想必然能够脱离其原来所在的系统而独立存在；一切适合社会发展需要的文化成果也必然是并行不悖、彼此相容的。社会主义文化必然是一个新的创造，同时又是多项有价值的文化成果的新的综合。我们要排除一切浅见与偏向，努力创造光辉灿烂内容丰富的新中国文化。

1985年2月8日

原载《中国文化与中国哲学》，东方出版社1986年第1版。

# 佛教与东方文化

任继愈

佛教发生在印度次大陆，以后沿着海上与陆上两条通路向外扩展它的影响。沿着海上路线，受到它的影响的有斯里兰卡、柬埔寨、泰国、缅甸、老挝等地，形成所谓“南传佛教”。沿着陆上路线，一经中亚、西域各国，由丝绸之路传到中国内地，形成所谓“北传佛教”。还有一条路由印度北部经尼泊尔到达西藏，与西藏地方文化相结合，形成藏传佛教。藏传佛教流行的范围不限于西藏地区，它随着西藏的民族、政治、文化的影响，传播到云南、四川、甘肃、蒙古等地，藏传佛教不限于藏族，蒙族及一些少数民族也有信奉的。

佛教传入中国，并没有停止它的继续发展，而是随时修正它的内容，以求适应当时中国社会的要求，配合中国的封建传统文化，逐渐形成中国佛教，它是封建社会的上层建筑之一。

公元七、八世纪隋唐时期，中国的政治、经济、文化，正处在发展的高峰时期，中国佛教随着先进的中国文化，向邻国朝鲜、日本、越南等地传播。

八、九世纪以后，印度次大陆的政局发生了大的变化，本来就不甚兴旺发达的佛教，受到致命的打击，濒于灭绝。今天人们在印度次大陆看到的佛教圣迹、古建筑，都成废墟。佛教传入中国以后，特别是汉地佛教，不但没有衰退，反而更加兴旺发达，中国佛教文化构成了东方文化不可缺少的组成部分。不了解佛教文化，就不能了解东方的历史和社会，应当承认这一事实。

## 一　佛教的产生、发展与传播

佛教与基督教、伊斯兰教号称世界三大宗教。三大宗教中，佛教的历史最长，它起源于公元前五、六世纪，基督教起源于公元前后，伊斯兰教起源于公元七世纪。世界三大宗教，并不是说这三大宗教人数最多，势力最大，而是说这三大宗教都是超越于一国一地的界限，其影响不限于一个国家、一个民族，它有国际影响。

佛教在印度的发展，国内外学术界一般认为大致可以分为四个时期：

（一）原始佛教，释迦牟尼创教到他逝世后二百年。

（二）部派佛教，由教义与戒律的解释，产生了分歧，分为上座部、大众部。这两大部派又进一步分化为十八部（或二十部），大众部分化为五部，上座部分化为十一部。

（三）大乘佛教，约在佛逝世后五百年，出现了大乘空宗。大乘把它以前的佛教一切流派贬称为小乘，自称为“大乘”。

（四）七世纪以后，大乘一部分与婆罗门教混合，形成密教。十三世纪，佛教在印度趋于消失。

佛教在中国的遭遇与印度的佛教大不相同。不但没消失，反而比印度更加兴旺。它兴旺的一个主要条件是经过中国文化的改造，使它符合中国封建宗法制的需要，结合中国的三纲论（特别强调忠孝观念)，与封建正统思想相配合，形成中国佛教。

佛教由中亚，经西域各国再到中国内地，经历了漫长的道路，传入中国内地以前，曾在中亚一带传播，包括睹货罗、焉耆、回鹘、且末语系，中国内地一般称为“胡语”。早期汉译佛经，多数是由“胡语”译出的。佛教学者道安屡称“译胡为秦”，有“五失、三不易”之说。后来，与印度交往增加，才有大量的梵文、巴利文的佛经译为汉语。

佛教的教义的重点和信仰，随着地区、民族而有所差异，不是一成不变的，如玄奘的《大唐西域记》一书所记的他在印度当时所见到佛教传播情况，大小乘的势力、范围，各地差别很大，有的王国小乘多，有的王国大乘多，也有大小乘并行的。小乘占多数的地区为西域诸国，大乘占多数的地区在中印度、北印度。

佛教传入中国，开始遇到抵制，认为佛教夷狄之道，对中国文化不利。从佛教与中国传统文化的接触的历史看，中国文化反对佛教的主要理由，是佛教违背君臣大义，破坏纲常名教。佛教徒为自己辩护，则力图表明佛教的传播，有益于维护忠孝、纲常名教，出家为了更有益王化，出家是“大孝”。它是治国的有力助手。

## 二　佛教在中国的传播

佛教从两汉之际传入中国内地，到它被中国人完全接受，先后经历了南北朝和隋唐四五百年。它越来越能够配合中国封建社会的需要，佛教著作越来越被广大群众所接受。释迦牟尼已不再被中国人看成外国人。南北朝到隋唐，佛、儒、道并称三教，孔子、老子与佛被认为三教的教主。佛教不再被看作外来宗教。把佛教看作外来异端的是少数；绝大多数，上自宫廷贵族，下至平民百姓，都相信佛教的轮回报应学说。到隋唐时期，佛教典籍数量超过儒家典籍百十倍。

佛教在中国最早奉外国僧人为权威。佛书也以翻译的经典为主要依据。南北朝以后，中国人创立了“佛教经学”，以注释的方式解释汉译佛教经典的大意。用汉儒解经的方式，发挥佛教的思想。佛教的理论发挥，教义传播，已不再从经典辞句中找根据，而是阐发其中的“微言大义”，有的任意发挥。中国佛教的创造性得到充分发展。像隋唐以来中国建立的佛教宗派如天台、华严、禅宗……等，都是中国的，而不是印度的。外国有的学者认为中国佛教不同于印度佛教，走了样。其实，这正是中国佛教的高明之处。我们从文化交流的原则来考察佛教，可以看出，中国佛教改变了印度佛教，是符合文化历史发展的规律的。因为宗教是上层建筑，它要为它的基础服务，文化的作用在于维护其赖以产生的基础。我们不是用宗教说明历史，而是用历史说明宗教。

佛教在中国的传播，表明它与每个历史时期的社会流行思潮密切配合，而且配合得很好。汉代，与黄老信仰、祠祀相配合。魏晋南北朝，又与玄学相配合，以佛教理论发挥玄学思想，或者说以玄学思想解释佛教原理。佛教徒也全力投入当时哲学思想界的本末、有无、体用的大辩论。从而与中国当时主流思潮玄学共同发展了中国哲学史。南北朝中后期，佛教提出了“佛性论”，与当时哲学界讨论的中心问题“心性论”，互相配合。中国哲学史从秦汉以后，经历了宇宙生成论（或称为宇宙结构论），发展到魏晋时期的本体论，又由本体论发展为“心性论”，是符合人类认识规律的，佛教哲学也是从本体论进入心性论的，而且在心性论领域内做出了很大的贡献。佛教除了在一般群众中进行的社会宣传外，在上层知识理论界，几乎与中国哲学发展史在同步前进。隋唐以后，在佛教各宗派中没有不讲心性论的，心性论成为各宗派共同关心的主要课题。中国哲学发展史表明，玄学本体论之后，已进入心性论的领域。

## 三　佛教文化传播的“势差”现象

文化是一定社会经济的产物，文化水平有高有低。古人说“水性趋下”。水性趋下，由高趋下造成势差，这是由于重力的原故。文化的传播，也有“势差”，文化势差现象也有由高趋下的现象。高度发展的文化往往影响低度发展的文化，而低度发展的文化，处在被影响的地位。只有由高向低产生影响，而不能使低度发展的文化反过来影响高度发展的文化。中国历史表明，不同民族的文化接触，都是高水平文化影响或改造了低水平的文化，有时高水平文化的民族在军事上被征服，低水平文化的统治者在政治上一时占支配地位，但过不了多久，征服者不得不接受文化高的民族的思想意识，反而成了被征服者。这是文化势差现象在我国历史上的表现。我国以完备的封建制度不断消融前封建文化的落后制度，使它们迅速封建化，从而不断丰富中华民族的封建文化。

隋唐以来一直到鸦片战争以前，中国封建社会在亚洲一直处在领先地位。当时与中国邻近地区，文化科技比较落后，有的还没有自己的文字，它们对较高的文化没有抗拒能力，所以很容易地接受过去，不曾有过像中国发生的那种“夷夏之争”。

再回头来，中印文化交流，可以看出，当时中、印两大民族的文化水平很难分出明显的高下，文化势差不太明显，不能构成一方完全影响另一方的势差。因而，中印文化交流曾经历了几百年的长期相持，经过长期对峙、交融，互相吸收，最后形成带有中国特色的佛教体系。它是中国的，即封建宗法制的，同时又有佛教的某些内容。因为当时的中印文化水平不相上下，才出现了相持交融几百年的局面。

## 四　发展社会主义文化优势

文化势差，有如水之就下，由高向低流动。所谓高低，不是任意的，自有其客观标准，那就是历史唯物主义所揭示的社会发展的五种生产方式（五种社会制度），原始公社——奴隶制——封建制——资本主义制——社会主义、共产主义。这五种制度一个比一个高，随着社会历史的前进，将一个代替一个，后一种社会制度高于前一种社会制度。文化势差的作用，就在于后一种社会制度必然影响前一种社会制度（而不是相反），后一种社会制度的文化必然批判地继承改造前一种社会制度的文化（而不是相反）。

佛教，作为一种宗教意识形态，已有两千年以上的历史，拥有众多的信徒，迄今仍然有世界性的影响。但从社会发展的角度来观察，佛教起源于奴隶社会，繁荣昌盛于封建社会。三大宗教都是在封建制社会中成为世界性宗教的。只有封建社会为宗教发展提供了最丰沃的土壤。进入资本主义社会后，社会上仍然有不平等，有苦难，宗教仍有存在的土壤，在特定的条件下，有时还有所发展。但是也应当看到，资本主义社会已孕育着社会主义。当前世界上已有了若干社会主义的国家存在。也就是说，当前有代表资本主义的文化，又有代表社会主义、共产主义的文化。资本主义、封建主义、社会主义三种制度的文化同时存在。我们可以看到社会主义的文化建立在马克思主义辩证唯物主义世界观的基础上，辩证唯物主义，是无神论；佛教的世界观，是唯心主义的。社会主义的新中国对佛教文化要给予高度重视，因为它曾是中国传统文化的一部分，深入研究佛教文化是了解中国传统文化的一把钥匙。研究佛教文化和信仰佛教不是一回事。信仰佛教和信仰任何宗教是每个公民的自由，他们的信仰要受到法律的保护。研究佛教，可以有佛教信仰，也可以没有。信仰宗教是个人的私事，研究佛教文化则不仅仅是个人的私事，它是历史学者、社会学者、心理学者、宗教学者们必须涉及的一个领域。我们社会主义国家，最有条件摒除任何宗教成见，客观地实事求是地对待历史，对待文化，对待一切传统文化。从文化的角度来考察佛教（及一切宗教），才能更好地摆脱某种偏见或主观情绪的影响，还它以历史的真面目。我还要重申，以历史说明宗教，而不是以宗教说明历史。

佛教信仰仍将长期存在，但佛教作为一种信仰思潮，它将不会出现像古代那样繁盛的局面。因为时代不同了，寺院不再是社会的文化中心、经济中心，寺院再也不会成为学者辈出、人才荟萃的中心。对于佛教的研究必将随着文化的发展，越来越深入，将达到前辈学者所达不到的高度。

中国近代的历史有它独特的经历，它是在没有完成它的资本主义发展阶段，沦为半殖民地、半封建地位，又在中国共产党领导下走向社会主义的。资本主义的社会机制并不成熟，封建主义的旧包袱很重。社会主义的历史还不过三十多年，封建文化、资本主义文化与社会主义文化三者并存。随着开放政策的推行，外来资本主义影响不断渗入。这种情况和今天全世界的情况是一致的。今天世界范围内也差不多是三种制度并存。在不同地区有不同的表现。

按照历史唯物主义原则，资本主义文化比封建主义文化先进，社会主义文化又比资本主义文化先进。这一原则终会为历史所证实，也将会被多数人所承认。由于文化势差的原故，封建文化与资本主义文化冲突时，必然吃败仗。怀着善良愿望的人们，力图用传统的封建主义文化来抵挡腐朽的资本主义文化，是抵挡不住的。当务之急是积极发展社会主义文化，只有社会主义能救中国，只有社会主义文化可以更全面继承人类文化遗产（包括优秀的封建文化和资本主义文化）。

原载《东方文化知识讲座》，黄山书社1989年7月版。

# “文化中国”精神资源的开发与创建

〔美〕杜维明

## “文化中国”的三个意义世界

“文化中国”这一概念的提出，是相对“政治中国”和“经济中国”而言，在以权力和金钱为议论主题的话语之外，开创一个落实日常生活而又能展现艺术美感，道德关切，宗教情操的公众领域。

所谓“文化中国”，至少包括三个意义世界：

第一个意义世界是由华人所组织的社会，包括中国大陆、台湾、港澳、新加坡，当然也包括这些地区的少数民族。

第二个意义世界是散布在世界各地的华人社会，根据《经济人》（The Economist）的报道，散布在世界各地的华人社会的人数已经超出三千六百万，他们的年均所得和日本相等，但却拥有高于日本三分之一以上的资产。

第三个意义世界是指和中国既无血缘又未必有婚姻关系，但和中国文化结了不解之缘的世界各阶层人士，包括学术界、媒体、企业、宗教、政府及民间机构。对这一提法的争议较多，尤其最近在香港讨论文化中国，大家有不同看法。我认为，中国不仅是经济实体，政治结构，社会组织，同时是一个文化理念。它长期受到国际上各种不同资源的塑造，在这一过程中，英文和日文所起的作用至少和中文相等，有时甚至更大。这是不可争议的事实。因此文化中国也应该包括第三意义世界。

## 提出“文化中国”这一概念的背景

近年来有关“文化中国”的讨论比较热烈，尤其是在北美，这一讨论是配合“大中华”（Great China）观念提出的。在英语世界极有影响的杂志《中国季刊》（China Quarterly）曾刊出“大中华专号”（“Great China Special Issue”），也涉及文化中国的课题。

对于“文化中国”的提出和发展，需要有一个背景的了解。从经济学和比较社会学角度来看，东亚之兴起这一事实，即二战以后日本和所谓“四小龙”在经济上的发展，不仅有极大的动力，而且威胁了西欧和美国的经济霸权。但我特别重视的是东亚兴起的文化涵义。对此，我在英文方面提出过几次报告。特别是1988年在美国人文社会科学院的专题演说在欧美学术界引起一些反响。

我所说的东亚，包括工业东亚（日本和四小龙）和共产东亚（中国大陆，北朝鲜和越南）。所谓东亚兴起，和日本、四小龙、东南亚，以及最近五年中国大陆的经济发展密切相关，突出表现在经济上是一个新兴的工业社会的出现。美国一位知名度很高但立论基础并不坚实的经济学家，麻省理工学院（MIT）的梭罗（Lester Thurow）教授在1991年出版的《全球的经济竞争》中把世界划分为三个地区：北美、西欧和东亚（仅注重日本）。书出版不到半年就过时了。因为他忽视了华人即文化中国的因素。这一因素不能只从地缘（即华人所组织的社会）来了解，一定要有全球视野。因为华人世界已散布全球。

在五十、六十年代日本起飞时，西方普遍认为日本因其特殊性而发展。但当时美国驻日大使赖世和（Edwin Reischauer）却提出了另一种观点：要了解日本，不能将它当做一个特殊的地域，要了解广大的中国文化圈（Sinic World）。他在美国《外交季刊》发表了《中华世界透视》（The Sinic World in Perspective）一文，从受中国文化影响的地区来理解日本的兴起，遭到不少美国和日本学者的非议。但七十年代由于四小龙的兴起，引出关于儒家伦理和工业东亚兴起之可能关系的广泛讨论。首创“未来学”的赫门·康（Hermen Kahn）预言受儒家伦理影响的社会已在兴起，争议很大。普遍认为二者之间的关系无法证实。当时认为最大的否定因素是受儒家伦理影响理应最深而经济十分落后的中国大陆。由此证明二者关系是偶然的。最近因中国大陆的经济发展，这一课题又被重新提出。不少港台学者认为把大陆当作“儒家社会”毫无理据。但值得注意的是所谓“心灵的积习”，也就是儒家的价值取向和生命形态在中国人的行为、态度和信仰中是否仍发挥作用。

1993年哈佛教授亨廷顿（Samuel Huntington）在《外交季刊》发表《文明冲突论》（The Clash of Civilizations）的论文，在北美、欧洲和亚洲都引起很大反响。我不接受他的基本立场，但他的观点却值得作进一步的分解。面向二十一世纪，人类分成七八个不同的文明体系，而未来世界的冲突和文明体系之间的歧义是否有关。他认为，西欧和美国属同一个文明体系；日本为一独立单元；

拉丁美洲为一单元；俄国、东欧为一单元；儒家地区为一单元；伊斯兰为一单元；印度为一单元。他根据“西方和其他”（the west and the rest）的思维框架，认为将来对现代西方的霸权论可能提出挑战的是两个文明体系：代表伊斯兰教文化的中东和代表儒家文化的东亚。很多人认为他是后冷战时代的冷战论说，我不反对。

值得注意的是马若然（Rodenek Mac-Farquhar）（《中国季刊》的创办人，哈佛政治学教授）八十年代在《经济人》发表《后期儒家的挑战》（The Post-Confucian Challenge）的论文。他认为在对欧美形成的挑战中，苏联基本是军事的，中东是经济的（因当时的石油问题），东亚社会（即受儒家文明影响的社会）的挑战将是全面的，是生命形态的挑战；是不同的价值体系，不同的现代化模式的挑战。这一论点引起很大震动。亨廷顿将儒家文化和伊斯兰文化对当代西方价值体系和生命形态将提出的挑战作了一个有刺激性的论说，和马若然的“危言耸听”是有联系的。

这中间有一个值得注意的课题。梭罗在九十年代初期讨论国际经济发展时尚不把中国大陆列入考虑。因为当时中国的经济实力是日本的百分之十，和印度相等；他认为等到2020年才考虑中国大陆的因素还不迟。四小龙的经济力量和日本相比更是小巫见大巫。所以他突出日本，对华人社会不加理会。当时较有国际视野的中国大陆学者最担忧的是被开除球籍，因为经济太落后了。当时按年均所得算出的中国的人均收入是三百美元左右，和东非相似。由此，《河殇》的出现是有悲愤的情绪因素在内的，即认为中国一定要彻底改变，从黄河流入蓝色的海洋，即全盘西化，方能避免因贫穷落伍而被逐出先进国际社会的危险。具有讥讽意味的是1992年，亚洲银行和世界银行觉得中国大陆的经济情况无论从哪个角度来看，都和非洲完全不同，是否以人均收入方式来统计有错误，于是改用"购买力的评价"（Purchasing Power Parity Analysis）的方式，计算的结果十分惊人，中国一跃而为世界第三经济大国，至2010年将成为第一经济大国。这是否只是数字游戏？我的同事柏金思（Dwinght Perkins，一位研讨中国经济长达三十多年的资深教授）认为，后一方法较切近实际，尽管有估计过高的危险（中国人年均所得因这一方式已提升到一千八百至两千美元的高度）。

除了经济动力以外，东亚在政治上、文化上的变化也非常大，突出体现在政治的民主化以及文化上的自信。李光耀等提出"亚洲价值"的问题，认为亚洲价值和西方不同。现在在联合国也有很多这方面的辩论。在曼谷和维也纳国际人权讨论会上，亚洲价值已被提上议程，即人权问题不仅是政治上而且是经济社会和文化上的考虑，联合国正筹组一个社会发展高峰会议，将在哥本哈根举行。毫无疑义，亚洲人的声音会获得一定的重视。

华人因素的文化动力，最突出地体现在"汉字的生命力"。五四时，陈独秀写信给钱玄同，鼓动要打倒孔家店。钱很赞同，但认为不够，并强调一定要废除汉字，只有把这封建落伍的文化载体彻底废除，使中文拉丁化，中文才会有生命力，汉字才能西化。当时日本一些西化知识分子更激烈，一位文化部长甚至提倡以英文为国语的极端论调。但这在当时是一个很痛切的说法，是因为要脱胎换骨才能生存发展。鸦片战争以后中国节节败退，从工业到政治，到社会组织，最后到文化认同。于是认为最大的勇气是废除汉字。语言学家赵元任曾写了一副对联：“废除汉字，中文万岁。”废除了汉字，中文可以用于打字机、电报机等现代化工具，中文才可能永远发展。但是，随着科学的发展，尤其是电脑的发展，汉字不但没有被废除，并且反而有突出的发展。如日本，在美国控制时期把汉字压缩到八百，后来不断发展，一直恢复到两千以上。现在日本通用的汉字已和中国相等，在三千之谱。当然汉字只是现代日文传递信息的一个渠道，它还有许多外来语，资源更丰富。

由于汉字的生命力和汉文的普及化，在美国已兴起了中文热。各大名校学中文的学生增加很快。此外，业余中文学校也不断发展。北加州有三百多教师课余教授中文，比一年前只有八十多人的情况热闹得多。中文报纸如《世界日报》、《星岛日报》、《人民日报》海外版等都已全球化。这都表现了汉文国际化的情况。

## “五四”以来启蒙心态的检讨

虽然有以上颇为乐观的现象，我的基本判断却是：从宏观的历史角度来看，“文化中国”的精神资源薄弱，价值领域稀少。面向二十一世纪，如果我们平心静气地考虑，人类社会最有影响力、生命力的价值状态是什么？应该说还是代表现代西方的启蒙心态（Enlightenment mentality）。无论是社会主义还是资本主义，从比较宗教学的角度来看，这仍是最强势的意识形态。六十年代柏深思（Talcott Parsons）认为现代性（modernity）有三个不可分割的部分，即市场经济、民主政治和个人主义（不是狭隘意义上的个人主义，而是启蒙运动所体现的和自由、平等、公义、人权、法治等价值紧密联系的个人尊严）。现在，如果在美国、台湾、香港和北京以启蒙时代价值系统和儒家传统价值系统（孝义忠信）同时出现，绝大多数中学生和大学生都会认同前者，因为由启蒙所导出的价值已经成为普世文化的价值。

五四初期，有两个价值非常突出：自由和人权。但不久即被德、赛二先生所取代。在我看来，将自由与人权转换为民主与科学是思想和理论层次的堕落。可是五四以来中国知识界认为，传统文化（包括儒佛道和民间宗教）已无生命力可言；而所有和中国传统有关的文化，面对西方的挑战，资源都很薄弱。传统文化被边缘化，那么我们的文化传统应该是什么呢？大多数知识分子认为，我们的文化传统应和西方启蒙运动以来的价值配套。当时第一流的知识分子都向西方寻求富强之道，三代以后启蒙心态已成为中国知识分子心灵中不可分割的组成部分。即便我们今天的语言，外来语极多，而且是从日本输入的外来语，如果我们不用这些术语，今天就无法对话。

在这一时代氛围下，知识分子占主导的是三种思潮：一、强烈的物质主义（materialism）；二、科学主义（scientism，不是指科学技术，而是指意识形态）；三、实用主义（utilitarianism）。身处危机存亡之秋，一切都和救国联系，鲁迅的“拿来主义”体现了这种急切心态。在这样的心态下强调富和强，即金钱与权力。吴稚晖说要“把线装书丢到茅厕里三十年”，因为人家用机关枪打我们，我们同样要打回去，所以要建立一个干枯无味的物质文明才能谋求生存之道。这体现了当时救国图存的精神。

这三种思潮以富强为核心，所以很容易导致全盘的政治化。谁能够使中国富强，谁就有生命力和说服力。丁文江曾说，如果蒋介石独裁可以使中国富强，打倒日本，那独裁有什么不好？民主、自由、人权都可以暂时放弃。在这样的氛围下，知识分子放弃了反思能力，以救国为最高价值，导致明显的泛政治化倾向，结果是知识分子自己也被边缘化了。

科学主义的力量配合物质主义和实用主义，在五四以后逐渐上升。如教育体系，当时教育部做了一个很明确的指示。学科技就可拿奖学金，短期内便将教育重点从人文社会转向科技，如西南联大等。1949 年以后，物质主义思想和唯物论结合，科学主义和实用主义更加明显。中国大陆的大学如从美国现行的教育体系来看，基本都是科技大学，有的所谓重点综合大学，科技教师和学生占全校师生三分之二以上。在 1972 年世界环保大会上，中国代表拒签环保的基本原则，因为其中有一条说发展是有限的，科技是有限的，而中国代表却认为，科学万能，技术无限，即使破坏生态也在所不惜。他们对匹兹堡被污染的天空中奇艳的太阳竟赞叹不已，认为那是中国的未来。

这一历史进程导致了精神性、宗教性的价值不仅被边缘化，而且在知识界几乎丧失合法性。例如钱玄同赞成全盘西化却不理会基督教，好像认为西方的发展和基督教无关。中国的知识分子对西方对日本十分敬重，对印度则鄙视，因为他们更穷。

这一心态的杀伤力很大，它使得整个古今中西之争的问题都解决得不好。所谓古今中西之争，正常的途径应该把精华的传统通过复杂的方式传下来并剔除糟粕；把西方真正深刻的价值带进来并排除浮面的欧风美雨。这四课题应该同时解决。只注意富强，对传统文化精华看不到。如毛泽东说：从孔夫子到孙中山都要继承，要发扬其民主科学的精华，去其封建糟粕。这个提法是以西方标准评价传统的典范。中国近代以后的千疮百孔，被归纳到因为中国缺少科学民主。

而且因为中国文化没有发展出西方的科学民主，所以要引进。前提是大家承认这是我们所没有的，现在却反过来以此为标准对中国传统文化作一断言，其结论是糟粕何其多，精华何其少。

问题出在意识形态本身的缺陷，所以该继承的不能继承，该扬弃的不能扬弃。从鲁迅的国民性到柏杨的“酱缸”，传统文化的糟粕不仅没有消除，反而更糟：裙带关系、小农意识、三纲礼教等等。1949 年以后的台湾在处理传统文化的继承方面好像稍全面，但儒家伦理被充分政治化之后，能继承的精华还是很少，糟粕较多。新加坡是英文世界，要发展儒家伦理，更是困难重重。正因为如此，文化中国各地区所拥有的传统资源相当薄弱。对西方是完全实用主义，拿来主义。

其实西方讲科学有求真的一面，基于对真理追求的需求，而有深刻的宗教性。自由、人权都是基本价值，不是社会运转的浮面程序，正因为中国知识分子对传统文化的精华是粗暴的，所以对西方文化的理解是肤浅的；正因为对其阴暗面观察不够，欧风美雨的诱惑力极大，致使完全丧失了选择的能力。

文化中国不仅资源薄弱，价值领域也非常稀少。最突出的是政治。知识分子在一起，真正谈思想、艺术、理想、价值、人生理念大概不会高于五分之一。

其他都谈政治，并且并不解决问题，只是满足个人感情上的一些需要。他们批评儒学是泛道德主义，但讨论道德问题的机会并不多，应说是泛政治。最杰出的学者、文学家、艺术家和科学家都不得超越奢望政治人物青睐的心态。如不被政权势力认可，便觉意味索然，所有价值都是政治形态的价值。这是一个很大的困境。

## 作为结论的三个命题

一、儒家传统面对这一困境，要争取第三期发展，应该如何做。儒家的传统价值，不必高谈成圣成贤，只是做一个诚实的人，一个有独立人格的人，一个有发展价值和智慧的人，这在现代自由民主的社会，要比一个传统的权威社会和专制社会更有发展。必须承认，儒家基本的价值——做人的价值，要在一个自由民主的氛围下才能发展。假如人格不能独立，没有自由发言的权利，没有集社的权利，没有突出自我价值的权利，谈什么儒家的第三期发展。

二、假如儒家传统还有现代的生命力，就说明它还能突破三纲，突破吃人的礼教，把西方自由、平等、公义、法治、人权等价值吸收进来。如不能（李光耀便认为它和西方价值一定是冲突的），那儒家则无法进一步发展。要进一步发展，一定要使西方现代最核心的价值在儒家社会的土地上不仅生根，而且开花结果。

三、假如儒家传统中对作为一个关系网络的中心点的个人发展，对社会的人际关系、家庭、团队的精神，义务伦理，责任伦理的重视等等，这些价值不因为吸进了自由、人权、公义、法治而丧失，尚有生命力，我们就争取到能对西方社会过分的个人主义，过分的法律治章，过分的私利，人情淡薄，社会冲突等弊端的批判的权利。假如不能，则自救还不够，哪里有资格批评他们。

**原载《东方》杂志，1996年第1期。**

# 《亚洲大趋势》引言

〔美〕约翰·奈斯比特

## 亚洲的崛起

我第一次到亚洲时呆了一年，那是1967年的事。我请假离开了IBM公司，赴泰国东北部担任促农方面的皇家政府顾问，奔波于曼谷和廊开之间。廊开正好与老挝首都万象隔湄公河遥遥相对，两地相距约一英里。于是我常常雇当地人，用他们长长的小船渡我到对岸。而今，一座崭新的耗资四千二百万美元建造的大桥已横跨在廊开与万象之间。它成为泰国经济发展的象征。也成为亚洲经济进步的象征。这种进步和其背后的驱动力，造就了整个世界经济生活中的重大转变。

从我赴泰国至今三十年来，每年我至少来亚洲一次，有时多到五六次。过去的一年半是在美丽的现代化都市马来西亚首都吉隆坡度过的。我的足迹遍及了整个地区。马来西亚多种民族、语言和文化交融一体，创造出一个令人兴奋的外部环境——广泛使用英语，中国、印度和马来文化兼容并包，这使它成为一个通往亚洲（亦将是整个世界）三大市场的便利门户：北部的中国、西部的印度和南部的印度尼西亚。

在撰写本书的过程中，承蒙亚洲朋友的帮助，我与新加坡、吉隆坡、雅加达、马尼拉、曼谷、孟买、香港、台北、东京、汉城、上海和南京的政界、商界、学术界和社会重要人士举行了座谈，广泛听取了意见和看法。此外，我在吉隆坡的精通多种亚洲语言的同仁也对亚洲各地主要报刊和杂志进行了内容分析。根据这些访谈和资料记录，本书的蓝图已初具轮廓。

亚洲巨变是当今世界最重要的发展进程。不论对亚洲还是全球而言，它正一天天逼近。当我们迈向下一世纪之时，亚洲的现代化进程必将更新这个世界。

从 1945 年到 1995 年，半个世纪的时间里，亚洲从贫穷走向了富足。这期间其人口总数增长了四亿，而贫困人口却由四亿减少到了一亿八千万。世界银行已宣布，在人类历史上的任何时期和任何区域，都从未像当今的亚洲这样取得了如此惊人的经济增长，并得出结论：东亚的发展经历是一个经济奇迹。对亚洲的调研使我信服了这个奇迹。是的，但这还不仅仅是在经济方面。当代亚洲将重塑现代人类灵魂，在唤醒个性意识、树立坚定信念和倡导苦干与献身精神方面，他们将以先驱者的姿态出现。

亚洲正以其特有的“亚洲模式”运行，使经济步入一个鼎盛时期。九十年代是“亚洲时代”。当进入 2000 年时，在经济、政治和文化上，亚洲将跃居世界领先地位。亚洲在崛起。如果你对此大趋势仍有疑问，那么读完本书，疑点就会一一冰释。即使世界上其它地区的人还未能充分认识到，但现在也是该面对现实、设法应变的时候了。本书为此将助你一臂之力。本书提供的数据资料、趋势分析、地域文化模式研究，可帮助你在关键问题上把握时机、创造收益。假如你是位中小型制造业者，本书将告诉你为什么泰国市场将优于韩国市场。

世界风云已变，西方人是该用亚洲眼光看世界的时候了。比如，普遍认为西方阵营正在失去其原有的权力体系，具体表现在波黑冲突中西方领导力下降（值得注意的是，波斯尼亚大多为穆斯林，而亚洲就有五亿穆斯林）。亚洲人越来越对西方人在自由和人权问题方面的指手画脚大为恼火。

一个崭新的、建立在经济共荣基础上的国家集团已出现在东方。

过去的亚洲，曾被文化、语言、政治观念、宗教信仰和地理环境所割裂，而当代亚洲靠经济联系、高科技、特别是发达的通信和人口流动紧紧铸为一体，使它看起来更像一个完整的地区。我在科罗拉多州特立尼达的邻友约翰·利夫顿（John Lifton）——一个英国人——还记得六十年代欧洲的青年人都开始称自己为“欧洲人”，而不是“英国人”、“法国人”或“德国人”。当代亚洲的许多青年，也开始称自己为“亚洲人”了。

考虑到以上因素，《亚洲大趋势》这本书并不是亚洲各国的分列介绍，而是预测和描绘席卷整个亚洲的大气候。这是一部以亚洲为主体，力图探讨它的现状与未来的篇章。亚洲的三十多个国家和地区，本书或多或少皆有涉及，但着重于中国、印度、印度尼西亚、日本、韩国、马来西亚、菲律宾、新加坡、泰国、越南以及香港和台湾地区，因为它们是亚洲谋求发展与更新的龙头所在。对于这些国家和地区我已十分熟悉，曾一次或数次登临造访过。

在描述当今世界大趋势之际，我想透露我的一个小小的“偏见”。我已经花费了四十年时间从事社会经济研究，可算是个“商业通”、“市场通”。我认为企业就是财富、成效、经济活力的真正创造者。我相信自由市场和自由贸易。它们将指导世界发展的方向。这就是本书的主旨。

在本世纪九十年代以前，西方还在主宰一切。他们制定了“游戏规则”。日本人就是遵从了这些规则而获得经济腾飞的。但现在，亚洲人——除日本人外——是按照他们自己的一套规矩办事，并同样稳操胜券。即使日本也将被新崛起的东南亚各国抛在后面，也会由强大的中国及海外华人势力控制经济发展的走向。

当今，西方需要东方远胜于东方需要西方。

对于香港，一些西方人认为，香港回归使中国“偷取”了一个欧洲在亚洲的前哨。他们忘记了，香港历来是中国的一部分。北京已经把它的拼写由西方惯用的“Peking”改为“Beijing”。同样，越南的西贡改成了“胡志明市”。缅甸由“Burma”改为“Myanmar”。印度的孟买由“Bombay”改为“Mumbai”。又有多少西方人注意到这些意味深长、充满象征色彩的变化？它们象征着亚洲已从西方统治中获得独立。随着时间的推移，这类变化将越来越多。当本世纪末澳门回归中国，西方在亚洲的优势将画上一个句号。在度过漫长的四个世纪后，亚洲的每一寸土地都将再次回到亚洲人民手中。

亚洲的现代化绝非等同于“西化”，它呈现出的是特有的“亚洲模式”。

在亚洲现代化进程的同时，亚洲人的觉悟不断提高，“亚洲意识”已日趋强烈。当一个印度尼西亚女孩到西方旅行，被问及是哪里人时，过去她恐怕会说是“印度尼西亚人”，而现在她的回答很可能是“亚洲人”。

广袤的亚洲大陆，从印度到日本，从蒙古至印度尼西亚，现在拥有的人口占世界人口的一半以上。在未来五年或更短的时间里，会有半数以上亚洲家庭将购买如下消费品——冰箱、电视机、洗衣机、电脑、化妆品等等。将有约五亿人口达到西方意义上的“中产阶级”。亚洲的市场规模将是欧美的总和。正像流行的香港银行的广告语一样：“亚洲有三十亿人口，有一半是不到二十五岁的年轻人，这是个不断成长的市场。”显而易见，这种消费奇迹会给亚洲经济发展带来深远影响。

许多亚洲人对我说，在与西方的经济马拉松竞赛中，他们终将会击败西方。亚洲不论现在或将来，都不会实行给国家经济带来极大负担的社会保险和福利制度。这种中西体制上的差异对亚洲经济发展将具有怎样的意义，许多西方人还都未意识到。

在亚洲的文化体系中，家庭照顾好每一位成员是首要任务，强调个人的责任感。让政府来解决家庭问题（比如以福利方式），对亚洲人来说是不可思议的。这就是为什么几乎每个亚洲国家的储蓄率都至少达到百分之三十。这充分体现了亚洲人对家庭的信赖和自给自足的精神。亚洲人认为社会福利的沉重负担，不仅会影响国家竞争力，更会削弱家庭的重要性，导致非婚生子女增多、高离婚率、犯罪、懒惰以及学习成绩的低下。

这就触及到了西方尤其是欧美国家的一个核心问题：福利制度是否影响了它在全球经济中的竞争力？国家的公民是否因此而疏于自食其力？这项“崇高”的举措是否已宣告失败？反正我想至少有一点值得注意：目前每个西方国家，包括美国，都在力图削减福利开支。

西方和它的年轻一代将从亚洲人那儿学到什么呢?在震惊中外的汉城三丰百货公司崩塌事件中，二十岁的韩国青年崔明松(Choi Myong Sok)在瓦砾中埋了十天后获救，被全国奉为英雄。许多企业以金钱为交换条件，想乘机利用他的英雄形象赚钱，都被他拒绝了。他说:“他们不理解我的痛苦”，“他们满脑子只是钱，而我不信奉这个”。相比之下，再看看美国。在犯罪、暴力和自然灾害中闪现出的英雄主义，往往是受利益的驱动。所以我们应该认真考虑一个问题——是否应以这种亚洲式的个人与家庭价值观来带动全球的道德复苏呢?

对西方人来说，“华人”是他们最难理解的一个角色了。这里所说的华人，主要是指中国本土以外遍布在新加坡、印度尼西亚、菲律宾、马来西亚、泰国、温哥华、洛杉矶和伦敦等地的华裔。正是这群世界上最成功的企业家团体，把亚洲经济推向巅峰。

当然，亚洲经济在快速增长之中也充满了矛盾。宝马轿车目前在越南装配，每个工人的工资一天仅为一美元。而在一些亚洲大城市，包括胡志明市和河内，其饭店消费几乎是世界之最。这一切使得西方人眼中的亚洲前景趋于暗淡。不过，有一点越来越清楚，亚洲的现代化将成为本世纪九十年代到下世纪初最重要的世界发展动向。这一惊人结论来自于当前亚洲发展的八大趋势。对此，本书以下各章将予以一一分述。

一、从单一国家经济走向网络集团经济。

日本作为一个独立的国家，经济增长已达到了极限。它在亚洲和世界的相对经济地位已呈下滑趋势。代之而起的是生机勃勃的海外华人集团势力。当中国跃升为亚太地区的中心时，海外华人圈也开始控制该地区的种种决策。

二、从传统模式走向多种模式。

亚洲经济从传统模式中脱颖而出，呈现出多样性和新的个性。在当今世界经济竞争中，西方国家为沉重的福利负担所拖累，而东方国家却无此忧患。在新形势下，它们纷纷摆脱传统的窠臼，在社会生活的各个领域引入了充满活力的自由机制。

三、从出口导向走向消费导向。

亚洲经济曾依靠出口得以飞速发展，现在又掀起消费热潮，使这股势头得以持续，并由此而产生了一批中产阶层。到2000年，亚洲将有近五亿人达到中产阶级水平。

四、从政府调控走向市场驱动。

中央政府对于地区经济的调控已让位于市场经济，由此引发了爆炸性的经济增长和商业机会。随着这种转变，亚洲国家间也展开了前所未有的经济协作。

五、从乡村走向大都市。

亚洲人正以惊人的速度从乡村向城市迁移。这种都市化趋势改变了亚洲的面貌，使其从一个农业社会跨入信息社会。

六、从劳动力密集走向高科技密集。

当今的亚洲在生产力方面已发生了戏剧性的变化——从农业、制造业的劳动密集型转向制造与服务业的高科技密集型，尤以计算机和通信的发展最为突出。

七、从男权统治走向女性崛起。

在亚洲，女性企业家人数的增长引起了男权地位的改变。在中国，企业家中有百分之二十五是妇女。亚洲女性作为选举人、消费者和劳动力，空前积极地参与了社会生活的各个方面。

八、从西方走向东方。

“世界”一词过去曾意味着“西方世界”。今天，全球大趋势迫使西方人接受一个事实：东方在崛起。东方人和一些西方人已开始明白，我们正迈向一个亚洲化的新世界。操纵世界的轴心已从西方转入东方。亚洲曾经是世界的中心，现在它将重振昔日风采。

以上就是影响当今世界的亚洲八大趋势。对于中国人来说，“八”是个非常吉利的数字。在香港有不少人愿花几百美元买下带“八”的住宅门牌和电话号码。那么很自然，这八大趋势也会给中国人带来好运，那将是一个前所未有的昌盛局面。这对西方会有什么样的影响呢？长期以来，西方人都是在自鸣得意地与自己竞争，直到日本人闯入。现在，西方受到了一个全新的“国家队”的挑战，而不是原来的那些老伙伴。不论胜负输赢，抑或人人成为赢家，一切都有赖于我们对“比赛”的内容与规则的理解。

原载《亚洲大趋势》，外文出版社、经济日报出版社、
上海远东出版社 1996 年版。